JN265428

十一種詩詞曲詞典綜合索引

土肥克己 編

汲古書院

目　錄

編例 ………………………………………………………………… i
十一種詩詞曲詞典綜合索引 ………………………………………… 1
附錄 ………………………………………………………… 141－222
　　三種舊版詞典輔助索引 ……………………………………… 141
　　六種文言虛字著作綜合索引 ………………………………… 175
難檢字表 ………………………………………………………… 223

編　例

十一種詩詞曲詞典綜合索引

1. 本索引是根據有關詩詞曲詞語的十一種專門詞典與文集編製的。其十一種詞典與文集如下：

詩詞曲語辭匯釋	張相	中華書局 1955（第三版）
詩詞曲語辭例釋	王鍈	中華書局 2005（第三版）
詩詞曲詞語雜釋	林昭德	四川人民出版社 1986
戲曲詞語匯釋	陸澹安	上海古籍出版社 1981
元曲釋詞 1-4	顧學頡、王學奇	中國社會科學出版社 1983-1990
金元北曲詞語匯釋	黃麗貞	國家出版社（臺灣） 1997
		（國家文史叢書 26）
古典戲曲外來語考釋詞典	方齡貴	漢語大詞典出版社、雲南大學出版社 2001
滄州集	孫楷第	中華書局 1965
許政揚文存	許政揚	中華書局 1984
南詞敘錄	徐渭	中國戲劇出版社 1959
		（中國古典戲曲論著集成 3）
敦煌變文字義通釋	蔣禮鴻	上海古籍出版社 1997（新三版）

2. 詞語後面注明十一種詞典與文集的編者和所在頁碼，如 25 頁：

　　大廝把　　張565，學1·374

"大廝把"收在張相《詩詞曲語辭匯釋》565 頁和顧學頡、王學奇《元曲釋詞》第一冊 374 頁。

3. 一個詞語在同一頁中出現兩次的，頁碼後加"(2)"，如 20 頁：

　　揣　　陸432(2)，學1·289

該條在《戲曲詞語匯釋》432 頁中出現兩次。

4. 本索引按詞語首字的拼音字母次序編排。首字相同的，依第二字的拼音字母次序排列，以下類推。

讀音以《漢語大詞典》（第一版）為主，但有些字參考其他詞典，酌定讀音。

5. 詞語首字同形異音的，分立條目，如"圈"字分見 juān, juàn, quān。條目間可以互相參見其他讀音，如 89 頁：

  圈 另見 juān, juàn

"圈" quān 字還有 juān、juàn 兩個讀音。再如 19 頁：

  處分 見 chǔ

"處分"列在 chǔ 音之下。

6. 部分字的讀音未詳，本索引暫時一概放在正文之末，待讀者研究。
7. 全書末附《難檢字表》，供讀者按四角號碼查冷僻字。
8. 詞語首字都加以整理，以免分散異體關係的條目，如 18 頁：

  喫 見 吃

要查"喫××"這樣詞語，參見"吃"字之下。

9. 爲了便於檢查，進行整理一些含義同而表現略不同的條目，如 104 頁：

  糖堆裏 陸 601，學 3·455

本索引"糖堆裏"條包括《戲曲詞語匯釋》的"糖堆裏養"和《元曲釋詞》的"糖堆裏"。

10. 詞語後面加"(兒)"的，不一定要"兒"字，如 102 頁：

  所事(兒) 張 418，陸 246，黃 72

該條包括"所事"、"所事兒"兩種情況。

三種舊版詞典輔助索引

11. 部分詞典受過去的幾次修訂，這些舊版流傳已久。本書除了根據最新版本，還挑選三種舊版編製輔助索引，放在附錄中。其三種舊版詞典如下：

  詩詞曲語辭例釋 王鍈 中華書局 1986（第二版）
  金元北曲語彙之研究 黃麗貞 臺灣商務印書館 1982（第三版）
              （人人文庫 694，695）
  元明戲曲中的蒙古語 方齡貴 漢語大詞典出版社 1991

12. 編排設計都照正文，在此不復贅述。

六種文言虛字著作綜合索引

13. 本書又根據六種文言虛字著作編製綜合索引，放在附錄中，以便掌握對詩文詞語的傳統見解。該索引所錄的，包括日本江戶時代人釋大典撰寫的三部著作，爲日中兩國的代表性虛字著作提供簡便的翻檢環境。其六種著作如下：

文語解	釋大典	汲古書院	1979
		(漢語文典叢書 1)	
助字辨略	劉淇	中華書局	1954
經傳釋詞（附補及再補）	王引之、孫經世	中華書局	1956
經詞衍釋	吳昌瑩	中華書局	1956
詩語解	釋大典	汲古書院	1979
		(漢語文典叢書 1)	
詩家推敲	釋大典	汲古書院	1979
		(漢語文典叢書 1)	

14. 詞語後面注明著作編者和所在頁碼，其中"文"、"詩"、"推"代表《文語解》、《詩語解》、《詩家推敲》，如 186 頁：

　　　　敢　　文 312 下，劉 179，詩 201 下，推 371 上

該條收在釋大典所著的《文語解》312 頁下欄、《詩語解》201 頁下欄、《詩家推敲》371 頁上欄和劉淇《助字辨略》179 頁。

15. 該索引原則上按詞語首字的拼音字母次序排列，但需要例外處理的，列在黑線下面，如 182 頁：

　　　　道
　　　　　道是
　　　　　―――――
　　　　　報道
　　　　　傳道

"報道"、"傳道"等條目列在"道"字之下。

16. 其他編排設計都照正文，茲概從略。

十一種詩詞曲詞典綜合索引

A

ā

阿	另見 a, ē
阿八其	方 457, 478
阿鼻	學 1·534
阿卜	方 271
阿布	方 424
阿叱	張 841, 黃 182
阿堵兀赤	學 3·600, 方 244, 214
阿各綽	王 1, 學 1·8, 方 405
阿公	陸 274, 學 1·4
阿孤令	學 1·8
阿家	蔣 20
阿哈	方 225, 214
阿及哥	方 466, 479
阿斤堆	方 139
阿磕綽	王 1, 學 1·8, 方 405
阿可赤	王 1, 學 1·8, 方 405
阿可綽	王 1, 學 1·8, 方 405
阿拉	方 457, 472
阿剌剌	學 1·7
阿來來	學 1·7
阿蘭	黃 284
阿郎	蔣 12
阿老	陸 274
阿媽	陸 274, 學 1·4, 黃 284
阿媽薩	方 147
阿馬	陸 274, 學 1·4, 黃 284, 孫 611
阿瞞	孫 606
阿莽	蔣 516
阿沒	蔣 511
阿那忽	陸 274, 學 1·7
阿奴	蔣 1
阿婆	蔣 558
阿鵲	張 841
阿嚏	黃 182
阿魏	蔣 108
阿喜	方 462, 478
阿者	陸 274, 學 1·6, 黃 283, 孫 611
呵	另見 a, hē, kē
呵媽薩	方 147
腌	張 593, 陸 456, 學 1·1, 黃 338
腌老	見 yān
腌盆兒	陸 456, 536, 學 3·361
腌軀老	陸 456
腌臢	陸 456, 學 1·2
腌臜	陸 589, 學 1·2, 黃 107, 338
醃浮浪	陸 585

á

| 嘎飯 | 見 xià |

a

阿	陸 273
	另見 ā, ē
呵	黃 301
	另見 ā, hē, kē

āi

哎	張 751, 陸 285
哎也	陸 285
哎喲	黃 300
挨挨搶	學 1·10
挨也	陸 336
挨倚	學 1·9
挨匝	陸 336, 學 1·9
挨桫	學 1·9
欸乃	見 ǎi
哀哀父母生我劬勞	黃 219

ái

捱捱	學 4·159
啀	張 644, 陸 381
啀喍	蔣 306
挨	見 āi

ǎi

| 欸乃 | 陸 397 |

ài

艾虎	學 1·10
艾火	蔣 94
愛處做	學 1·12
愛的做	學 1·12
愛女	陸 476, 學 1·11
愛女娘	陸 476, 學 1·11
愛撒	學 1·11
愛他的着他	陸 476, 黃 228
隘隘享享	陸 511
礙叫	陸 638

ān

安車	學 1·13
安存	學 1·14
安伏	陸 166, 學 1·14
安撫	學 1·14
安復	學 1·14
安樂窠	學 1·17
安樂窩	學 1·17, 黃 277
安眉待眼	陸 167
安眉帶眼	陸 167

安壇 方425, 479	黃229	
安下 學1·12	暗約 張710, 陸483,	**B**
安札 陸166, 學1·13	學4·272, 黃118	
安制 學1·15	闇哂 陸625	
安置 陸167, 學1·15	黯約 張710, 陸657,	**bā**
鞍橋 學1·17	學4·272, 黃118	
鞍轎 學1·17		八棒十枷 陸27
鞍鞊 學1·18	**āo**	八棒十挾 陸27
腤臢 學1·2, 黃107	凹答 陸107, 學1·21	八答麻鞋 學1·26
腤臢病 陸498	熬 見 áo	八答鞋 學1·26
腤臢氣 陸498		八椒圖 陸27
腤臢頭 陸498	**áo**	八鷥 陸27
腤臢 學1·2	敖惱 陸394	八十孩兒 張828
	熬薑受淡 黃115	八水三川 學1·25
ǎn	熬煎 學1·22	八踏鞵 陸27, 學1·26
	鰲山 學1·24	八位 陸26
俺答 方116	鰲魚脫却金鉤釣擺尾	八下裏 陸27
俺每 陸322	搖頭再不回 黃234	八陽經 張863, 王2,
俺撲 學3·73	鏖兵 陸642	陸27, 學1·25,
俺付 張711, 陸379,	鏖糟 學1·23	黃251
黃118	鏖妻打婦 陸642	扒 另見 pá
唵喑 學1·2	鏖頭 陸642	扒頭 學1·32, 黃238
唵嚃 陸379, 學1·2	鏖糟 陸642, 學1·23,	巴阿禿兒 黃283
揞 學1·18	黃132, 許9, 169	巴巴 學1·27
	鏖戰 陸642	巴巴急急 王1
àn		巴鼻 張838, 黃42
	ǎo	巴壁 學1·31, 許14
按 林144	拗連臺 王193	巴避 張838, 學1·31,
按板 學1·19	襖刺 方126	黃42
按酒 林109, 陸295,		巴臂 張838, 陸88,
學1·20	**ào**	學1·31, 黃42
按納 陸295, 學1·21	拗連臺 見 ǎo	巴都兒 陸88, 學1·42,
按捺 學1·21	懊煎 學1·22	方5
按彈 方425		巴毁 蔣241
案板 學1·19		巴劫 王1, 陸87,
案房 學1·19		學1·29
案酒 陸340, 學1·20		巴結 王1, 學1·29
岸答 方116		巴鏝 陸88, 學1·30
暗付 學4·272		巴棚 學1·33
暗昏昏 黃176		
暗室虧心神目如電		

bā — bái

巴錢　陸88	把定　學1·40	**ba**
巴三覽四　陸88	把定物　學1·40	罷　　黃296,
巴圖魯　黃283	把都（兒）陸204,	方465, 478
把　　另見bǎ, bà	學1·42,	另見bà, pí
把背　張838, 學1·31,	黃283,	**bāi**
黃42	方5, 424, 471	刵劃　陸233, 學1·43
把臂　學1·31	把法　學1·39	**bái**
另見bǎ	把猾　學1·41	
芭棚　學1·33	把拏　陸204	白　　王4, 陸148,
笆壁　張838, 陸350,	把如　張257, 陸203	學1·45
學1·31, 黃42,	把撒　方252, 214	白鄧鄧　學1·51, 黃159
許14	把色　學1·36	白墮　王5
笆箔　陸350	把瑟　學1·36	白髮故人稀　黃207, 224
笆蓬　學1·33	把屎做糕糜嚥　陸204	白謊　陸149, 黃52
bá	把勢　學1·38, 方349	白健　蔣337
拔　　蔣143	把手爲活　陸204	白刺擦　學1·51
拔白　學1·34, 黃71	把似　張257, 陸203,	白賴　陸149, 學1·50
拔刺　林98	學1·37, 黃64	白破　王4, 陸149,
拔短籌　陸250, 學1·35,	把酥　方187, 471	學1·50, 黃52
黃256	把蘇　方187	白日見簸箕星　陸150
拔禾　學1·34	把體面　黃333	白森森　黃170
拔了蘿蔔地皮寬　陸250	把羞臉兒揣在懷裏	白身　陸148, 學1·49
拔突　黃283	陸204	白甚　張494, 陸148,
跋　　蔣143	把與　學1·35	學1·48, 黃316
跋藍　王19	把盞　陸204	白甚麼　張494, 學1·48
bǎ	把捉　學1·41	白廝賴　陸149, 學1·50
把　　蔣133	把作　張260	白頭踥跙　學1·51
另見bā, bà	把做　張260	白頭疊雪　陸149,
把把　林20, 陸203,	**bà**	學1·51
學1·27	把　　另見bā, bǎ	白屋　陸149, 黃52
把盃　陸204	把槌兒　學1·42	白衣　陸148
把筆司吏　陸204	耙　　學1·43	白衣卿相　陸149
把臂　學1·41	罷　　王3	白衣相　陸149
另見bā	另見ba, pí	白衣秀士　陸149
把邊將　陸204	霸　　蔣133	白雨　林6
把柄　陸203, 學1·40	壩　　學1·43	白玉擎天柱　學3·158
把併　學1·40	欛　　學1·43	

bǎi

百劃　學1·43
　百媚門桯　陸174
　百衲衣　陸174
　百年隨手過萬事轉頭空
　　　　　黃210
　百戲　學1·52
　百行由來孝爲先人心
　　盡孝理當然　黃210
　百葉　學1·52
　百枝枝　學1·53
　百縱千隨　陸174
擺布　陸628
擺佈　陸628
擺當　陸629
擺劃　陸629，學1·43
擺手　陸628
擺搧　陸629
擺槊　陸629
擺子　林41

bài

拜　　方466，479
　拜德不拜壽　黃218
　拜斗　陸294，學1·54
　拜家堂　學1·55
　拜介　方466，479
　拜門　學1·53
　拜奴　方466，479
　拜堂　學1·55
　拜揖　學4·455
　拜義　陸294
敗露　學1·56
　敗破　王4，學1·50
　敗缺　學1·56
　敗脫　學1·56
　敗興　學1·57
韛　學1·95

bān

班部　學1·58
　班首　學1·57，黃84
　班頭　學1·57，黃84
斑鳩　陸437
般比　蔣215
　般當　蔣215
　般糧　蔣217
　般弄　學1·58
　般調　學1·61
　般挑　學1·61
搬　　陸477
　搬唱　陸478，學1·61
　搬唇遞舌　陸478，
　　　　　黃112
　搬遞　學1·60，黃112
　搬逗　陸478，學1·59
　搬弄　陸477，學1·58，
　　　　　黃112
　搬唆　陸478，學1·60
　搬調　陸478，學1·61，
　　　　　黃112
　搬挑　學1·61
　搬興廢　陸478

bǎn

板搭　陸256，學1·62
板答　學1·62
板大　學1·61
板僵　學1·63
板踏　學1·62
板闥　陸256，學1·62，
　　　黃73
板脹　學1·63
板障　陸256，學1·63，
　　　黃256
版築　學1·61

bàn

半壁（兒）　學1·70
　半槽　學1·69，黃252
　半拆　學1·66
　半抄兒　學1·71
　半籌不納　陸111，
　　　　　學1·72，
　　　　　黃252
　半垓　陸110，學1·67
　半弓　學1·64，黃47
　半合兒　王6，陸110，
　　　　　學1·71，黃46
　半鑑　學1·70，
　　　　黃47，253
　半米（兒）　陸109，
　　　　　學1·65
　半器　學1·69
　半掐　陸110，學1·68，
　　　　　黃47
　半恰　陸110
　半霎兒　黃47
　半响　學1·68
　半停　學1·69
　半星（兒）　陸111，
　　　　　學1·67
　半扎　學1·66
　半札　學1·66
　半折　陸110，學1·66
　半紙功名百戰身　黃207
　半州　學1·65
伴當　陸188，學1·72，
　　　黃61
　伴儅　陸188，學1·72
　伴等　學1·72
　伴讀　陸188，學1·74
　伴哥　陸188，學1·74，
　　　　黃238
　伴姑兒　陸188，學1·75，

bàn — bēi

黃 241	包嘍　方 412	**bào**
伴換　蔣 178	包樓　方 412	抱　　學 1·84, 蔣 128
伴客　學 1·73	包彈　張 708, 陸 109,	抱黀腿　陸 249
伴涉　蔣 178	學 1·77, 黃 52,	抱官囚　王 7, 學 1·383
伴酸的　陸 188	許 4, 徐 247	抱角牀　陸 249
拌　　見　pān	剝　　見　bō	抱月烏　學 1·85
絆　　陸 405	襃談　張 708, 學 1·77	鮑兒　學 3·20
扮道　學 1·64, 黃 128	襃彈　張 708, 陸 576,	鮑老　陸 611
扮陰　學 1·92	學 1·77, 許 4	豹尾　學 1·85
辨道　學 1·64	襃　　見　襃	豹尾班　學 1·85, 黃 85
辦　　張 575, 王 5,	**báo**	豹月烏　學 1·85
陸 604	雹　　蔣 127	豹子　學 1·84
辦道　學 1·64, 黃 128	薄　　另見　bó	報攛箱　學 2·31
辦得　王 5	薄餅　學 4·130	報恩珠　學 1·83
bāng	**bǎo**	報伏　陸 426, 學 1·81
邦　　學 1·75	保兒　學 1·154	報復　陸 426, 學 1·81
邦老　陸 223, 學 1·75,	保兒赤　陸 277, 方 57	報官囚　學 1·383
黃 241	保辜文書　陸 277,	報喏　學 1·83
幫襯　學 1·77	學 1·80	報偌　學 1·83
幫閒　陸 613, 學 1·76,	保見　陸 277, 蔣 54	報塞　蔣 207
黃 136	保親　陸 277	報賽　蔣 207
幫閒鑽懶　陸 613	保塞　蔣 207	報書　王 7
bǎng	保談　學 1·77	暴　　陸 567, 學 3·163
榜子　陸 522	保彈　張 708	暴囚　學 1·383
bàng	保重　張 779	**bēi**
棒頭出孝子　陸 439,	保祚　學 1·79	杯　　方 264
黃 225	鮑諳世事慵開口　黃 227	杯筊　學 1·86, 黃 60
並　　另見　bìng	鮑病難醫　黃 227	杯珓兒　陸 257, 學 1·86,
並鄰　蔣 36	鮑醋生　學 1·81	黃 60
並畔　蔣 36	鮑食傷心忠言逆耳	悲合　學 1·87
傍　　見　páng	黃 227	悲天院　學 1·87
bāo	鴇兒　學 1·154	悲田院　陸 431, 學 1·87,
包合　學 1·77, 黃 52	寶劍賣與烈士紅粉	黃 101
包髻　學 1·79, 黃 52	贈與佳人　黃 233	卑田院　陸 233, 學 1·87,
包裹　王 190, 方 412	寶馬　林 88	黃 101
	寶鴈　學 1·81	碑珓兒　陸 492, 學 1·86
	寶子　蔣 105	碑亭　陸 492, 學 1·88

bèi

背　見 bèi

bèi

背　學1·95
　背槽拋糞　陸311,
　　　　學1·93,
　　　　黃258
　背褡　陸310, 學1·92
　背悔　陸310, 學1·91,
　　　　黃77
　背晦　學1·91, 黃77
　背會　陸310, 學1·91
　背時　陸310
　背廳　學1·90
　背陰　學1·92
　背云　學1·91
　背子　陸310, 學1·90
褙子　陸576
被搭　學1·92
　被論人　陸408, 學1·93
鞁　學1·95
備　學1·95,
　　方264, 214
　備擬　蔣171
鞴　學1·95
憊賴　陸593, 學1·94,
　　　　黃123

bēn

奔　王303
　奔吊　陸286, 學3·26
　奔競　學1·96
犇　王303, 學2·75
　犇呼　陸447

běn

本　張144, 學1·96
　本等　陸141, 學1·98,
　　　　黃51
　本對　陸141, 學1·97,
　　　　黃51
　本分　陸141
　本貫　陸141
　本事　陸141

bèn

坌　陸196, 學1·99,
　　黃63
　坌工　陸196
　坌鳥先飛　陸196,
　　　　　　黃223
夯　見 hāng
奔　見 bēn
倴　學1·99
埲功　陸427
惃　陸388, 學1·99
臍　學1·99

bēng

絣　學1·103
　絣扒　學1·100, 黃112
　絣紘　蔣372
　絣綅　學1·101
掤扒　學1·100, 黃112
掤拽　陸394, 學1·101
繃扒　陸534, 學1·100,
　　　黃112
　繃藉　學1·102
　繃拽　學1·101
崩騰　陸383, 學1·100
偹　學1·103
繃　見 絣

bèng

迸　王15, 學1·103
繃　見 bēng
綳　見 絣

bī

偪塞　蔣356
　偪仄　林132
　偪側　林132
幅塞　蔣356
楅塞　蔣356
逼併　學1·104, 黃109
　逼綽　張703, 陸510,
　　　　學1·117,
　　　　黃109, 326
　逼綽刀子　張703,
　　　　　　陸510,
　　　　　　學1·117,
　　　　　　黃109
　逼綽子　張703, 陸510,
　　　　　學1·117,
　　　　　黃109
　逼促　學1·104
　逼勒　學1·104
　逼臨　陸510, 學2·362
　逼邐　陸510, 張703
　逼塞　蔣356
　逼側　林132
偪塞　蔣356
輻塞　蔣356

bí

鼻凹　陸543
　鼻凹兒上抹砂糖　陸544

bǐ

比　王8, 蔣381, 386
　比併　學1·106
　比並　學1·106, 黃44
　比各　學1·109
　比及　張263, 陸96,
　　　　學1·110, 黃38
　比妓　方453, 479

bǐ－biàn

比較	學1·108, 黃252	必其	蔣404	梅花自主張 黃223
比來	王8, 蔣381	必若	蔣404	閉門屋裏坐禍從天上來
比量	學1·108	必索	陸125, 學1·113,	黃223
比丘	陸96, 黃282		黃48	髀殖 許36
比如	陸96, 學1·105	必嚹	方457, 478	
比時	陸96	畢罷	陸403, 學1·116,	biān
比似	陸96, 學1·105		黃94	邊 王11, 林65
比先	王8, 陸96	畢剝	學1·109	邊恥 蔣554
彼各	張764, 陸243,	畢徹赤 陸403,	邊徹 學1·123
	學1·109		學1·114, 方46	邊屈 學1·123
彼立	蔣557	畢竟	張414, 王10,	邊廂 學1·122
刢剝	學1·109, 黃182		徐249	編捏 學1·123
		畢期	蔣404	鞭恥 蔣554
	bì	畢若	蔣404	
必	張194,	畢月鳥 學1·116	biǎn
	方249, 214, 457,	饆饠 張703, 徐249	匾短 陸376
	472, 蔣404	辟差 王429	匾窄 陸376
必赤赤	學1·114, 方46	辟牒 蔣558	褊衫 學3·40
必答	方128	辟邐 張703	
必答奴	方128	壁上泥皮 學1·120,	biàn
必丟不搭 陸125,		黃267	便 張36, 王14,
	學1·114,	壁聽 陸592, 學1·120		學1·124
	黃186	壁廂 黃340	便聰明的無益倒不如
必丟不答 陸125		壁衣 陸592, 學1·120	老實的常在 黃232
必丟疋搭 學1·114		薜蘿 學1·188	便當 學1·127, 404
必丟僕答 陸125,		避不的 陸625	便好道 張552, 陸278,
	學1·114	避乖 陸625, 學1·121,	學1·128, 黃75
必竟	張414	黃125	便好做 陸278
必力不剌 學1·114,		避乖龍 學1·121	便索 陸278, 學1·126,
	黃186	碧碧卜卜 學1·109	黃80
必溜不剌 陸125,		碧紗廚 學1·118	便宜 陸278
	學1·114	碧紗幮 學1·118	便則道 張107, 陸278,
必留不剌 陸125,		碧桃花下 學1·118	學1·127, 黃80
	學1·165,	弊行 學1·119	便做 陸278, 學1·127
	黃186	弊倖 陸551, 學1·119,	便做到 學1·127
必流不剌 陸125		黃113	便做道 張107, 陸278,
必律不剌 學1·114		畐塞 蔣356	學1·127, 黃80
必律律 黃148		閉 學1·134	遍 林134
必期 蔣404		閉門不管窗前月分付	辨道 見 bàn

biāo

變卦	陸662
變鳴禽	林154

biāo

標	陸567
標撥	陸568
標致	陸567

biǎo

表	陸312，學1·129
表白	陸313，學1·130
表得	張771，學1·133
表德	張771，陸313，學1·133
表記	陸313，學1·131
表裏	陸313，學1·132
表子	陸312，學1·129

biē

憋	張642，陸553，學1·134
憋憋地	陸554
憋憋焦焦	王161，學2·169
憋憞	陸553，學1·135
憋古	陸553，學1·662，黃55，136
憋劣	陸553，學1·148
憋拗	陸553
憋强	陸553
憋皂	陸553
憋噪	陸553，學1·135，4·346
憋躁	學1·135
憋支支	陸554，黃167
撇	學1·134
	另見 piē, piě
噘憞	陸547，學1·135
憼	見 憋

bié

鱉	見 鼈
鼈	張642
鼈憞	陸664，學1·135

bié

別	林82，陸191，學1·134，136，蔣254
	另見 biè
別番倒	陸191
別餘	蔣504

biè

彆	張642
別	張642
	另見 bié

bīn

賓白	徐246
賓伏	陸517

bīng

冰不搭不寒木不鑽不着	黃210
冰花	學2·374
冰炭不同爐	陸155，黃210
冰雪堂	陸155，學1·138
兵來將迎水來土堰	黃213

bǐng

稟牆	陸494，學1·139
稟堂	陸494
屏當	見 bìng
屏牆	學1·139

bìng

並	王16
	另見 bàng
並比	學1·106
並然	陸226，學1·140，黃318
並亦	蔣555
併	王15，429
併除	蔣141
併當	蔣141
屏當	蔣141
屏牆	見 bǐng
摒當	蔣141
摒擋	蔣141
病患	陸226
病僧勸患僧	陸347

bō

波	張750，陸258，學1·140，2·473，黃296，312，蔣152
波波	王17，陸258，學2·481，黃70
波波劫劫	王1
波波淥淥	王17
波波碌碌	王17
波浪	王18，學1·144，黃318
波那	張750，陸258
波俏	陸258，學1·143
波斯	學1·145
波廝	學1·145
波濤	王17，蔣152
波逃	蔣152
波旬	學3·471
波查	陸259，學1·142，黃333，徐248
波喳	陸259
波吒	林87
披旗	王212

bō－bù

饕饕　陸 626, 學 2·481
剝剝　學 1·27
　剝地　陸 325, 學 1·146
　剝落　陸 325
播菜　陸 557
　播搯　王 429
　播旗　王 212
　播土揚塵　陸 558
撥必只　方 204
　撥剌　林 98
　撥換　學 1·146
　撥畦兒　陸 565
　撥雲霧而覩青天　黃 232

bó

博　張 643
　博換　學 1·146
　博浪　王 18
　博山銅　學 1·147
　博士　蔣 43
搏手(兒)　學 1·148
薄餅　見 báo
　薄藍　王 19, 學 1·152
　薄籃　陸 621
　薄籃　王 20, 陸 621,
　　　學 1·152, 黃 125
　薄劣　王 18, 陸 621,
　　　學 1·148, 黃 125
　薄落　陸 621
　薄麼　學 1·154
　薄嬝　陸 621, 學 1·154
　薄媚　蔣 302
　薄暮　徐 247
　薄批細切　黃 125
　薄怯　學 1·150
　薄怯怯　學 1·150
　薄設設　陸 621,
　　　學 1·153
　薄濕濕　陸 622,

　　　學 1·153
　薄相　王 21
　薄幸　學 1·150
　薄倖　張 813, 學 1·150
　薄支辣　學 1·153
荸赤　方 257
　荸藍　王 19, 20, 陸 197,
　　　學 1·152, 黃 125
　荸蘭　學 1·152
　荸老　陸 197, 學 1·89,
　　　黃 241
　荸羅　王 20
　荸者　方 257
　荸知　方 257, 214, 472
勃蘭　王 20
　勃籃　王 20
　勃籠　蔣 554
　勃騰騰　學 1·153,
　　　黃 172
荸籃　王 20, 陸 109,
　　　學 1·152
伯母　蔣 29
駁駁劣劣　陸 543,
　　　學 1·148
　駁落　陸 543

bǒ

簸箕星　見 bò
　簸旗　王 212
　簸土揚沙　陸 639
簸　另見 bǒ
　簸箕星　陸 639

bò

擘劃　陸 615, 學 1·43
　擘兩分星　陸 616
　擘破面皮　陸 616
　擘阮分茶　陸 615

bū

俌俏　陸 278, 徐 249
逋逃　蔣 277

bǔ

卜兒　陸 31, 學 1·154,
　　　黃 235
卜兒赤　方 57
捕菜兒　陸 337
捕腿拏腰　陸 337
補代　陸 502, 學 1·156,
　　　黃 247
補完　學 1·157
補圓　學 1·157

bù

不　蔣 522
不才　陸 62
不撐達　陸 73
不成　張 498, 陸 63
不承望　陸 70
不揣　學 1·171
不存不濟　陸 74, 黃 97
不錯　張 781, 陸 67,
　　　學 1·174, 黃 315
不答　黃 308
不打緊　陸 68, 學 1·177
不打摜　陸 68
不待　陸 65, 學 1·169
不待見　學 1·184
不帶頭巾男子漢　陸 75
不當　張 497, 陸 66,
　　　學 1·157, 黃 40
不當不正　陸 74
不當家　陸 72
不當穩便　陸 75
不到　張 481, 陸 69,
　　　學 1·172, 黃 40

不到的 張481，陸69，學1·172	不忿 張461，陸63，學1·167	不剌剌 張70，學1·183，黃148
不到底 張481，學1·172	不憤 張461	不㑔 張742，陸65，學1·170，黃312
不到得 張481，陸69，學1·172	不伏燒埋 張863，陸74，學1·186，黃39	不琅鼓 陸71
不倒 張484，陸65，黃314	不服燒埋 學1·186	不老衣 陸68
不道 張473，陸66，學1·172，黃40, 314	不甫能 張281，陸68，學1·179，黃61	不良才 學1·180
	不付得 張281	不良會 陸69
	不付能 張281，陸68，學1·179	不了事 陸67
不道的 張466，陸72，學1·172		不料量 陸70
	不付他 學1·179	不劣方頭 張862，陸74，學1·558，黃37
不道得 張466，學1·172	不乾淨 張567，陸70	
	不魼尬 陸73	不伶不俐 學1·180
不登登 陸72，學1·153，黃159	不干己事休開口 黃201	不伶俐 陸68，學1·180，黃251
不鄧鄧 陸73，學1·153，黃159	不幹事 陸72	不恰俐 陸69，學1·180
	不勾 陸62	
不點實 陸73	不勾思 陸68	不律頭 張862，學1·558
不迭 張198，陸65，學1·167	不諱 陸67	不論 王22，蔣474
	不藉 陸67，學1·175	不擬 陸67
不定交 學1·182	不見的 陸69	不寧不奈 陸72
不毒不發 陸74	不見得 陸69，學1·176	不寧奈 陸72
不覩事 張564，陸73，學1·185，黃40	不借 學1·175	不那 蔣462
	不緊 陸66，學1·177	不氣長 陸70，學1·177，黃39
不覩是 張564，學1·185	不精細 陸73	
	不覺 王24	不恰好 陸70
不賭時 張564，陸72，學1·185	不君子 學1·181	不求金玉重重貴只願兒孫箇箇賢 黃201
	不看吃的且看穿的 黃201	
不賭是 張564	不快 張577，陸63，學1·162	不然 張499，黃315
不對當 陸72		不如意事常八九可與人言無二三 黃202
不多爭 學1·178	不匡 陸63，學1·168	
不犯 陸62	不恇 陸65，學1·168，黃40	不色 學1·36
不方 蔣445		不沙 張742，學1·163，黃313
不妨 王23，蔣445	不喇喇 學1·183	
不防頭 陸69	不刺 張742，陸64，學1·165，黃308, 312	不上臺盤 陸73
不放 王23		不省 蔣407
不分 張460		不省曾 蔣407
		不是 學1·169

不是處　張562，陸70， 　　　學2·439	不則　張22，陸65	學1·189
不是一番寒徹骨誰許 　梅花噴鼻香　黃202	不扎　陸62	猜枚　學1·191
	不斬　陸66	啋　　　學1·189
	不臻　陸66	另見 cǎi
不是冤家不聚頭　黃202	不爭　張249，陸64，	
不受苦中苦難爲人上人 　　　　黃202	學1·159，黃41	**cái**
	不知顚倒　陸74	才　　　張190
不數　林63	不知命無以爲君子	才調　學1·192
不順　陸66	黃203	才卿　陸61
不索　陸66，學1·171， 　　　黃313	不中　張459，陸62， 　　　黃39	才人　學1·191
		才人書會　陸61
不騰騰　陸73，學1·153	不中使　陸68	才子佳人信有之　黃200
不體　方459，478	不着墳墓　陸74	財　　　張190
不停當　陸71	不着情　陸72	財動人心　黃217
不往了　學1·181	不着疼熱　陸74	財上分明大丈夫　黃217
不枉了　陸63，學1·181	不足　張283	裁　　　王27，林125
不望　陸66	不做美　陸71，學1·185	裁劃　陸459
不惺間　學1·184	不做人　陸71	裁思　陸459
不誤間　陸73，學1·184	布擺　陸124	纔　　　張190，王28
不係　蔣494	布撚　陸124	纔此　陸662
不戲　張608，陸67， 　　　黃315	布線行針　黃253	纔則　陸662
	佈擺　陸189	
不繫　蔣494	佈劃　陸189，學1·43	**cǎi**
不相投　陸70	步線行針　陸210，黃253	采　　　張809，陸271， 　　　學1·192，黃67， 　　　許15
不消　學1·171	部落　陸413	
不曉事　學1·185	部署　陸413，學1·187	
不孝謾燒千束紙虧心 　空爇萬爐香　黃202	蔀落衣　陸576，學1·188	採　　　林129，陸394(2)， 　　　學1·192
不尋思　陸71	**C**	採揪　陸394
不信好人言必有恓惶事 　　　　黃203		啋　　　張809，陸381， 　　　學1·192，許15
	cā	
不惺思　陸71	擦牀兒　陸614，學1·189	另見 cāi
不惺憶　陸72	擦摺兒　方193	彩　　　張809，陸386， 　　　學1·192，許15
不醒　蔣407	擦者兒　方193	
不羞見　學1·185		彩頭　陸386
不尋俗　學1·178	**cāi**	睬　　　學1·192
不以　蔣494	猜　　　王25，陸402，	睬啾　陸492
不應　張385，學1·164		綵鑪　陸534
不語先生　學1·187		

cān

參	另見 cēn, shēn
參榜	陸 376
參的	王 264, 學 1·224
參可可	學 1·252
參譚	王 29
趁趯	王 29
驂驔	王 29, 林 150

cán

慚	張 773, 王 30, 蔣 165
慚胲	陸 518
慚愧	張 773, 王 30, 陸 518, 學 1·195, 黃 326, 蔣 165
慚媿	張 773, 王 30, 黃 326
慙	見 慚
殘	蔣 286
殘漿勿漏	陸 440
蠶橡	學 1·314

cǎn

憯酢	蔣 318
慘	王 31, 學 1·352
慘醋	蔣 318
慘可可	學 1·252

cāng

傖頭	陸 419, 學 1·197
蒼鶻	學 1·197
蒼茫	王 33
蒼天有眼	黃 231

cáng

藏鬮	陸 632, 學 1·198

cāo

操	蔣 314
操抱	學 4·346
操暴	陸 594, 學 4·346, 蔣 314
操嗔	蔣 314
操次	蔣 362
操惡	蔣 314
操鼓	陸 594

cáo

曹司	陸 396
槽坊	陸 568
槽房	陸 568

cǎo

草標	學 1·199
草草	王 33
草次	王 382
草囤兒	陸 355, 學 1·200
草稕(兒)	陸 355, 學 1·200
草腹菜腸	陸 356
草裏旛竿	陸 355
草苫兒	陸 355
草刷兒	陸 355, 學 1·200
草頭大王	學 1·199
草頭王	學 1·199
草鞋錢	陸 355
草澤醫人	陸 356
懆暴	王 381, 陸 593, 學 4·346, 蔣 314
懆惡	蔣 314

cè

側	林 21, 蔣 355

另見 zè, zhāi

側側	林 118
側脚	王 35
側脚裏	王 35
側近	學 1·200
側厭	陸 373
厠塞	蔣 356
測測	林 118
惻惻	林 118
惻塞	蔣 356
冊	蔣 138
策	陸 452
嬰塞	蔣 356

cēn

參	另見 cān, shēn
參差	王 36, 蔣 469
參嗟	蔣 469

céng

曾	見 zēng

cèng

蹭蹬	學 1·201

chā

叉	蔣 348, 學 1·202
叉三擺四	陸 45
叉手	張 845, 陸 45, 學 1·204, 許 1, 38
叉手告人難	黃 251
扠	學 1·202
差	張 245, 黃 321

另見 chà, chāi, cī

差遲	陸 334
差訛	學 1·206
差三錯四	陸 334
插	陸 434, 學 1·206
插插花花	陸 434

插釵	陸434，學1·208	
插趣	陸434	
插手	張845，陸434，	
	學1·204	
插一簡(兒)	學1·209，	
	黃96	
插狀	陸434，學1·208，	
	黃97	
嗏	陸473，學1·211	

chá
查	學1·216
	另見 zhā
查梨	學1·211
查梨相	見 zhā
查黎	陸298，學1·211
茶博士	陸355，學1·214
茶茶	學1·213，黃285
茶旦	學1·215
茶點	學1·464
茶迭兒	方377
茶坊	學1·212
茶房	陸354，學1·212
茶合	方207
茶褐	方207
茶局子	學1·212
茶鋪兒	學1·212
茶食	陸354
茶托子人情	陸355，
	學1·214
搽	陸478，學1·209
搽旦	陸478，學1·215
搽灰抹土	陸479，
	黃111

chǎ
蹅	學1·216
蹅蹅忽忽	陸604
蹅狗屎	陸604，

	學1·217
蹅踐	學1·217
蹅踏	陸603，學1·217，
	黃123
蹅着吉地兒行	陸604
叉	見 chā

chà
差	蔣69，348
	另見 chā, chāi, cī
差惡	蔣69
衩	蔣348

chāi
拆白道字	張866，陸252，
	學1·218，黃67
拆牌道字	陸252
拆證	學4·410
差	蔣240
	另見 chā, chà, cī
差發	學1·205
差法	陸333，學1·205
差科	學2·239，黃82
差排	陸333

chān
攙	張647，王430，
	陸647，學1·353，
	黃328
攙搓	陸647
攙行奪市	陸647
襜褕	學4·373

chán
纏繳	陸653，學1·221
纏攪	學1·221
纏麻頭續麻尾	陸653，
	黃206
纏頭	陸653，學1·220

纏頭裏腦	陸653
纏仗	陸653，學1·220
單	另見 dān
單于	張870
禪和	學1·219
禪和尚	學1·219
禪和子	陸618，
	學1·219
僝僽	學1·221
僝僽	張673，陸513，
	學1·221，黃116，
	徐249
剗	陸637
囅	學3·112
饞慵	蔣305

chǎn
剗	張499，陸324，
	黃83
剗的	張501，陸324，
	學1·224，黃83
剗地	張501，陸324，
	學1·224，黃83
剗馬	陸324，學1·223
剗新	陸325
產的	學1·224
產馬	陸402
剷地	學1·224
剷馬	陸470

chàn
顫篤速	學4·379
顫篤簌	陸661，
	學4·379，
	黃127
顫欽欽	陸661
顫巍巍	黃180

chāng

| 倀 | 蔣148 |

cháng

常	張150, 王39, 學1·232, 235
常便	學1·229
常川	陸383, 學1·232
常風發儍	陸384
常好	陸384
常好道	張150, 學1·238, 黃110
常好是	張150, 陸384, 學1·238, 黃110
常將冷眼看螃蟹看你橫行得幾時	黃221
常居一	學1·235
常賣	許75
常年	王40
常錢	陸384, 學1·229
常日	王40, 學1·233
常時	王40, 學1·233
常俗	張714
常歲	王40
常言	學1·234
常則是	學1·230
常住	陸384, 學1·234
常子是	學1·230
常自是	學1·230
長	王39, 學1·232 另見 zhǎng
長便	學1·229
長攙攙	黃171
長短	張488, 蔣423
長枷	學1·228
長江後浪催前浪一替新人換舊人	黃216
長街	學1·230
長離飯	學1·231
長錢	陸272, 學1·229, 黃72
長生運	陸272
長星赤口	陸272
長行	學1·228, 黃72
長休飯	陸272, 學1·231
長則是	學1·230
萇弘化碧	黃275
倘	見 tǎng
腸荒腹熱	陸496
腸裏出來腸裏熱	陸496, 黃228

chàng

唱	張150, 陸377
唱詞話	學1·240
唱道	張150, 陸377, 學1·236, 黃110
唱話	學1·240
唱叫	陸377, 學1·239, 黃94
唱叫揚疾	張864, 陸377, 學1·239
唱喏	陸377, 學1·241, 孫563
唱偌	學1·241
暢	張150, 陸521, 學1·235
暢呷	陸521
暢道	張150, 陸521, 學1·236, 黃110
暢好道	張150, 陸521, 學1·238, 黃110
暢好是	張150, 陸521, 學1·238, 黃110
暢懷	陸521
暢叫	陸521
暢叫揚疾	張864, 陸521, 學1·239
暢可體	陸521
暢是	陸521
悵	王50

chāo

抄	陸202
抄化	陸202
抄沒	學1·242
抄手	張845, 陸202, 學1·204, 許1, 38
超垛	陸462, 學1·242
超烘	王41
䫌颭	學4·391
綽	見 chuò

cháo

朝	另見 zhāo
朝請	學1·242
朝廷	蔣35
朝庭	蔣35
朝治裏	陸438, 學1·243
朝野裏	學1·243
嘲撥	陸546, 學1·243
嘲歌	陸545, 學1·244

chǎo

吵	陸153, 學4·491
吵聒	學1·698
吵戚	學1·245
炒刺	陸260, 學1·245

炒鬧揚疾　陸261,　　　　學1·239	陳登　黃274	撐四　王45
炒七　陸261, 學1·245	陳雷　黃275	撐　見 撐
炒戚　陸261, 學1·245	陳婆婆　陸415	稱　王44
炒咬　蔣193	**chěn**	搶　張718, 陸479,　　　　黃121
麨皮　學1·302	硶　王31, 陸598,　　　學1·251	另見 chéng, qiāng,　　　　qiǎng, qiàng
麨脾　學1·302	硶磕磕　陸599,　　　學1·252,　　　黃168	**chéng**
chē	硶可可　陸599,　　　學1·252,　　　黃168	承　王46
唓嗻　陸328, 學1·245,　　　黃107		承搭　王47, 學1·260
		承答　王47, 學1·260
		承伏　陸247, 學4·389
	硶事　陸599	承領　陸247
chě	**chèn**	承平日久人不知兵　　　　黃215
扯　學1·247	趁　王43, 林35,　　　蔣153	承前　王47
扯葉兒　陸206,　　　學1·247	趁打夥　陸461	承前併湊　蔣556
撦　陸565, 學1·247	趁跌　蔣155	承塌　王47, 學1·260
撦旗奪鼓　陸565	趁迭　蔣155	承頭　王47, 陸248,　　　學1·259
chè	趁哄　陸461	
徹　王41	趁熟　陸461, 學1·254,　　　黃118	承忘　蔣176
徹膽　陸552		承望　陸247, 黃72,　　　蔣176
徹梢虛霧　陸553	趁逐　陸461, 學1·253,　　　黃103	
掣　學1·247		承聞　王46
chēn	稱　見 chēng	承應　陸248
嗔惡　王102	襯鋪兒　陸661, 學1·252	承招　學4·389
嗔忿忿　黃176		成合　學1·257
抻　陸394	**chēng**	成計　學1·256
chén	撐　張718, 王45,　　　陸561,　　　學1·254, 4·433,　　　黃121	成家立計　學1·256
沉點點　陸210		成就　學1·257
沉埋　學1·250		成均　學1·258
沉細　學1·250		成開皆大吉閉破莫商量　　　陸201, 黃209
沉暗　學1·249	撐達　張718, 陸561,　　　學1·254, 黃121	
沉吟　王42, 學1·249		成收　學1·257
辰勾　陸223, 學1·248	撐犁　方119	成算　學1·259
臣事君以忠君使臣以禮　　　黃209	撐犁孤塗　方471	成頭　王47, 學1·259
	撐黎　方119	成則爲王敗則爲虜　　　黃209

盛 另見 shèng	學 1·264	赤赤赤 陸 221,
盛飯囊 陸 449	吃敲材 陸 424,	學 1·266
呈頭 學 1·259	學 1·264, 黃 99	赤的 學 1·263
程期 陸 452, 學 3·92	吃敲賊 陸 159, 424,	赤津津 黃 171
程途盼 學 3·15	學 1·264	赤緊地 陸 221
程限 學 1·262	吃喬 學 1·263	赤緊的 張 527, 陸 221,
乘 蔣 3	吃食諱食 陸 160,	學 1·269, 黃 64
乘除 學 1·261	黃 212	赤賴白混 陸 222
乘傳 學 1·260	吃鳥飯癇黑屎 陸 425,	赤力力 陸 221, 黃 151
根 林 100	黃 212	赤歷歷 黃 170
搶 另見 chēng, qiāng,	吃喜 張 608, 陸 159,	赤留出律 陸 222,
qiǎng, qiàng	學 2·261, 黃 50	學 3·88,
搶攘 學 3·119	吃戲 張 608	黃 192
chěng	喫 見 吃	赤留乞良 陸 222,
	哧哧 學 1·266	學 3·101
逞末浪 陸 412, 學 2·484,	笞掠 學 2·397	赤留束刺 學 3·344
黃 55	搋搋 陸 483, 學 1·266,	赤留兀刺 陸 221,
chī	黃 184	學 3·88,
	搋的 學 1·263	黃 192
吃 張 644,	嗤嗤 學 1·266	赤律律 陸 221, 黃 151
陸 158, 424	嗤的 學 1·263	赤瓦不剌 陸 222
吃搭搭 陸 159	唏 見 嗤	赤瓦不剌海 陸 222,
吃答的 學 1·620	癡魸 學 1·268	學 1·270,
吃地 陸 159, 學 1·263	癡爭 學 1·268	黃 283
吃跌 學 1·263	癡掙 張 840, 陸 638,	赤五色石 學 3·350,
吃飯家活 陸 425	學 1·268, 黃 133	方 110
吃狗脂 陸 159	癡諍 學 1·268	赤資資 黃 161
吃寡醋 陸 159	**chí**	**chōng**
吃醬瓜兒 學 1·265	馳驟 學 1·268	沖末 學 1·271
吃劍才 陸 159, 425	踟躕 王 50	沖上 學 1·271
吃劍頭 陸 159, 425	**chǐ**	衝動 陸 576
吃劍賊 陸 159	尺緊的 學 1·269	衝上 學 1·271
吃交 陸 159, 學 1·263	哆侈 王 433	衝州撞府 陸 576
吃緊的 張 527,	哆哩 王 433	春容 王 64
陸 159, 425,	**chì**	**chóng**
學 1·269, 黃 64	赤 方 151, 150	重 另見 zhòng
吃苦不甘 學 1·265		重羅麪 陸 316,
吃明不吃暗 黃 212		
吃敲才 陸 159, 424,		

chóng—chù

	學1·272		chǒu		出留出律	陸109,	
蟲蟲	王49					學3·88,	
蟲兒	王49	丑	徐245			黃192	
蟲娘	王49	丑叉	黃43		出流東刺	陸109	
蟲蟻	陸631, 許63	丑詫	黃43		出落	張423, 陸108,	
	chōu	丑生	黃237			學1·282, 黃332	
抽首	學1·272	杻械	學1·279		出氣	陸108	
抽頭	王49, 學1·272	俲	陸371		出身	陸107, 學1·281	
搊	張595, 陸480	俲保	陸371		出首	陸108	
搊殺	張596, 陸480,	俲問	陸371, 學1·279		出跳	陸108	
	學1·273	瞅問	陸526, 學1·279		出頭	王52, 陸109	
搊拾	陸480	醜	王51, 學1·278		出脫	黃54	
搊瘦	陸480, 黃111	醜叉	陸625, 學1·537		出外做客不要露白		
搊搜	張596, 陸480,	醜差	蔣69			黃207	
	學1·273,	醜詫	陸625, 學1·537	初	王52		
	黃111, 326	醜婦家中寶	陸625,				
			黃232		chú		
搊颸	張596, 學1·273	醜了面皮	陸625	除	張546		
搊擡	陸480	醜生	陸625, 學1·278	除非	張546		
搊扎	張596, 陸480,	醜賊生	學4·353	除非是	張546		
	學1·273, 黃326		chòu	除是	張546		
篘	陸601			除死無大災	黃219		
	chóu	臭皮囊	陸354	廚頭竈腦	陸551		
			chū	雛兒	陸635, 學1·285		
惆悵	王50, 蔣365				chǔ		
惆懒	王50, 學1·277	出磋	陸108				
愁布袋	陸475, 學1·275,	出醜揚疾	張864,	楚館秦樓	陸485		
	黃258		陸109,	處	另見 chù		
愁凄凄	學1·276		學1·239	處分	張682, 王58,		
愁戚戚	學1·276	出醜張名	陸109		陸408, 學1·285		
愁慽慽	學1·276	出的	陸107	儲擬	蔣171		
酬志	學1·276	出地	陸107		chù		
酙	見 酬	出定	陸108				
籌	蔣556	出豁	陸109	處	王54, 學1·287		
籌兒	徐250	出尖	陸107	處分	見 chǔ		
躊躇	王50, 學1·277	出來	張425, 陸107,	畜生	學1·278		
躊躕	學1·277		學1·280, 黃316	觸	王58		
讎人相見分外眼明	黃203	出了笋籃入了筐	陸109,	觸處	張804		
			黃206	觸熱	陸648		

chuāi

揣	陸432(2), 學1·289
	另見 chuài
揣巴	陸432, 學1·290, 黃324
揣奸把猾	陸432
揣歪捏怪	陸432, 學3·283
揣與	陸432, 學1·289, 黃100
揣着羞臉兒	陸432
搋	學1·290

chuǎi

揣	見 chuāi, chuài

chuài

揣	張728, 學1·291
	另見 chuāi
踹	學1·292

chuān

川	張806
穿換	陸305, 學1·294
穿張	陸305, 學1·293
穿着	學1·293
剶	蔣137

chuán

傳槽病	陸469, 學1·296, 黃263
傳奉	學1·295
傳奇	徐246
傳舍	陸469
傳示	學1·294
船到江心補漏遲	黃221
船到江心牢把棹箭安弦上慢張弓	黃221

chuàn

串	陸186
串衚衕	陸186
串花街	陸186
串杖	陸186, 學1·293
串幛	陸186, 學1·293

chuāng

窗外日光彈指過席間花影座間移 黃225

摐摐	蔣360

chuáng

床相	學1·296
咪	陸328, 學1·296, 黃119
咪咪	陸328
吽	學1·296
噇	陸546, 學1·296, 黃119
噇膿搗血	陸546

chuàng

愴白	學3·123

chuī

吹噓	學1·298

chuí

垂	蔣144, 272
垂蓮盞	王165
垂手	學1·298
搥丸	陸435, 學1·299
遄	蔣144

chūn

春榜動選場開	陸296,
春盛擔兒	陸296, 學1·300
春盛擔子	陸296, 學1·300, 黃76
春盛盒擔	陸296, 學1·300
春葱	陸296
春風門下客	學1·301
春牛	陸296
春山	學1·299
春天的夢秋天的屁	陸297, 黃218
春纖	陸296
春宵一刻千金價	黃218

chuō

戳包兒	陸628, 學3·400

chuò

綽	陸532
綽號	陸533
綽見	學1·302
綽開	陸533
綽名	陸533
綽皮	學1·302
綽掃	陸533
綽楔	陸533, 學1·303
綽鏇	學1·304
綽削	陸533, 學1·303
綽綻	蔣253
啜	王60
啜狗尾	王290, 陸378, 學3·442
啜哄	陸378, 學1·301
啜賺	王60, 陸378, 學1·301, 4·462, 黃95

輟	王59		**cōng**	簇新	學1·308
輟才	王59	葱蒨	王61	蹙促	王241
cī		聰聰	蔣317	蹴踘	學1·308, 黃132
差	另見 chā, chà, chāi	怱怱	蔣317		**cuān**
差參	王37	從	另見 cóng	攛	陸651, 學1·309
差池	王39	從容	王64	攛椽	陸652, 學1·314
刺	見 cì, qì		**cóng**	攛斷	張689, 陸652, 學1·311, 黃134
跐	見 cǐ	從	張108, 王61, 林58	攛頓	張689, 學1·311
	cí	從初	王66	攛掇	張689, 陸651, 學1·311, 黃134
詞乖	蔣241	從教	陸386	攛卷	陸651, 學1·310
詞向	蔣241	從來	王62	攛梭	學1·314
詞因	陸460, 學1·304, 黃104	從良	陸386, 學1·305	攛調	陸652, 學1·311
慈悲生患害	黃229	從容	見 cōng	攛廂	張849, 黃134, 許34
慈悲為本方便為門	黃229	從昔	王66	攛箱	張849, 黃134
慈不主兵義不主財	陸519		**cū**		**cuán**
茨臘	黃308	粗坌	陸404	攢典	陸660, 學1·315, 黃249
雌	陸511	粗坌坌	黃165	攢眉	蔣559, 學1·315
	cǐ	粗糙	陸404	攢蹄	學1·316
此者	蔣7	龕憔	陸590	攢玩	蔣75
佌佌	陸189	龕滾滾	黃178	攢蚖	蔣75
跐	學1·305		**cù**	攢刑	蔣280
	cì	促律律	學4·535	攢形	蔣280
次	林68	促招	陸277, 學1·307, 黃74	攢藥	學1·330
次第	張514, 陸173	促恰	陸277, 學1·307, 黃74	攢沉	蔣302
次妻	陸173	卒律	黃310	巑岏	蔣75
刺撻	見 qì	卒律律	陸233, 學4·535		**cuàn**
刺搭	林110	醋醋溜溜	陸586	爨	學1·316
刺答	林110	醋大	學1·332	爨弄	王426
刺塔	林110	醋滴滴	黃167		**cuī**
刺頭泥裏陷	陸233	簇合	學1·307	催挫	學1·317
		簇合沙	學1·307	催銼	學1·317

催趲　學1·317

cuì
翠紅鄉　陸536
　翠巍巍　黃177
　翠袖紅裙　陸536
脆促　王241
硣　蔣138

cūn
村　張722，陸208，
　　學1·318，黃333
　村棒棒　陸209，
　　　學1·325
　村材　學1·325
　村村棒棒　陸209，
　　　學1·325
　村裏鼓兒村裏擂　黃213
　村桑　張726，陸209，
　　　學1·322
　村沙　張726，陸208，
　　　學1·322，黃62
　村生泊長　陸209
　村聲潑嗓　陸209
　村勢煞　陸209
　村厮　學1·325
　村務　陸209，學1·322
　村胄　張723，陸209，
　　　學1·324
　村紂　張723，學1·324

cún
存活　陸166，學1·327，
　　　黃59
　存濟　張701，陸166，
　　　學1·328
　存札　陸166
　存坐　陸166，學1·326，
　　　黃59

cùn
寸男尺女　陸55
寸鐵入木九牛難拔
　　　　黃200
吋呼　蔣126

cuō
撮哺　王66，陸558，
　　學1·329，黃123
撮補　王66，學1·329
撮合山　陸558，
　　學1·330，
　　黃248，許19
撮角亭子　陸558，
　　　黃115
撮弄　王426
撮捧　陸558
撮鹽入火　陸558，
　　　學1·331
撮鹽入水　陸558，
　　　學1·332
撮藥　學1·330
搓　蔣348
蹉踏　學1·217
　蹉跎　方256

cuó
矬矮　學1·332
　矬檽　陸452
髽髻　學4·497

cuò
措大　陸392，學1·332
　措支剌　陸392，
　　　學1·334
錯支剌　陸605，學1·334
莝豆　陸407

D

dā
搭包　學1·339
　搭背　學1·92
　搭膊　陸481，學1·339
　搭伏　陸480，學1·338
　搭伏定　學1·338
　搭扶　學1·338
　搭護　陸481，學1·338，
　　　方18
　搭剌　陸481，學1·336
　搭連　陸481，學1·339，
　　　方188
　搭褳　陸481，學1·339，
　　　方188
　搭颯　陸481
　搭衣架　陸481
　搭造　學1·598
嗒辣酥　方234
　嗒辣蘇　方234
褡膊　陸602，學1·339
　褡縛　學1·339
　褡護　陸602
　褡褳　方188
答　另見 dá
　答剌　陸453，學1·336
　答納　方130
　答應　陸453，學1·334，
　　　黃338

dá
答　另見 dā
　答答　方239
　答達　方239
　答孩　學1·337

答荷　學1·340
答賀　學1·340
答喇　方167
答喇蘇　方424
答剌蘇　學1·361,
　　　方234
答剌孫　陸453,
　　　學1·361,
　　　方234
答連　學1·339, 方188
答思叭兒　方448
達達　陸510, 方239
達道　陸510
達干　方170
達摩　陸510
韃　方239

dǎ

打　蔣136
　打挃　學1·351
　打敖　學1·356
　打熬　陸131, 學1·356
　打板　蔣560
　打報　陸129
　打悲　陸129
　打悲阿　學1·363
　打悲歌　學1·363
　打悲科　學1·363
　打垄活　陸133
　打鼻鈕　陸136
　打髀殖　陸137,
　　　學1·365, 黃44
　打簸箕的尋趁　陸137,
　　　學1·367
　打參　陸128, 學1·344
　打慘　陸130, 學1·352
　打差　陸127
　打摻　學1·353
　打攙　陸133, 學1·353

打撐　林74, 學1·347
打癡掙　陸137
打搊拾　陸136,
　　　學1·361
打打　方394
打擔　陸132
打當　張694, 林68,
　　　陸129, 學1·342,
　　　黃45
打道子　陸136,
　　　學1·364
打底　學1·349
打點　陸132, 學1·349
打迭　林67, 陸127,
　　　學1·355
打疊　林67, 陸133,
　　　學1·355, 黃46
打獨磨　陸137
打阿老　學1·362
打訛　陸128, 學1·343
打耳喑　陸133
打鳳　學1·340, 黃44
打鳳撈龍　陸139,
　　　學1·340
打鳳牢龍　陸139,
　　　學1·340,
　　　黃44
打乾淨毬兒　陸140,
　　　學1·366,
　　　黃254, 289
打勾　陸126
打卦打卦只會說話
　　　黃206
打乖　陸126
打官防　陸134,
　　　學1·362
打關防　學1·362
打關節　陸137,
　　　學1·359

打孩　學1·337
打孩歌　學1·364
打喝　學1·355
打赫赫　陸136
打哄　陸127, 學1·348
打鬨　陸127, 學1·348
打胡哨　陸134
打滑擦　陸136
打話　陸130
打喚　陸128
打諢　陸132, 學1·346,
　　　黃45
打火　陸126, 學1·341,
　　　許23
打雞窩　陸137,
　　　學1·360,
　　　黃254
打脊　徐248
打脊匹夫　陸138
打脊罔兩　陸139
打家　陸138
打家截道　陸138
打家賊　陸134
打玠兒　陸134
打截　陸130
打筋兜　陸135
打筋陡　陸135
打緊　陸131, 黃46
打酒　陸128
打睃　陸129, 學1·354,
　　　黃46
打看　學1·351
打頦　學1·337, 黃309
打頦歌　陸136,
　　　學1·364
打課頭　陸136
打快　陸126
打剌不花　方121
打剌酥　陸134,

	學1·361, 方234	打撇　陸131 打破盆則論盆　陸140,
打剌蘇　陸134, 　　　學1·361, 　　　黃285, 　　　方234, 214	打破沙鍋璺到底　陸140, 　　　　　　黃206 打砌　陸127, 黃46 打牆板兒翻上下　陸140	打腿　陸130 打圍　陸128 打問訊　陸135 打甕墩坌　陸139 打細　陸128
打剌孫　陸134, 　　　學1·361, 　　　方234	打搶背　陸135, 　　　學1·360 打勤勞　王69, 陸135	打箱　徐246 打醒　陸132 打旋　陸128
打辣酥　方234, 472 打醶酥　方234 打栗爆　陸134	打清蛙兒　陸139 打鵲兒　陸138 打攘　陸133	打趓　陸130 打趓磨　陸136 打牙　王68, 陸126
打令　王430 打令譚　陸133 打論　蔣258	打人休打那痛處說人 　休說那短處　黃206 打認　陸131	打眼　學1·363 打眼目　陸135, 　　　學1·363
打羅　陸132, 學1·346 打落　王67, 陸130, 　　　學1·354	打散　學1·353 打揲　學1·355 打甚不緊　陸138,	打一棒快毬子　陸140, 　　　　　學1·367, 　　　　　黃205
打擦臺　陸136 打馬　學1·358, 黃45	學1·366 打甚麼不緊　陸138,	打一看　學1·351 打一鍾　陸133 打一坐　學1·344
打謾評詼　陸139 打芒頭　陸134, 　　　學2·483	學1·366 打甚麼緊　陸138, 　　　學1·366	打意掙　陸135 打噷掙　陸138 打影　陸131
打夢　王67, 陸130 打滅　陸129, 學1·341 打模樣兒　陸139, 　　　學1·365, 　　　黃45	打十三　陸133, 　　　學1·358, 　　　黃254 打是麼不緊　學1·366 打是惜罵是憐　黃206	打鏨　陸132 打照面　陸136 打着　王67, 陸129 打掙　王68, 林74, 　　　陸128, 學1·347
打模樣狀兒　陸139, 　　　學1·365, 　　　黃45	打疏酬　方472 打疏酥　方472 打雙陸　學1·358	打坐　陸126, 學1·344 **dà**
打模狀兒　陸139, 　　　學1·365, 　　　黃45	打辣酥　方472 打譚　陸132 打啼　陸127	大　　方461, 478 　　另見 dài, tài 大拜門　陸50
打沐桶　陸133 打鬧　陸131 打捏　陸127, 學1·351 打拍　陸126, 學1·345 打牌兒　陸135	打調　陸131 打聽　學1·344 打頭風　陸137 打頭撞　陸137	大伯　陸48 大采　陸48 大蟲　陸48 大蟲口中奪脆骨驪龍 　頷下取明珠　陸53

大打弄　陸50	大破着　陸50	學1·373
大抵　王69	大曲　學1·372	**dāi**
大底　張92, 王69	大嫂　張824, 陸48,	
大都　張394, 學1·369	黃236	呆不騰　陸194, 學1·377
大都來　張394, 陸51	大殺　蔣440	呆才　陸193
大岡　張492, 學1·369	大煞生　蔣440	呆才料　陸193
大缸裏打翻了油沿路兒	大㬠　蔣440	呆禪　學1·376
拾芝蔴　陸53, 黃199	大曬　蔣440	呆答孩　陸194
大剛來　張491, 陸50,	大設設　陸50	呆打孩　陸194
學1·369	大師　陸48	呆打頦　陸194
大剛嗒　張491, 陸50,	大勢　陸52, 學1·373	呆呆鄧鄧　陸194,
學1·369, 黃35	大勢軍馬　陸52	學1·377
大綱　張491, 陸51,	大勢人馬　陸52	呆鄧鄧　陸194,
學1·369, 黃35	大勢雄兵　陸52	學1·377,
大綱來　陸51	大樹底下好乘涼　陸52	黃171
大哥　黃236	大率雄兵　陸52	呆屄　學1·376
大公　陸47	大廝八　張565, 陸51,	呆儝　陸193, 學1·376
大家　蔣20	學1·374, 黃34	呆裏奸　學1·377
大古　張491, 陸49,	大廝把　張565,	呆裏撒奸　陸194,
學1·369, 黃35	學1·374	學1·377,
大古來　陸49,	大廝併　張565, 陸51,	黃64, 214
方382, 472	學1·374, 黃35	呆廝　學3·271
大古裏　陸49,	大廝家　學1·374	呆頭　陸193
方382, 472	大四八　張565,	
大古是　陸49	學1·374, 黃34	**dǎi**
大故　張492, 學1·369	大四至　張565, 王430,	
大漢　陸48	陸50, 學1·374	歹鬪　陸95, 學1·378
大戶　陸47	大媳婦　陸51	歹口　陸95
大會垓　學1·374	大限臨身　陸52	歹事頭　陸96, 學1·379
大渾家　陸51	大小　張487, 學1·368	
大姐　黃236	大小大　張487, 陸49	**dài**
大刺唬　方399	大一會　陸49	
大來　學1·412	大有顏色　陸52	待　張29, 陸287,
大拇指頭撓癢隨上隨下	大丈夫當以功名爲念	學1·379,
陸52	黃199	黃75, 300
大難不死必有後程	大丈夫寧死也不辱	待伴　王442
黃200	黃199	待報　陸287, 學1·383
大能掩小海納百川	大照國師尋斬候　蔣557	待都來　張394,
黃200	大走　張844, 陸48,	學1·369
		待敢　學1·612
		待剛來　張491, 陸288,

dài — dāng

待　　學1·369
待古　張492, 學1·369, 黃35
待古裏　陸288, 方382
待詔　陸288, 學1·382
大　　張29, 陸47, 學1·379, 蔣175
　　　另見 dà, tài
大報　學1·383
大夫　學1·381
大擬　蔣175
大欲　蔣175
帶　　王70
帶酒　黃334
帶輕　學1·382
帶眼安眉　陸384
帶月披星　陸384
戴勝　學1·384

dān

擔　　王71, 林43, 蔣285
擔待　王71, 學1·385
擔帶　王71, 陸595, 黃116
擔戴　王71
擔負　學1·387
擔負公徒　學1·387
擔荷　學1·387
擔佟　學1·389
擔饒　張125, 陸595, 學1·386
擔水河頭賣　陸595
擔水向河裏賣　陸595
丹青幈　陸76
丹青橙　陸76
眈待　黃117
眈　　見 眈
眈　　王71, 蔣285

眈待　王71, 陸409, 學1·385, 黃96, 117
眈戴　王71
眈饒　張125, 陸409, 學1·386
眈珊　學2·309
單故　蔣468
單佟　陸424, 學1·389
單饒　學1·386
單于　見 chán
單主　學1·388
單注　陸424, 學1·388
單註　學1·388

dǎn

膽硬　陸620

dàn

旦　　徐245
旦徠　陸140
旦色　學3·262
但　　王72, 蔣541
但是　黃318
但知　王72
呾曲　陸237, 學3·440
啖　　學1·390
淡　　張598, 陸400, 學1·390, 黃334
淡不淡　學1·392
淡不剌　張744, 陸400
淡屌　陸400, 學1·392, 黃334
淡昏昏　黃174
擔　　見 dān
澹　　學1·390
彈　　學1·393, 許45
　　　另見 tán
髧鬤　學2·309

髧鬤　學2·309

dāng

當　　張325, 陸489, 學1·404, 黃305, 蔣380, 479, 543
　　　另見 dàng
當才　蔣393
當粗坌　陸491
當待　王71, 陸490
當道撅坑　陸491
當堵　張694, 陸490, 學1·514, 黃122
當覩　張694, 陸490, 學1·514, 黃122
當賭　張694, 陸490, 學1·514, 黃122
當風　陸490
當風揚糞　陸491
當該　陸490, 學1·399, 黃111
當行　張833, 陸489, 學1·402
當行家　張833
當合　學1·396
當家　張832, 學1·402, 黃110, 蔣29
當家兒　陸491, 學1·403
當家人疾老近火的燒焦　黃229
當今　學1·395
當緊　學1·402
當來　張791, 陸489, 學1·396, 黃339, 蔣385
當闌　陸490
當門戶　學1·400
當面　陸490, 學1·399,

dāng—dé

當年　張792, 黃338
當權若不行方便如入
　寶山空手回　黃229
當頭　王74
當陽　學1·398
當元　張791, 陸489,
　　　學1·395
當原　陸490, 學1·395
當直　陸489, 學1·397
當値　陸489, 學1·397

dàng

蕩　張650, 陸602,
　　學1·401, 黃324
盪　張650, 陸618
　盪寒　陸618
當　王73, 學1·401
　另見 dāng
　當本　王73
　當甚　張496, 學1·401
　當甚麼　學1·401
　當是麼　學1·401
　當眞假　陸491

dāo

刀麻兒　陸28
　刀錐　學1·404
叨叨　陸113
　叨利　學1·503
忉利　學1·503

dǎo

倒　張482, 學1·405,
　　黃322
　另見 dào
　倒班兒　陸320
　倒換　張482, 陸320
　倒喇　方76, 471

倒刺　方76
倒竈　陸320, 學1·406
倒指　張845
搗椒壁　陸482
搗椒泥　學1·409
搗虛　學1·408
擣虛　陸615, 學1·408

dào

到　張479, 學1·414
　到大　陸231
　到大來　陸231,
　　　　學1·412
　到的那裏　學1·411
　到得那裏　學1·411
　到底　學1·409
　到了　張415, 學1·409
　到頭　張416, 陸231,
　　　　學1·409
　到頭來　陸231
　到脫來　陸231
　到於　學1·410
倒　學1·414
　另見 dǎo
　倒扮　學1·423
　倒不得　學1·425
　倒大　張486, 陸320,
　　　　學1·412, 黃322
　倒大來　張486, 陸320,
　　　　學1·412,
　　　　黃322
　倒斷　張485, 陸320,
　　　　學1·407, 黃322
　倒好　陸320
　倒陪家門　學1·413
　倒陪緣房　學1·413
　倒賠緣房　學1·413
　倒貼奩房　學1·413
　倒褪　學1·411

倒紒翻機　陸320
荝　蔣147
道　張463, 王74,
　　陸507, 學1·414,
　　黃105
　道扮　學1·423
　道本　陸507, 學1·421
　道不的　張555, 陸508,
　　　　學1·425
　道不得　張555, 陸508,
　　　　學1·425
　道不離　陸508
　道場　學1·423
　道大來　學1·412
　道地　陸507
　道店　陸507
　道兒　陸507, 學1·421,
　　　　黃105
　道號　學1·422
　道錄　學1·424
　道錄司　學1·424
　道業　陸508
　道與　陸508
　道着處　陸508
纛籔　林116

dé

得　張94, 531, 王75,
　　陸387
　得便宜翻做了落便宜
　　　　黃222
　得得　張531
　得地　學1·430
　得第　學1·430
　得放手時須放手得饒
　　人處且饒人　黃222
　得好休便好休　黃222
　得解　蔣293
　得力　學1·429

得婁吉鄰母剌失　方429
得命　學1·430，黃91
得惱　方398
得能　張346
得人錢財與人消災
　　　　　　黃221
得勝葫蘆　陸387
得縮頭時且縮頭　黃222
得也麼　陸387
得這　見 de
得志不得志由命不由人
　　　　　　黃222
德勝才爲君子才勝德
　爲小人　黃231

de

的　　張539，學1·426
　　　另見 dí, dì
　的那　學1·428
　的這　張747，陸263，
　　　　學1·428，黃312
得　　另見 dé
　得這　張747，陸387，
　　　　學1·428
地　　學1·426
　　　另見 dì
底　　蔣537
　　　另見 dǐ

dēng

登科記　學1·433，黃100
　登科錄　學1·433，
　　　　　黃100
　登時　學1·432
　登時間　學1·432
　登聞鼓　學1·434，
　　　　　黃101
燈火店　陸598，許23, 173
　燈臺不自照　黃232

燈油錢　學1·432
燈臺　學1·431
蹬　　陸641
　蹬脫　陸641，學1·437

děng

等　　張93，王76，
　　　學1·435
　等秤　學1·436
　等當　陸453
　等量　蔣214
　等身圖　學1·437
　等頭　王77
　等閒　張520，陸453

dèng

鄧　　陸586
鄧虜　陸586
鄧通錢　黃276

dī

低　　蔣537
　低答　王431，陸187
　低都兒低　陸188
　低錢　陸187，學1·438
　低趄　學2·358
　低羞篤速　陸188，
　　　　　　學1·441
提　　另見 tí
　提溜禿盧　陸433
滴滴　王77
　滴滴蹬蹬　陸525
　滴滴鄧鄧　陸525，
　　　　　　黃189
　滴淚錢　學1·440，
　　　　　黃117
　滴溜　陸523，學1·438
　滴溜溜　黃166
　滴溜撲　陸524，

　　　　　學1·440
　滴溜撲活　黃189
　滴留　學1·438
　滴留撲　學1·440
　滴流撲　陸524，
　　　　　學1·440
　滴水難消　陸524
　滴屑屑　陸524，
　　　　　學1·442
　滴修都速　學1·441
　滴羞滴胜　學1·442
　滴羞跌屑　陸524，
　　　　　　學1·442，
　　　　　　黃195
　滴羞蹀躞　陸524，
　　　　　　學1·442，
　　　　　　黃195
　滴羞都蘇　陸524，
　　　　　　學1·441，
　　　　　　黃195
　滴羞篤速　陸524，
　　　　　　學1·441，
　　　　　　黃195
　滴羞剔痒　陸524

dí

的　　張538
　　　另見 de, dì
　的畢　蔣395
　的當　陸263，學3·491
　的泥　方450, 479
　的實　陸264
　的一確二　陸264，
　　　　　　學1·451
炍　　蔣361
敵鬪　陸567
敵頭　張847，陸566，
　　　學3·502
敵掙　陸566

dǐ

抵　　張90
　抵盗　學1·453
　抵多少　張556, 陸251,
　　　　　學1·444
　抵死　張91, 學1·443,
　　　　黃67
　抵死的　學1·443
　抵死裏　學1·443
　抵死瞞生　陸251
　抵死謾生　陸251, 黃67
　抵應　王431
底　　張85, 768
　　　另見 de
　底本兒　陸243
　底根兒　學1·446
　底老　陸242
　底裏　張88
　底謨　王431
　底末　王431
　底漠　蔣559
　底死　張91
　底樣(兒)　學1·446

dì

地　　張317, 學1·426,
　　　黃303, 蔣549
　　　另見 de
　地方　陸161, 學1·446,
　　　　黃239
　地戶　學1·447
　地謨　王431
　地鋪　陸161
　地生連理木水出並頭蓮
　　　　　黃209
　地頭鬼　陸161,
　　　　　學1·448,
　　　　　黃240

地匣　陸161
弟兒　張830
弟子　張825, 陸199,
　　　學1·448, 黃243,
　　　許5
弟子孩兒　張826,
　　　　　陸200,
　　　　　學1·448,
　　　　　黃243, 許5
的　　另見 de, dí
　的的　王77
　的留　學1·438
　的盧　學1·450
遞盗　學1·453
遞流　學1·452
遞絲鞭　陸539
遞送夫　學1·453
遞運夫　學1·453

diān

掂　　學1·454
　掂斤播兩　陸391
　掂量　陸391
　掂梢折本　陸391
　掂提　陸391, 學1·466
　掂詳　陸391, 學1·517
咕　　陸380, 學3·112
　咕脣掛齒　陸381
　咕道　學1·465
　咕哨　陸380
　咕題　陸380, 學1·466,
　　　　黃95
　咕詳　陸380
　咕約　陸380, 學1·465
拈　　學1·454
顛不剌　張744, 陸644,
　　　　學1·458, 黃309
顛答　王431, 陸644
顛倒　王80, 陸644,

學1·455
顛倒顛　學1·455
顛題　學1·466
攧　　陸659
　攧屑　學1·460
　攧喜　張711
　攧窨　張711, 陸659,
　　　　學1·460, 黃135
　攧竹　學1·460

diǎn

點　　陸626
　點茶　張851, 王80,
　　　　陸626, 學1·464,
　　　　黃124
　點燈　黃124
　點點還來入舊窩　黃232
　點化　學1·462
　點酒　林108
　點湯　張851, 王81,
　　　　陸627, 學1·463,
　　　　黃124
　點涴　學1·462
　點污　學1·462
　點一點二　陸627
　點閘　陸627
　點照　陸627, 學1·465
　點紙　陸627
　點紙畫字　陸627,
　　　　　　學4·446
　點紙節　陸627
跕　　學1·454
典關　蔣188
典硯　蔣305

diàn

店都知　陸243, 學1·511
店小二　陸243
惦題　學1·466

玷污　學1·462	弔客　陸88, 學1·472	調陣　學1·477
鈿車　陸511	弔頭　陸1·472	調陣子　學1·477
鈿窩　見 tián	弔腰撒跨　陸88	調子　蔣555
墊背　陸515, 學1·467	吊挂　學1·472	
	吊掛　學1·472	**diē**
diāo	吊拐　陸160	
	吊拷繃扒　學1·100	跌打　學1·479
刁　陸28	吊客　學1·472	跌脚(兒)　陸462,
刁蹬　張700, 陸29,	吊簾　王83	學1·480,
學1·469, 黃32	吊皮　學1·475	黃101
刁鐙　學1·469	吊桶落在井裏井落在	跌了彈的斑鳩　黃262
刁鞾　張700, 陸29,	吊桶裏　黃208	跌屑屑　學1·442
黃32	挑　　另見 tiāo, tiǎo	跌躞躞　學1·442
刁風拐月　陸28	挑唇料嘴　陸294, 黃76	跌窨　張711, 陸462,
刁拐　陸28	挑牙料唇　陸294	學1·460
刁撅　學1·468	挑嘴　陸293	
刁決　陸28, 學1·468,	掉　王83, 陸391	**dié**
黃31	掉簾　王83	
刁厥　陸28, 學1·468	掉舌　學1·474	迭　張198, 陸314,
刁騷　陸29, 學1·469	掉眼　學1·478	學1·480, 黃77
刁天決地　陸28	掉罨子　陸391,	迭辦　張575, 陸315,
刁天厥地　陸28	學1·478	學1·482, 黃77
凋厥　學1·468	釣鰲客　學1·473	迭併　陸314
雕刺　陸607,	釣鰲人　學1·473	迭不　張198, 陸314
學1·470, 3·553	釣鰲手　學1·473	迭不的　陸315
雕騷　學1·469	釣詩鉤　陸414	迭孤　方424
雕心鴈爪　陸607	調　　另見 tiáo	迭快　陸314, 學1·483
雕心鷹爪　陸607	調詖　王84	迭配　陸314, 學1·483,
雕鑽　陸607	調刺　陸577, 學1·470	黃77
	調發　學3·479	迭屑屑　學1·442
diǎo	另見 tiáo	迭噷　張711, 陸314,
	調謊　陸578, 學1·476	學1·460, 4·274
屌　學1·471	調皮　王84, 學1·475	迭延　方426
屌　見 屌	調書袋　陸579,	迭窨　張711
鳥　學1·471, 蔣303	學1·477	揲　　見 shé
鳥道　陸417	調書帶兒　陸580,	嚸暗　張711, 學1·460
	學1·477	嚸窨　張711
diào	調罨子　陸580,	嚸窨　學1·460
	學1·478	疊辦　學1·482
弔拷繃扒　學1·100,		疊撲　陸660, 學1·483
黃112		疊七修齋　黃137
弔拷絣把　陸88		

dīng

丁丁當當響的老婆　陸20
　丁寧　王84
　丁一卯二　陸20,
　　　　　　學1·451,
　　　　　　黃198
　丁一確二　陸20,
　　　　　　學1·451
叮嚀　王84
玎玎璫璫　黃187
　玎珍　黃182
釘嘴鐵舌　陸362

dǐng

頂戴　學1·487
　頂缸　陸416, 學1·487,
　　　　黃91
　頂老(兒)　王86, 陸416,
　　　　　　學1·485,
　　　　　　徐249
　頂禮　陸416, 學1·484,
　　　　黃91
　頂門　學1·484
　頂着屎頭巾走　陸417
　頂真續麻　張867,
　　　　　　陸416,
　　　　　　學1·488,
　　　　　　黃91
　頂針續麻　陸416,
　　　　　　學1·488,
　　　　　　黃91
　頂鍼續麻　陸416,
　　　　　　學1·488
　頂磚頭　陸416,
　　　　　學1·488
鼎老　王86

dìng

定　張319, 學1·489,
　　黃298
　定當　王86, 學3·491
　定對　學1·562
　定奪　學1·492
　定害　張776, 陸241,
　　　　學1·492, 黃72
　定計鋪謀　學3·77
　定交　王87
　定攬　學1·492
　定擬　王221, 學2·541
　定虐　陸241, 學1·492
　定盤星　陸241,
　　　　　學1·493
椗　蔣148
釘嘴鐵舌　見 dīng

diū

丟撅子　陸152, 學1·495
　丟輪扯炮　陸152
　丟眉弄色　陸152
　丟抹　王87, 陸152,
　　　　學1·494, 黃59
颩　陸467
　颩風　學1·496
　颩抹　王87, 陸467,
　　　　學1·494, 黃59

dōng

東道　陸256
東海曾經孝婦冤　黃272
東司　陸256
東西　張853, 王88
東西玉　張853
東嶽攝魂臺　黃273
冬凌　陸107, 學1·496
鼕鼕　學1·497

dòng

凍剝剝　陸322, 黃163
　凍剌剌　黃163
　凍醪　王432
　凍凌　學1·496
　凍欽欽　陸322
　凍天行病症　學1·501
　凍天行病證　陸322,
　　　　　　　學1·501
　凍天行症候　陸322,
　　　　　　　學1·501, 3·467
　凍天行證候　陸322,
　　　　　　　學1·501, 3·467
洞房　黃319
動　王89
　動便　王90
　動不動　陸376
　動側　學1·498
　動靜　陸375, 學1·499
　動勞　學2·318
　動使　徐247
　動問　學1·498
　動意　陸375
　動止　學1·497
　動轉　陸375

dōu

兜搭　陸374, 學1·504,
　　　黃337
兜答　學1·504
兜的　陸374, 學1·502
兜地　陸374, 學1·502
兜羅　陸374, 學1·503,
　　　黃95
兜鍪　學1·505
兜率　學1·503, 黃95
兜鞋　林24
哾哆　蔣335

啌 學1·501, 黃300	**dū**	覩當 張694
都 張394, 王91	都 張394, 王91	篤篤末末 張712, 陸601,
另見 dū	另見 dōu	學1·513,
dǒu	都大 張398	黃118
斗 張227	都管 陸463, 學1·512	篤篤喃喃 陸601,
斗絕 學1·506	都孔目 學2·280	學2·522
斗子 陸93, 學1·506,	都來 張394, 蔣450	篤麼 張712, 陸600,
黃238	都盧 張396	學1·513, 黃118
抖擻 陸206, 學1·507	都碌 陸463	篤磨 學1·513
抖擻 陸206, 學1·507	都麻 方369	篤抹 學1·513
抖嘴 學2·356	都磨 學1·513	篤寞 學1·513
陡頓 陸362	都齊 張397	篤速速 陸601, 黃155
陡恁 學1·509	都堂 學1·512	篤簌簌 陸601, 黃155
陡恁地 學1·509	都閑事 陸463	**dù**
陡恁的 學1·509	都知 學1·511, 黃246	度 王93, 學1·515
dòu	都子 陸463, 學1·511,	度發 陸287
豆有豆畦麥有麥壠 黃214	黃246	度人不度己 見 duó
逗 張215, 陸413(2),	闍 見 shé	肚疊胸高鴨步鵝行 黃256
黃93	**dú**	肚皮裏懷鬼胎 陸219
逗引 陸413	獨磨 張712, 陸598,	**duān**
餖飣 張221	學1·513, 黃118	端 張537, 王94,
酘 陸413, 學3·496	獨蹅 學1·513	陸528
鬥 見 鬭	獨寞 學1·513	端的 張535, 陸528,
鬦 見 鬭	獨速 林116	學1·516
鬭 張219	毒 王172	端居 王97
鬭草 學1·510	毒害 陸258	端實 陸528
鬭釘 張221	**dǔ**	端詳 學1·517
鬭飣 張221	堵當 張694, 陸427,	端相 學1·517, 徐248
鬭鬩 蔣149	學1·514, 黃122	端正 王97
鬭亂 蔣242	睹當 張694	**duǎn**
鬭勝 陸665	睹是 張564	短 王99, 林37
鬭要 陸665	賭鱉 陸603, 黃136	短不跼促 學1·519
鬭搜 學1·507	賭鱉 黃136	短卒律 陸451,
鬭引 陸665	賭當 張694, 陸603,	學1·519
鬭迎 陸665	學1·514, 黃122	短道兒 陸451
鬭作 張225, 王92,	賭是 張564	短古取 陸451,
陸665, 學1·509		

duǎn – duò

學1·519	對主兒 陸517	多羅 王432, 陸163,
短見薄識 陸451	隊 蔣117	學1·529, 黃284
短局促 學1·519	碓(兒) 學1·525	多少 學1·528
短路的 陸451	碓臼(兒) 學1·525	多少是好 陸163
短檠 學1·518	碓嘴 陸492	多應 陸162, 學1·529
短午 蔣271		多喒 張490, 陸162,
短終 蔣561	dūn	學1·530, 黃59

duàn
敦　　陸436, 學1·526　　多喒是　張490, 黃59
段兒　陸300　　敦葫蘆摔馬杓　陸436,　多早晚　陸163,
　段子　學1·520　　　　　　黃262　　　　　學1·531
斷　　張355, 684, 693,　敦摔　黃262　　多蚤晚　陸163,
　　　王99, 林127,　　敦搠　陸436, 黃262　　　學1·531
　　　學1·521　　敦逩　黃262　　多則是　張490, 黃59
　斷場　陸630　　敦坐　陸436, 學1·527　多子　王101
　斷出　學1·520　　墩　　陸547, 學1·526　哆　　見 chī
　斷當　張693　　撉　　學1·526　　掇地　蔣125
　斷買　學2·422　　　　　　　　　　　　掇送　張692
　斷送　張684, 陸629,　　dùn　　掇梭　陸390, 學1·507
　　　學1·521, 黃131,
　　　蔣197　　囤塌　見 tún　　　　duó
　斷頭香　學1·523,　鈍　　王99
　　　　黃268　　鈍丞　蔣171　　度　　另見 dù
　　　　　　　　鈍擬　蔣171　　度人不度己　黃217
duī
頓　　學1·526　　敠　　見 duō
頓塌　學3·519
堆垛　學1·524　　　　　　　　　　　duǒ
胎子　蔣78　　　　　duō

duì
多才　陸161, 學1·527,　朵子　學1·532
　　　　黃239　　垛　　學1·532
對　　蔣113, 147, 214　多才俊　學1·527　　垛子　學1·532
　對當　陸517, 學1·404　多大小　張487, 陸163　趓　　陸505, 學1·533
　對甫　陸517　　多兒　王101　　韠免　陸641
　對還　陸517　　多分　陸162, 學1·529　韠剝　張708
　對量　蔣214　　多敢　陸162, 學1·530
　對門　張835, 陸517,　多敢是　張34　　　duò
　　　學1·524, 黃327　多管　陸162, 學1·530
　對面兒　陸517　　多管是　張31　　垛　　見 duǒ
　對頭　學3·502　　多嬌　陸162　　墮　　蔣219
　對月　陸517　　多來大　陸163　　墮負　蔣219
　　　　　　　　多裏撈摸　黃208

E

ē

阿　　　另見 ā, a
　阿保　學1·533
　阿的　學3·596, 方419
　阿摟　陸274
　阿撲　學1·5, 黃56
　阿誰　陸274, 學1·6

é

俄延　陸278, 學1·534
　俄㢟　學1·534
哦　　　見 ò
鵝溪璽　學1·535
額多額　方214
　額樓　學1·536
　額顱　學1·536
　額薛　方265, 214

ě

惡　　　另見 è
　惡心煩　陸429

è

惡　　　張165, 王102
　惡叉　學1·537
　惡叉白賴　張865,
　　　　　　陸430,
　　　　　　學1·540,
　　　　　　黃105
　惡茶白賴　張865,
　　　　　　陸430,
　　　　　　學1·540,
　　　　　　黃105
　惡姹　學1·537

惡惡札札　陸431
惡發　王102, 蔣315
惡黑　方460, 478
惡哏哏　陸430,
　　　　學1·539,
　　　　黃175
惡狠狠　學1·539,
　　　　黃175
惡那吒　陸430
惡犬護三村　黃226
惡識　陸429, 學1·536
惡水　陸429
惡睡　王103
惡儻　學1·538
惡頭兒　陸430
惡臥　王103
惡香火　陸430
惡向膽邊生　黃226
惡心煩　見 ě
惡歆歆　陸430,
　　　　學1·539
惡噷噷　陸430,
　　　　學1·539,
　　　　黃165
惡喑喑　學1·539
惡䐺皮　陸430,
　　　　學1·539
惡躁　陸429, 學1·538
惡支沙　陸429,
　　　　學1·538
惡支殺　學1·538
惡支煞　陸429,
　　　　學1·538
餓皮臉　學1·540

ēn

恩不放債　陸334,
　　　　　學1·541
恩多成怨　黃219

恩臨　陸334, 學1·541
恩念　學1·541
恩私　蔣294
恩養錢　學1·541

ér

兒　　　王103, 林50, 51
　兒夫　張823, 學1·542,
　　　　黃244
　兒家　林51
　兒家夫壻　學1·542
　兒郎　陸229
　兒男　張822, 黃243
　兒女夫妻　陸230
　兒壻　蔣27
　兒要自養穀要自種
　　　　　　黃213
而今　張787

ěr

耳背　陸179
　耳邊風　陸179
　耳房　陸179, 學1·543
　耳根清淨　學1·544
　耳滿鼻滿　陸179
　耳恁　學1·543
　耳消耳息　學1·544
　耳簪兒當不的胡帽
　　　　　　陸180
　耳暗　學1·543
爾許　張341

èr

二歌　陸24
　二會子　學1·546
　二三　學1·545
　二四　張860, 陸24,
　　　　學1·545, 黃32
　二月二龍擡頭　黃198

F

fā

發背	學1·547
發村	陸449
發放	學1·547
發付	陸448, 黃103
發迹	學1·549
發積	學1·549
發科	陸449, 學1·547
發搖	學1·551
發祿	學1·550
發猛	陸449
發送	陸449, 學1·548
發心	陸448
發業	陸449
發志	陸448, 學1·546

fá

罰不擇骨肉賞不避仇讎　黃230
罰願　學1·551

fǎ

法酒	陸258, 學1·551
法算	學1·552

法正天心順官清民自安　黃214

fān

番	王105
番宿家門	陸448, 學1·552
翻	王104
翻然	王104

翻手是雨合手是雲　陸631, 黃233
翻騰　王106
翻雲覆雨　陸631

fán

凡人不可貌相海水
　不可斗量　黃200
凡人立身者以忠孝為本
　報應分明　黃201
煩惱皆因強出頭　黃228
煩絮　學4·129

fǎn

反倒	蔣243
反覆吟	學1·553
反陰復陰	學1·553
反吟爻	學1·553
返	蔣243
返倒	蔣243
返吟復吟	陸270, 學1·553

fàn

犯對	學1·554
犯夜	學1·555
犯由	學1·553
犯由榜	學1·553
犯由牌	學1·553, 黃47
泛	學1·556
泛常	學1·556
泛子	學1·556
梵王宮	陸397, 學1·556
飯牀	學1·555

fāng

方	王106
方本	陸94
方便	王108, 陸94, 蔣308

方寸地上生香草三家
　店內有賢人　黃205
方來　王107
方勝（兒）　陸94, 學1·557
方頭不劣　張862, 陸94, 學1·558, 黃37
方頭不律　張862, 陸94, 學1·558, 黃37

方兒	陸94
方圓	蔣157
方丈	陸93
坊正	陸196
芳撥	蔣559

芳槿無終日貞松耐歲寒
　　　　黃215

fáng

防送	學1·559
防送夫	學1·559
防援	蔣206
坊正	見 fāng
房奩	陸245
房頭	學1·560
房臥	蔣89
房下	學1·559

fǎng

彷彿	王110
髣髴	王110

fàng

放	張104
放暗刀兒	陸254
放參	陸253, 學1·564, 黃69
放歹	陸253, 學1·561,

黃69
放黨　陸254, 學1·564
放刁撒潑　陸254
放對　學1·562
放二四　陸254
放番　陸253
放翻　陸253
放告　學1·562, 黃69
放告牌　學1·562, 黃69
放乖　陸253
放教　張104
放解　王162, 陸253,
　　　學1·565, 黃70
放狂乖　陸254
放良　學1·305
放溜　林23
放流　林23
放懞掙　陸254
放免　學1·563
放潑　陸253
放捨　學1·563
放矢　學1·561
放贖　學1·565
放水火　陸254,
　　　學1·565,
　　　黃320
放心　王110

fēi

非　蔣474
　非不　蔣442
　非常俗　學1·178
　非分　蔣442
　非論　王22, 蔣474
　非甚　蔣442
　非爲　學1·565
飛蛾投火　陸318
飛舥走舴　陸318
飛霜六月因鄒衍　黃274

fěi

匪妓　學1·566

fèi

沸滾滾　黃171
費手　陸461
　費用　學1·567

fēn

分　王111, 林59
　另見　fèn
　分茶　陸81, 學1·569,
　　　許31
　分方　蔣359
　分芳　蔣359
　分房　學1·568
　分非　蔣359
　分付　張680, 陸81
　分豁　陸82
　分解　陸81
　分界牌　學1·571, 黃44
　分朗　學1·570
　分朗朗　學1·570
　分另　陸81, 學1·567
　分明　王112
　分上　陸81
　分疎　蔣189
　分疏　蔣189
　分細　學1·568
　分曉　陸82, 許22, 172
　分攜　王163
　分星撥兩　陸82
　分星擘兩　陸82
　分星劈兩　陸82
　分顏　陸82, 學1·571
　分張　學1·568, 蔣134
芬芳　蔣359
芬芬　蔣359

氛氳　王115

fén

墳所　學1·572
　墳圍　學1·572
　墳院　學1·572

fěn

粉壁　學1·574
　粉淡香殘　黃86
　粉甸　學1·573
　粉房　陸350, 學1·573
　粉骷髏　學1·575
　粉零麻碎　陸351
　粉頭　陸350, 學1·572,
　　　黃86
　粉嘴　陸350

fèn

分　張460, 王111,
　　　學1·575
　另見　fēn
　分福　陸82
　分減　蔣198
　分外　王114
糞堆上長出靈芝草　黃233

fēng

風標　學1·578
風僝　陸317
風風勢　陸317, 黃77
風風勢勢　陸317
風花雪月　陸317
風火性　陸317,
　　　學1·580
風鑑　學1·579
風雷性　陸317,
　　　學1·580
風流罪　學1·581

fēng – fù

風流罪犯	學1·581	
風流罪過	陸317, 學1·581	
風魔九百	陸318	
風虔	學1·577	
風欠	張600, 陸316, 學1·577, 黃76	
風團	學1·578, 黃257	
風信	陸317	
風雪酒家天	陸318	
風月	陸316	
風月館	陸317	
風月門庭	陸317	
風張風勢	陸318	
封陟	學1·581	
丰標	學1·578	
丰鑑	學1·579	
蜂媒蝶使	陸502	
酆都	黃124	

féng

馮魁　學1·582
　馮夷　學3·55
　馮員外　學1·582
逢逢　見 péng

fèng

奉喜　陸238
　奉御　陸238
鳳城　學1·583
　鳳凰池　學1·583

fó

佛眼相看　陸189
　佛也惱下蓮臺　陸189

fū

夫人　黃238
麩炭　學1·585

敷衍　陸566
敷演　陸566, 學1·584

fú

伏低　王424
伏低做小　王424
伏伏　學1·586
伏落　學1·586
伏以　方288
伏狀　學4·389, 黃59
夫人　見 fū
扶碑　學1·587
扶冊　蔣138
扶策　陸206, 學1·587, 蔣138
扶侍　陸206
扶同　學1·586
扶頭　陸206, 學1·588
扶頭酒　學1·588
拂塵　陸251
拂牀　陸251
拂綽　陸251, 學1·588
拂廬　方479
浮槎　學1·590
浮囊　蔣98
浮沙羹　學1·591
浮炭　學1·585
浮逃　蔣277
浮屠　學1·589
浮圖　學1·589
浮雲瘰瘵　學1·591
服　蔣156
　服裏　蔣156
　服翼　蔣107
幞頭　陸548, 學1·592
幅塞　見 bī
福謝　陸526
鳧鷖　蔣107

fǔ

甫能　張281, 陸218, 學1·179, 黃61
輔佐　學1·593
　輔作　學1·593
　輔祚　學1·593
俯　王115
　俯近　王115
腐炭　學1·585
斧側　蔣557

fù

付能　張281, 陸107, 學1·179, 黃61
副旦　學1·593
　副淨　學1·595
　副末　學1·594
　副末底　陸374
　副能　張281
富極是招災本財多是
　惹禍因　黃223
富家不用買良田書中
　自有千鍾粟　黃224
服　見 fú
復　王307, 蔣156, 426
　復裏　蔣156
　復三　陸429
腹熱腸荒　陸496
　腹中曉盡世間事命裏
　不如天下人　黃228
覆盆不照太陽暉　黃267
赴齋　黃78

G

gā
呷呷笑　陸236

gāi
姟　蔣114
該撥　陸505, 學1·596
　該該　蔣312

gǎi
改常　學1·596, 黃62
　改抹　陸207
　改撓　蔣169
胲下瘦　學2·242

gài
蓋老　陸536
　蓋抹　學1·597
　蓋頭（兒）　陸536,
　　　　　　學1·597
　蓋造　學1·598
　蓋作　學1·598

gān
干罷　學1·599
　干行止　陸60
　干支剌　學1·605
　干賺的　陸60
甘罷　學1·599
　甘剌剌　陸143, 黃160
　甘不的　陸143,
　　　　學1·600
　甘不過　學1·600
　甘分　陸143, 學1·599
乾　王116, 林31,
　　　陸368, 黃337,
　　　蔣377
乾罷　陸367, 學1·599
乾剝剝　陸368, 黃164
乾茨臘　學1·605
乾打哄　陸367
乾堆　陸367
乾乾　學1·617
乾合剌　學1·605
乾紅　王117
乾忽剌　陸368,
　　　　學1·605
乾淨　學1·601
乾落得　陸368
乾沒　學1·601
乾賠　陸367
乾虔　陸367, 學1·603
乾喬　陸367, 學1·600
乾請　學1·603
乾鵲　王116
乾生受　學1·604
乾棗兒　陸368
乾榨　陸367
乾支剌　陸367,
　　　　學1·605
乾支支　學1·605,
　　　　黃164
乾着　陸367, 學1·604
魀尬　徐248

gǎn
敢　張32, 陸437,
　　學1·606, 黃99
敢大　學1·612
敢待　陸437, 學1·612
敢是　陸437
敢則　張548, 陸437,
　　　學1·610
敢則是　張548

敢戰兒　學1·613
敢戰軍　學1·613
敢只　學1·610
敢只是　張548
趕趁　陸538, 學1·613
　趕乏兔兒　陸539
　趕熟　陸538, 學1·254,
　　　　黃118
　趕嘴　陸539

gàn
幹家　陸474, 學1·614
　幹家緣　學1·614
　幹家做活　陸475

gāng
剛　張154, 學1·615,
　　黃322, 蔣451
　剛剛　王118, 學1·617
綱紀　王150
扛幫　王434

gāo
高　王118
　高處　王119
　高鳥相良木而棲賢臣
　　擇明主而佐　黃220
　高品　蔣46
　高頭　王119
　高駄細馬　陸365
　高心　蔣322
恚雁　學1·619
饈麋　陸644

gǎo
藁薦　學1·620

gào
告　張636, 陸193,

黃 317
告訑饒　陸 193
告響豁　陸 193
告珠玉　陸 193

gē

圪塔的　學 1·620
圪登登　學 1·623
圪揼揼　學 1·624
圪搭幫　陸 169,
　　　　學 1·621,
　　　　黃 255
圪搭的　陸 169,
　　　　學 1·620
圪圪　學 1·620
圪刺刺　陸 169,
　　　　學 1·622,
　　　　黃 150
圪扎幫　陸 169,
　　　　學 1·621
圪掙掙　學 1·629,
　　　　黃 150
圪支支　學 1·629
圪皺　陸 169, 學 3·104
屹搭搭　陸 167
屹蹬蹬　學 1·623,
　　　　黃 150
屹刺刺　學 1·622,
　　　　黃 150
疙躂躂　學 1·624,
　　　　黃 152, 161
疙疽茶兒　陸 263
疙皺　陸 263
紇地　見 hé
紇支支　學 1·629,
　　　　黃 162
割　陸 419
割遣　學 1·627
割捨　學 1·627

割捨的　陸 419,
　　　　學 1·627
割捨得　學 1·627
割捨了　學 1·627
割扎邦　學 1·621
格　另見 gé
格支支　學 1·629
哥哥　陸 329, 學 1·625,
　　　蔣 15
哥羅根　方 457
哥落根　方 472
哥憎　蔣 300
歌歌　蔣 15
歌者　學 1·628

gé

隔層肚皮隔垜牆　陸 511,
　　　　　　　　黃 227
隔勒　蔣 236
隔牆須有耳窗外豈無人
　　　　黃 228
隔事　蔣 557
隔是　張 280, 蔣 395
隔屋攛椽　陸 511
隔斜　學 2·180
隔斜裏　學 2·180
革支支　學 1·629
格是　張 280
格者　方 461, 478
格支支　見 gē
閣　王 121
閣不住　學 1·624
閣落　學 2·34
閤　王 121
閤皀　見 hé
葛監軍　見 gě

gě

葛監軍　黃 275

合　見 hé

gè

各白的人　學 1·630
各白世人　陸 158,
　　　　　學 1·630,
　　　　　黃 55
各別　學 1·630
各別世人　陸 158
各刺刺　陸 158,
　　　　學 1·622,
　　　　黃 149
各瑯瑯　黃 149
各扎邦　陸 158,
　　　　學 1·621,
　　　　黃 255
各支　黃 309
各支支　學 1·629,
　　　　黃 149
个　見 個
個　張 370, 學 1·630,
　　黃 312
個能　張 346
個中人　陸 321, 530,
　　　　學 1·632, 黃 87
個中人家　陸 530
箇　見 個
虼蜋皮　陸 312, 學 3·119,
　　　　黃 257
虼蟎皮　陸 312,
　　　　學 3·119

gēn

根　張 768
根底　張 768, 陸 340,
　　　學 1·634, 黃 89
根脚　張 771, 學 1·635
根究　學 1·633
根前　張 768, 陸 340,

根芽	黃334	
跟底	張768，陸506，學1·634，黃89	
跟腳	陸506，學1·635	
跟前	張768，陸506	
跟尋	學1·636	

gén
哏　　見　hěn

gěn
艮　　學1·637
　艮牙　陸181

gèn
艮　　見　gěn

gēng
更　　另見　gèng
　更害　蔣354
　更衣　陸207
耕牛爲主遭鞭杖啞婦
　　傾杯反受殃　黃220
耕牛無宿料倉鼠有餘糧
　　　　　黃220

gěng
哽支殺　陸326

gèng
更　　張38，王122
　　　另見　gēng
　更打着　學1·639
　更待干罷　陸208，
　　　　　　學1·641
　更待干休　學1·641
　更待乾罷　陸208，
　　　　　　學1·641
　更合着　學1·639
　更和着　學1·639
　更加着　學1·639
　更夾着　學1·639
　更那看　學1·640
　更壓着　學1·638
　更則道　張107，陸207，學1·637，黃80
　更做　陸207，學1·637
　更做到　張107，陸207，學1·637
　更做道　張107，陸207，學1·637，黃80

gōng
公案　黃37
公曹　學1·644
公門好修行　黃204
公卿生於白屋將相
　　出於寒門　黃205
公人　陸78
公人如虎狼　黃204
公事　學1·643，黃315
公孫弘　黃272
公徒　陸78，學1·642
公相　陸78，學4·64
公修公得婆修婆得
　　　　　黃204
弓兵　陸61，學1·642
弓手　陸61
弓彎　林57
功曹　學1·644
功德　學1·645
功果　陸109
供待　見　gòng
供擬　蔣171
宮扮　學1·647
宮樣　學1·647
宮粧　學1·647

gǒng
刾　學1·647
䆲　陸618，學1·647
　䆲窟剡牆　陸618
　䆲牆賊　陸618

gòng
共　張196
　共事　蔣57
供待　學1·646
供擬　見　gōng
貢高　蔣322
　貢官　陸357
　貢主　陸357

gōu
勾　　另見　gòu
　勾喚　學1·651
　勾軍　陸83，學1·648，黃43
　勾欄　陸84，學1·649，黃43
　勾羅　陸84
　勾遷　陸84
　勾思　陸83
　勾頭　陸84，學1·648，黃44
　勾頭文書　陸84
　勾拽　陸83
　勾追　陸83，學1·650
　勾捉　學1·650
　拘攔　學1·649
　拘欄　學1·649
　拘頭　學1·648，黃44
　构闌　學1·649
　构欄　陸257，學1·649
　构肆　陸257
鉤搭魚腮箭穿雁口　陸511

gōu — gù

溝門　　陸486

gǒu

狗喫屎　　陸263
　狗骨頭　　陸262
　狗刮頭　　陸262
　狗戛頭　　陸262
　狗口裏吐不出象牙
　　　　黃216
　狗沁歌　　學1·651
　狗塌皮　　陸263
　狗探湯　　陸262
　狗頭狗　　陸263
　狗油東西　　陸263

gòu

勾　　陸83
　　另見 gōu
　勾當　　陸83, 學1·652
　勾中　　陸83, 學1·654
构　　見 gōu
彀當　　學1·652
彀中　　學1·654

gū

孤　　陸239, 學1·656,
　　　黃242
　孤辰　　學1·658
　孤撮　　學2·94, 黃243
　孤答　　陸240, 學1·661,
　　　　方406
　孤堆　　學1·660, 黃88
　孤拐　　陸240, 學1·659
　孤老　　陸239
　孤零零　　學1·657
　孤另　　學1·657
　孤另另　　學1·657,
　　　　　黃171
　孤貧　　學1·659

孤窮　　學1·659
孤塗　　方471
孤虛　　學1·661, 黃78
呱吼　　陸236, 學1·654
估憧　　學1·661
姑姑　　學1·655
姑老　　陸238, 學1·655
姑娘　　黃243
辜僥　　蔣558
辜繞　　蔣558
骨　　另見 gǔ
　骨都　　陸364, 許12
　骨都都　　陸365,
　　　　　學1·666,
　　　　　黃152
　骨朵　　許12
　　另見 gǔ
　骨刺刺　　學1·665,
　　　　　黃152
　骨嚕嚕　　學1·667,
　　　　　黃153
　骨魯魯　　學1·667
　骨碌碌　　學1·667,
　　　　　黃152, 172
家　　蔣20
　　另見 jiā, jie

gǔ

古憼　　陸112, 學1·662,
　　　　黃31, 55
古道　　陸112, 學1·694
古定刀　　學1·663
古董　　學1·661
古都都　　學1·666,
　　　　　黃148
古堆邦　　陸113,
　　　　　學1·621
古枒　　學1·659
古剌剌　　陸113,

　　　　　學1·665
古裏眡絮　　黃185
古魯魯　　學1·667,
　　　　　黃148
古鹿鹿　　學1·667
古門　　陸112, 學1·694
古門道　　陸112,
　　　　　學1·694,
　　　　　黃253
古墓裏搖鈴　　陸113
古那　　張737, 陸112
古突突　　陸113,
　　　　　學1·666
古子　　張740, 陸112
古自　　張740, 陸112,
　　　　學3·591, 黃36
罟罟　　學1·668, 方309
骨　　張740, 843
　　另見 gǔ
　骨櫥兒　　學2·86
　骨堆　　學1·660, 黃88
　骨咄　　蔣107
　骨朵　　陸364, 學1·664,
　　　　　許12
　　另見 gǔ
　骨崙　　蔣56
　骨論　　蔣56
　骨殖　　學1·664, 黃88
　骨岩岩　　陸365, 黃163
　骨脹　　陸364
　骨子　　張740, 陸364,
　　　　學3·591, 黃88
　骨自　　張740, 陸364,
　　　　黃88
响　　蔣557
鼓腦爭頭　　陸512

gù

故　　張532

故故	張 532, 534	
故家	張 788	
故退	蔣 392	
故自	陸 295, 學 3·591	
顧管	學 1·689	
顧藉	張 585	
顧盼	學 3·14	

guā

刮刮匝匝	陸 232, 學 1·669, 黃 188
刮刮咂咂	學 1·669
刮刮拶拶	陸 232, 學 1·669
刮馬兒	王 433, 陸 232
刮土兒	學 1·668
刮躁	學 1·698
括罛	方 309
瓜蘿	蔣 34
呱吼	見 gū

guǎ

寡	蔣 272
寡酒	陸 516

guà

掛	蔣 272
掛齒	陸 390
掛紅	學 1·669
掛口(兒)	陸 294, 389, 學 1·671
掛眼	陸 390, 學 1·670
掛意	學 1·670
挂	見 掛

guāi

乖覺	學 1·673
乖劣	學 1·671
乖張	學 1·672
摑打	學 1·675
摑手	陸 519
摑惜	學 3·7

guǎi

拐孤	學 1·659

guài

怪	林 20
怪底	張 97
怪得	張 97
怪來	張 97

guān

官不容針	王 122
官不威牙爪威	陸 241, 黃 216
官道	陸 241
官定粉	學 1·686
官防	王 122, 陸 240
官房	王 122
官家	陸 240, 學 1·685
官裏	陸 241, 學 1·683
官人	陸 240, 許 20, 171
官衫	學 1·684
官衫帔子	學 1·684
官身	陸 240, 學 1·682, 黃 321
官身祗候	學 1·686
官員祗候	學 1·686
棺材鞙	陸 439
棺函(兒)	陸 439
冠獬豸	學 4·105
關	陸 642, 學 1·677
關典	陸 643, 學 1·679
關兒	陸 643
關防	王 122
關節(兒)	陸 643, 學 1·677, 許 16
關振子	陸 643, 學 1·680
關板子	學 1·680
關門狀	陸 643
關目	陸 642
關親	學 1·679
關情	學 1·680
關支	學 1·677
關子	陸 642, 學 1·675
觀絕	陸 666, 學 1·681
觀音嘴兒	陸 666

guǎn

管	張 31, 王 123, 陸 529
管待	陸 529, 學 1·688
管勾	王 123
管顧	陸 530, 學 1·689
管教	陸 529, 學 1·688
管領	王 123
管情	陸 530, 學 1·687
管情取	陸 530
管請	學 1·687, 黃 113
管取	陸 529, 學 1·687, 黃 113
管山的燒柴管水的吃水	黃 230
管送的	陸 530
館賓	陸 626

guàn

慣	張 618, 陸 518, 學 1·689
慣曾爲旅偏憐客	陸 519, 黃 230
慣家	陸 518
慣經	學 1·691

guàn — guò

慣老　學1·691
冠擗豸　見 guān
觀　　見 guān

guāng

光出律　陸154
　光光乍　陸154
　光前絕後　陸154
　光閃　陸154
　光塌塌　黃160
　光陰似水日月如梭
　　　　　黃208
　光隱隱　黃170
　光掙掙　陸154
　光子　學1·692

guǎng

廣成子　黃115
　廣張四至　張565

guī

規模　學1·692
傀儡　見 kuǐ
龜背　陸612, 學1·692

guǐ

鬼病(兒)　陸365,
　　　學1·694,
　　　黃336
　鬼擘口　陸366,
　　　學1·698,
　　　孫626
　鬼促促　陸365,
　　　學1·697
　鬼胡延　陸366
　鬼胡尤　學1·695
　鬼胡由　陸366,
　　　學1·695,
　　　黃259

鬼狐纏　學1·695,
　　　黃259
鬼狐涎　學1·695
鬼狐延　學1·695
鬼狐尤　學1·695
鬼狐由　學1·695,
　　　黃259
鬼狐猶　陸365,
　　　學1·695,
　　　黃259
鬼精　陸365
鬼精靈　陸366
鬼力　陸365, 學1·693
鬼門道　陸365,
　　　學1·694,
　　　黃253
鬼捏青　陸366,
　　　學1·697
鬼隨邪　陸366,
　　　學1·697
鬼頭　陸365
鬼頭風　陸366

guì

貴　　王125, 蔣10
　貴降　陸461
　貴脚來踏賤地　黃226
　貴人不踏寒地　黃226
　貴人多忘事　黃227
　貴欲　王125

gǔn

滾　　陸525
　滾肚索　黃113

gùn

棍精　陸439
棍徒　陸439

guō

咶咶煎煎　陸285
　咶噪　學1·698
　聒吵　學1·698
　聒七　學1·245
　聒氣　陸456
　聒噪　學1·698
　堝兒　陸427
　過　　見 guò

guó

國家祥瑞　黃335
　國均　學1·699
摑　　見 guāi
漍的　陸630

guǒ

果木　學1·700
　果卓　陸257
　裹肚　學1·700
　裹劑　學1·701
　裹角　陸537, 學1·701
　裹足　陸537

guò

過　　王126, 蔣195
　過承　陸509
　過從　張704, 陸509,
　　　學1·702
　過從不下　學1·702
　過打　學1·675
　過當　王127, 學1·704
　過犯　陸509, 學1·703
　過犯公私　學1·703
　過房　陸509, 學1·705
　過河拆橋　陸509
　過活　學1·705
　過遣　陸509, 學1·706

過臺　　陸509
過頭杖　　學1·707
過以　　蔣195
過與　　蔣195
過盞　　陸509

H

hā

哈　　另見 hǎ
　哈不禿　方463, 478
　哈茶兒　方146, 143
　哈搽兒　方146
　哈㖿　方475
　哈答　學2·1, 方415
　哈達　方415
　哈敦　陸284, 方71
　哈孩　方381
　哈喇（兒）　陸283,
　　　　學2·1,
　　　　黃284,
　　　　方167
　哈剌　方152, 150, 375
　哈剌（兒）　陸283,
　　　　學2·1,
　　　　方167
　哈剌赤　學3·600,
　　　　方281
　哈剌剌　學1·622
　哈剌撲哈　方194
　哈剌乙　方436
　哈蘭　方167
　哈哩　方258, 214
　哈那思　方461, 478
　哈撒　方250, 214
　哈撒兒骨　陸284,
　　　　方400

哈嗽兒骨頭　方400
哈啍　方472
哈㗘　方71, 424
哈豚　方71

hǎ

哈　　另見 hā
　哈叭　方401
　哈叭狗兒咬虼蚤　陸284,
　　　　　　　黃218
　哈達　學2·1

hāi

哈哈　蔣312
咳　　陸285
　　　另見 hái
嗨　　陸473, 黃300
　　　另見 hēi

hái

咳　　另見 hāi
　咳咳　蔣312
　咳呵　王174
孩兒　王127, 陸286,
　　　學2·2
　孩兒每　學2·2
骸　　陸611
還　　王142, 學2·76
　　　另見 huán

hǎi

海底猴兒　張829
海底鷗兒　張829
海東青　陸344
海鶴兒　學2·5
海猴兒　張829, 陸344,
　　　學2·5
海會　學2·3
海郎　王128, 陸344,
　　　學2·4
海老　王128, 學2·4
海裏猴兒　張829
海馬兒　王433
海上方（兒）　學2·4
海深須見底　黃220, 259
胲下瘦　見 gǎi

hài

害　　陸329
　害孩子　陸330
　害酒　陸330
　害口磣　陸330

hān

憨郎　陸593

hán

寒灰重發燄枯木再開花
　　　　黃226
　寒門生將相　黃226
　寒酸　學3·424
汗　　見 hàn

hǎn

闞　　見 kàn

hàn

汗馬功勞　陸174
　汗塌　學2·6
　汗替　學2·6
漢子　陸522, 學2·5
　漢子猶如南來雁去了
　　一千有一萬　黃230

hāng

夯　　陸122, 黃254
　夯鐵　陸122

háng

行　　張 767, 陸 182,
　　　 學 2·7, 12, 黃 332
　　　 另見 xíng
　行貨（兒）　陸 184, 黃 59
　行家　張 833, 陸 182,
　　　 學 1·402
　行首　陸 182, 學 2·9,
　　　 黃 240, 徐 247
　行完　學 2·9
　行院　陸 183, 學 2·9,
　　　 黃 58
　　　 另見 xíng
術完　學 2·9
　術術　學 2·9
　術院　學 2·9
　術衒　陸 356, 學 2·9,
　　　 黃 89
航梯　學 3·462

háo

毫光　學 2·13
豪奢　學 2·13

hǎo

好　　王 129, 林 8
　好吃酸黃菜　陸 166
　好打　張 490, 陸 164,
　　　 黃 332
　好歹　張 490, 陸 163,
　　　 黃 332
　好歹闞　陸 165
　好待　陸 164
　好共歹　陸 163
　好漢　陸 165
　好漢識好漢　黃 211
　好好先生　學 2·17
　好和歹　陸 164

好客不如無搶出去
　又何如　黃 211
好沒生　王 131, 陸 165,
　　　 學 2·16
好男不吃婚時飯好女
　不穿嫁時衣　黃 211
好去　張 783, 學 2·14
好人家好舉止惡人家
　惡家法　黃 210
好弱　陸 164
好殺人　學 2·17
好煞人　學 2·17
好生　林 10, 72, 陸 164,
　　　 學 2·14
好事不堅牢　黃 211
好事不在忙　黃 210
好事多磨　黃 211
好事沒下梢　黃 211
好是　學 2·15
好是不中　陸 165
好頭好面　陸 165
好鞋踏臭屎　陸 166
好在　張 782
好早晚　陸 165
好住　張 784

hào

浩浩　蔣 343
皓皓　蔣 343
好　　見 hǎo
耗散　學 2·18

hē

呵　　另見 ā, a, kē
　呵諛　學 2·18
喝　　見 hè

hé

合成　學 1·257
合當　學 1·396
合伏　學 1·5
合該　學 2·22
合口　陸 156, 學 2·20,
　　　 黃 55
合剌剌　學 1·622,
　　　　黃 149
合落兒　陸 157, 學 2·23
合酪　陸 157, 學 2·23
合里烏　方 154
合撲　陸 157, 學 1·5,
　　　 黃 56
合氣　陸 156, 學 2·21,
　　　 黃 56
合情　陸 157
合殺　王 133
合煞　王 133
合笙　陸 157, 學 2·22
合是　陸 156
合數松兒　王 433
合無　陸 157
合下　陸 156, 學 2·20
合皀　王 132
合造　王 132
合噪　學 2·24
合燥　王 132, 陸 157
合札兒　方 425
合皺　學 3·104
合子錢（兒）　陸 157,
　　　　　　學 2·25,
　　　　　　黃 55
閤　　另見 gé
　閤皀　王 132
餄餎　學 2·23
禾旦　陸 151, 學 2·19
　禾俫　陸 151, 學 2·19
和　　張 117, 849,
　　　 陸 235, 黃 119,
　　　 蔣 478

hé – hóng

　　　　另見　hè, huò
和和　　學2·28, 方390
和和飯　　學2·28
和會　　學2·26
和尚在缽盂在　陸236,
　　　　　　　黃216
和調　陸236
何處　王134
　何當　張390, 陸190,
　　　　　學2·25
　何來　陸190
　何勞　見 hè
　何省　蔣407
　何水無魚何官無私
　　　　　　　黃213
　何向　張402
　何許　張341, 王134
河裏孩兒岸上娘　陸259
河門海口　陸259
荷包（兒）　學2·28
　荷包裏東西　陸407
紇地　陸306
　紇支支　見 gē

　　　　hè

喝采　陸419, 學2·29
喝咪　陸419, 學2·29
喝攛廂　學2·31
喝攛箱　陸420, 學2·31
喝道　陸420, 學2·30
喝掇　陸420, 學4·274
喝嘍嘍　陸420, 學2·34,
　　　　　黃153
褐　蔣372
　褐衲襖　陸537
　褐袖　黃114
和　　　另見 hé, huò
　和朵　學2·97
　和鐸　陸236, 學2·97

和哄　陸235, 學2·26
　　　　另見 huò
和鬨　學2·26
　　　　另見 huò
何　　　另見 hé
　何勞　蔣168
荷　　　見 hé
赫赫赤赤　陸538,
　　　　　學1·266
嚇魂臺　見 xià
鶴非染而自白鴉非染
　　　而自黑　黃233

　　　　hēi

黑風　林138
黑閣落　陸468, 學2·34
黑齁齁　學2·34
黑林侵　陸468
黑婁婁　陸468, 學2·34
黑嘍嘍　陸468, 學2·34,
　　　　黃157
黑抹促　陸468
黑殺神　學2·32
黑煞　學2·32
黑甜　學2·31
黑甜濃　學2·31
黑甜甜　學2·31, 黃174
黑甜鄉　學2·31
黑頭蟲（兒）　陸468,
　　　　　　　學2·33
黑突突　黃165
黑眼珠子見白銀子
　　　　　黃225
黑鬒鬒　黃175
嗨　陸473, 黃300
　　　　另見 hāi

　　　　hěn

哏　陸284

狠不狠　學2·35
狠僂儸　陸302

　　　　hèn

恨不恨　學2·36

　　　　hēng

啈　　　見 hèng

　　　　héng

横　　　另見 hèng
　横不拈竪不擡　陸596
　横歙　陸596
　横枝（兒）　陸596,
　　　　　學2·36
衡冠　蔣556

　　　　hèng

啈　張700, 學4·5
横　　　另見 héng
　横死　學2·37
　横死眼　陸596, 學2·37

　　　　hm

噷　　見 xīn

　　　　hōng

哄的　陸285, 學2·38
　哄犯　見 hǒng
烘的　陸346, 學2·38
　烘地　學2·38
　烘散　陸346
轟的　學2·38

　　　　hóng

紅彪彪　學2·41
　紅熛熛　學2·41
　紅定　陸305, 學2·39,
　　　　　黃78

紅丟丟　學2·41	忽剌　學3·595, 黃307	胡闌　學2·48
紅溜溜　黃162	忽剌八　陸244, 學2·47, 黃184	胡伶　陸307, 學2·49, 黃340
紅茜巾　學3·117	忽剌巴　學2·47	胡盧蹄　張560
紅曲連　學2·40	忽剌地　學2·46	胡亂　陸308, 學2·51
紅牙　學2·39	忽剌的　學2·46	胡倫　陸308, 學2·48
紅粧　陸305	忽剌孩　學2·62, 黃283, 方15	胡倫課　陸309
hǒng	忽剌海　學2·62, 黃283, 方15	胡羅惹　陸310
哄的　見 hōng	忽剌剌　學1·665	胡挙　陸307, 學2·53
哄犯　陸285	忽伶　方455, 479	胡拿　學2·53, 黃258
hòng	忽流　陸244	胡捏怪　陸309
哄　見 hōng, hǒng	忽嘍嘍　學2·34, 黃151	胡嘌　陸308
hōu	忽魯魯　黃152	胡撲俺　陸309
齁嘍嘍　陸645, 學2·34, 黃155	忽硉　蔣555	胡撲搭　陸309
	忽期　蔣397	胡哨　陸308
hòu	忽其　蔣397	胡廝哄　陸309
後　張333, 陸288, 學2·41	忽然　蔣397	胡廝脛　王141
後槽　陸288, 學2·44	忽如　王140, 蔣397	胡廝踁　王141
後老子　陸289	忽若　蔣397	胡廝啞　王141
後生　王139	忽哨　陸243	胡廝嚷　陸309
後堯婆　陸289, 學2·44, 黃245	呼幺喝六　陸235	胡孫　學2·59
后　張333, 學2·41	糊　見 hú	胡梯　學2·52
堠子　陸427, 學2·46	**hú**	胡同　方335
hū	胡餅　學2·52	胡突　張717, 陸307, 黃115
忽　蔣397	胡柴　徐249	胡爲　學1·565
忽的　陸243, 學2·46	胡纏　學2·55	胡旋舞　學2·56
忽地　學2·46	胡㹻　陸307, 學2·51	胡顏　陸308, 學2·55
忽而　蔣397	胡打嚷　陸309	胡溣　陸308, 學2·54
忽爾　蔣397	胡雕剌　陸310	胡尤　方408
忽喇　學3·595	胡洞　方335	胡由　方408, 472
忽喇叭　學2·47	胡墼　方462, 478	胡遮剌　陸309
忽喇喇　學1·665, 黃151	胡姑姑　陸310, 學2·56, 黃218, 244	胡支　陸307
	胡虎乎護　學2·57	胡支對　陸309
	胡啞　王141	胡謅　陸308
	胡侃　陸307, 學2·315	猢孫　學2·59
		猢猻　學2·59
		湖洞　方335
		湖海飄零　黃260

葫蘆提　張560, 陸501, 學2·57, 黃106, 孫623, 許2	虎頭牌　學2·61, 黃63	花麻調嘴　陸269
葫蘆啼　學2·57	唬喇孩　方472	花門　陸268
葫蘆蹄　張560, 陸501, 學2·57	**hù**	花門柳戶　陸268
葫蘆題　張560, 陸501, 學2·57	戶　王170, 蔣291	花木瓜　陸267, 黃256
翀翀　方335, 472	戶尉　陸90	花奶奶　陸267, 黃244
糊刷嘴　陸575	嫴拉　陸382	花娘　學2·66
糊突　張717, 陸575, 黃115	糊　見 hú	花判　學2·64
囫圇　陸195, 學2·48	護臂　陸654, 學2·63, 黃136	花撲撲　陸268
囫圇課　陸195	護身符　陸654	花衢　陸266
囫圇夜　陸195	**huā**	花色　蔣73
狐媚　學2·482	花白　陸266, 學3·123, 黃74	花腿閑漢　陸269, 學2·70
狐魅　學2·482	花博士　學2·67, 黃74	花押　陸266, 學2·65
狐尤　方408	花唇（兒）　陸267, 學2·66	花藥　王346
狐猶　方408	花粉樓　陸267	花營　陸267
鶻伶　學2·49	花根本艷　陸269, 學2·69, 黃215	花營錦陣　陸269, 黃266
鶻鴒　學2·49, 陸656, 黃340	花紅　學2·63	花有重開日人無再少年　黃215
hǔ	花胡洞　學2·68	花園子　陸267
虎艾　學1·10	花胡哨　陸267	花栽子　陸267
虎榜　學2·60	花胡同　陸268, 學2·68	**huá**
虎病山前被犬欺　黃214	花衚衕　陸268, 學2·68	滑七擦　陸486
虎而赤　學2·61, 方13	花花　陸266	滑熟　陸485, 學3·382
虎兒赤　陸269, 學2·61, 黃283, 方13	花花草草　陸268	華夷　王141, 林79
虎喇孩　陸269, 方15	花花太歲　陸268, 學2·69, 黃74	劃　見 huà
虎刺　方156, 154	花街柳陌　陸269	**huà**
虎刺孩　學2·62, 黃283, 方15	花臘搽　陸268	化　陸84
虎辣孩　學2·62, 方15	花欄　王346	化瓦糧　陸84
虎瘦雄心在　黃214	花柳　陸268	話巴　學2·71
虎體元斑　陸270	花柳亭　學2·67	話靶　陸504, 學2·71
虎體鴛斑　陸270, 黃215	花柳營　陸267, 學2·67, 黃320	話罷　學2·71
		話欛　陸504, 學2·71
		話兒　陸504
		畫虎不成君莫笑安排牙爪好驚人　黃224
		畫虎畫皮難畫骨知人

知面不知心 黃224	患子 陸387, 學2·79	謊敲才 陸622
畫卯 陸448, 學2·70		謊廝 陸622, 學2·85
劃 張241	**huāng**	謊喳呼 陸622
樺皮臉 陸596, 學2·72	荒篤速 陸356	謊子 陸622, 學2·85
	荒冗冗 黃172	晃 陸339
huái	荒唐 王144	晃子 陸339
懷軌 學2·73, 黃132, 蔣205	慌篤速 陸476	慌郎君 陸477
懷擔 學2·73	慌急列 陸476, 學2·202	**huàng**
懷空 陸637	慌速 陸476	晃 見 huǎng
懷內子 學2·73	慌速速 黃176	
懷協 蔣375	慌獐 學4·382	**huī**
徊徨 學2·88		灰不荅 陸174
槐花黃舉子忙 陸522	**huáng**	灰不如火熱 黃212
	黃榜 學2·81	灰櫬兒 陸174, 學2·86
huān	黃串 學2·83	灰櫬 學2·86
獾兒勢 陸651	黃串餅 陸468, 學2·83	灰礶 學2·86
歡來不似今朝喜來	黃甘甘 學2·82, 黃174	灰罐(兒) 學2·86, 黃317
那逢今日 陸660	黃乾乾 學2·82	
歡恰 學2·74	黃紺紺 學2·82	**huí**
歡洽 學2·74	黃閣臣 學2·84, 黃104	回倒 陸160, 學2·88, 黃56
歡喜團兒 陸660, 學2·74	黃花女兒 學2·84	回乾就濕 學3·546
	黃虀 學2·82	回護 學2·87
huán	黃金浮世在 黃224	回話 黃317
還 張115, 陸625, 學2·76	黃門 陸467	回換 王144
另見 hái	黃穰穰 黃174	徊徨 見 huái
	黃湯 陸468	蚘蟲 黃84
huǎn	黃堂 學2·81, 黃104	
緩急 學2·77	黃芽 學2·80, 黃103	**huǐ**
	黃篆 學2·83	悔氣 陸336, 黃85
huàn	黃篆餅 學2·83	
喚則 張261, 學2·78	惶恐 學2·79	**huì**
喚作 張261		會 張114, 蔣282
喚做 張261, 陸420, 學2·78, 黃324	**huǎng**	會當 張114
患 蔣226	謊徹梢虛 陸623, 黃128	會垓 陸483
患疾 蔣226	謊規模 陸622	會家 陸484, 學2·88
	謊漢 陸622	會聖 張810, 陸484
	謊漢子 陸622	
	謊傴科 陸622, 學2·85	

會須 張114	混堂 陸399, 學2·92, 黃93	火匣匣 陸100, 黃169
會子 陸483		火葬 學2·96
惠濟 學2·125	混忘 學3·543	火宅 王145, 陸99, 學2·95
圓 張837, 學3·187	諢 徐246	
繢 張837, 學3·187	**huō**	夥 學2·94
闠 蔣341	豁 見 huò	**huò**
hūn	**huó**	貨卜 陸408
昏擦刺 陸256, 學2·90	活撮 陸300, 學2·94	貨郎(兒) 陸408
昏慘刺 陸256, 學2·90	活計 陸300	和 學2·26, 蔣181 另見 hé, hè
昏澄澄 學2·89	活淨 陸300	
昏鄧鄧 陸255, 學2·89, 黃161	活喇喇 陸300	和哄 學2·26 另見 hè
昏瞪瞪 學2·89	活脫 王145	
昏撒 陸255	活冤業 陸301	和鬨 學2·26 另見 hè
昏騰騰 學2·89	活支刺 陸300, 學3·334	
昏支刺 學2·90		或若 蔣397
婚嫁而論財禮乃夷虜之道也 黃223	活支沙 陸300, 學3·334	霍 陸607
		豁的 學2·96
婚姻簿 黃277	和 見 hé, hè, huò	豁地 學2·96
hún	**huǒ**	濩鐸 陸617, 學2·97
渾 張236	火 張765, 陸99, 學2·94	鑊鐸 陸661, 學2·97, 黃135
渾搥自撲 蔣123		
渾純 陸440	火不登 陸100	**J**
渾古都 學2·92	火不思 方298	
渾家 張829, 陸440, 學2·90, 黃247, 孫613	火不騰 陸100	**jī**
	火曹 蔣96	
	火敦惱兒 方190	積漸 林122
渾淪 學2·48	火敦腦兒 方190	積漸的 學2·112
渾舍 張829	火里赤 方96	積漸裏 學2·112
混 見 hùn	火上弄冰淩 陸100, 黃205	積里漸里 學2·112
hùn		積年 陸600
混沌 陸399	火上弄冬淩 陸100	積世 王147, 陸600, 學2·107
混耗 陸399	火燒袄廟 學4·39	
混踐 陸399, 學2·93	火向 學4·61	積儹 學2·101
混科 學2·92	火牙兒 方145, 143	積攢 學2·101
混賴 學2·93	火院 王145, 陸100	積趲 學2·101
	火院家私 陸100	積作 陸600

幾	見 jǐ	急彪各邦	陸291,		黃79
機籌	陸596		學2·115,	急張拘諸	陸290,
機鋒	學2·100		黃188		學2·116,
機勾	陸596, 學2·100,	急并各邦	陸290,		黃79, 193
	黃126		學2·115,	急張拒遂	陸290,
機縠	學2·100, 黃126		黃188		學2·116,
機關	學2·98	急抽各扎	學2·115		黃193
機見	陸596, 學2·98	急急如律令	學2·117,	急獐拘猪	陸290,
譏練	蔣556		黃79		學2·116,
奇	見 qí	急脚	學2·114		黃79
咭咶	張700, 陸284,	急節裏	學2·113, 黃79	急周各支	陸290,
	學4·5, 黃77	急驚列	學2·202,		學2·115
基埑	學2·177		方417	及以	蔣440
期	另見 qī	急裏	黃309	吉當當	黃149
期親	學2·102	急力	黃309	吉登登	學1·623
唧嚼	張721, 陸425,	急列	黃309	吉蹬蹬	學1·623
	學2·110, 黃88	急烈	黃309	吉地上行吉地上坐
唧溜	張721, 黃88,	急留圪剌	陸291		陸158
	徐250	急留骨硃	陸291,	吉丁丁璫	黃187
唧噥	陸426		學2·116,	吉丁疙疸	陸158
竿角	學2·122		黃188	吉丢疙疸	陸158
嘎落	王322, 學4·8	急留古魯	陸291,	吉丢古堆	陸158,
鷄腸蛇腹	陸655		學2·116,		黃187
稽首	見 qǐ		黃188	琦叮璫	黃184
緝林林	陸575, 學3·84,	急流骨都	陸290,	即	王146, 學2·106
	黃154		學2·116	即便	學2·109
激惱	學2·528	急惱	學2·528	即即世世老婆婆 陸283
擊分	蔣321	急且裏	陸290,	即漸	陸282, 學2·112
擊拂	蔣260		學2·113,	即漸的	學2·112
躋攀	學2·102		黃79	即漸裏	學2·112
賫	見 齎	急切	學2·113	即今	張787, 學2·107
齎發	陸583, 657,	急切裏	學2·113	即里漸里	學2·112
	學2·103	急攘攘	陸290	即溜	張721, 陸282,
虀粉	學2·105	急手	蔣391		學2·110,
虀鹽	學2·105, 黃136	急騰騰	黃172		黃63, 88
虀鹽運	學2·105	急旋旋	黃172	即留	張721, 陸282,
		急颭颭	陸290		學2·110, 黃63
	jí	急章拘諸	陸290,	即目	陸282, 學2·109
急巴巴	王1		學2·116,	即世（兒）	王147,

	陸282, 學2·107, 黃69	幾樣　張84 戟角　學2·122 **jì**
即世裏　學2·107	既不呵　張745, 學2·126	家常　蔣199 家嘗　蔣199 家當　陸332 家懷　王151
即世婆婆　陸283	既不阿　學2·126	家活　陸331, 學2·138
㘁嚕　張721, 黃88	既不沙　張745, 陸395, 學2·126	家火(兒)　陸330, 學2·138
㘁溜　陸441, 學2·110	既不吵　張745, 陸395, 學2·126	家計　學2·134
疾便　學2·109		家君　陸331
疾不疾　學2·118	既不是呵　張745, 學2·126	家克計　學2·140
疾患　蔣226		家貧顯孝子國難識忠臣 黃219
疾漸的　學2·112	既不索　張745, 陸395, 學2·126	
疾快　學2·291		家生　王152, 陸330, 學2·139, 黃86
疾憎　學2·263	技搹　徐250	
蒺藜沙上野花開　陸536	計槀　學2·124	家生的　學2·139
棘刺　黃309	計會　王151	家生哨　王152, 陸332, 學2·140, 黃86
棘列　黃309	計較　陸313, 學2·122	
棘律　黃309	計設　陸313	家生肖(兒)　學2·140
棘圍　學2·118, 黃100	紀綱　王150, 學2·124, 黃79	家私　陸331
		家頭房子　陸333
棘闈　學2·118	寄在不寄失　陸383	家小　陸330
棘針門　陸439, 學2·119	際　王149	家兄　學2·135
	濟拔　學2·212	家緣　陸332, 學2·134, 黃86
極　蔣366	濟楚　陸616, 學2·121, 黃125	
藉　張585		家緣家計　陸332, 學2·134, 黃86
藉不　陸632, 學1·175	濟惠　陸616, 學2·125	
籍不　學1·175	濟會　學2·125	
jǐ	濟流　學2·110	家樂　學2·135
幾　張84, 王148, 學2·120, 黃324	繫腰　見 xì	家長　陸331, 學2·136, 黃245
	繼　蔣273	
幾般(兒)　張84, 陸428, 學2·120, 黃324	繼絆　蔣273	家中寶　陸332, 黃335
	繼纏　蔣273	家中俏　學2·140
	繼念　蔣273	家中哨　陸332, 學2·140
幾般來　陸428, 學2·120	**jiā**	
	家　張367, 學2·129, 黃304, 蔣32	加　張364, 學2·129
幾家　張84		加謗　蔣185
幾能勾　陸428		加被　蔣202
幾替兒　陸429	另見 gū, jie	加備　蔣202
幾許　張342		加額　學2·127

加諸　蔣185	黃94, 218	剪　　見 翦
枷棒重　陸299	晎　王153	翦荷包　陸375
枷號　學2·129	**jià**	翦柳　陸375, 575, 學2·149
嘉慶子　學2·141	駕　陸588	翦絡　陸375, 575, 學2·149
夾袄　陸197	假　見 jiǎ, jie	翦牡丹喂牛　陸375
夾帶　學2·128	價　見 jie	翦頭　陸375
夾腦　陸197, 學2·128, 黃63	**jiān**	揀口兒　陸433
夾腦風　陸197, 學2·128	尖　學3·112	揀擇　學2·147
佳人有意郎君俏　黃214	尖擔兩頭脫　陸167, 黃208	減　蔣198
猳駒　學4·20	尖新　張720	減銀　陸441
jiá	尖簷帽　王434	跕　學2·147
夾　見 jiā	奸便　蔣308	濺　陸648, 學2·149, 黃133
jiǎ	奸人　蔣55	濺㰇番盆　陸648
甲榜　陸147	姧　見 奸	璽　學2·147
甲第　陸147	姦　見 奸	**jiàn**
甲科　陸147	肩膊　學2·144	見　張628, 林60
甲首　學2·142	肩胛　學2·144	另見 xiàn
甲頭　陸147, 學2·141, 黃239	肩輿　學2·145	見不長　陸219
假　王153, 蔣414	兼　王156	見不的　學2·152
另見 jie	兼加　學2·162	見不得　學2·152
假令　蔣414	間　見 jiàn	見定　王434
假撇欠　陸368, 黃94	閒　見 xián, 間	見風　陸219
假撇清　陸369, 黃94	煎湯洗臀　陸488	見機　學2·98
假饒　張130, 陸368, 學2·143	煎熝　學2·147	見覰　陸219
假如　王154, 蔣414	監察　陸526	見識　陸219, 學2·150, 黃64
假若　王154	監籍　學2·146	見兔兒颺鷹鶻　陸220
假使　王155, 蔣414	監計　學2·146	見兔兒漾磚　陸220
假是　王155	監解　見 jiàn	見物不取失之千里　陸220
假似　學2·142	監繫　學2·146	見鐘不打更去鍊銅　陸220
假限　學1·262	**jiǎn**	健倒　王157
假惺惺　陸368	簡　學2·148	間迭　王157, 學2·152
假姨姨　陸310, 學2·144,	簡版　陸631	間諜　王157, 陸464,
	簡帖(兒)　學2·148, 黃125	
	簡子　陸631	

	學2·152	將養	學2·157	焦杯	學2·168
間疊	王157, 陸464,	將作	蔣431	焦懒	王161, 陸441,
	學2·152	漿謁	學4·201		學2·169
閒	見 xián, 間	姜女	陸286	焦盆	學2·168
漸	張182		jiǎng	焦撒	學2·169
監	另見 jiān			焦圖	學2·165
監解	陸526	耩	學2·159	焦皀	學2·168
賤才	陸584	講究	學2·159	焦怚	學2·168
賤降	陸584, 學2·153,		jiàng	蕉葉	王166
	黃120			椒房	學2·166
賤造	陸584	降	陸316	椒塗	學2·165
箭安弦上慢張弓	黃231	强	學2·160	椒圖	學2·165
箭穿雁口	陸575		另見 qiáng, qiǎng	憍怯	王249, 學3·129
箭杆	學2·154	强承頭	陸385	嬌才	學3·128
箭簳	學2·154	强賭當	陸385	嬌姹	陸547
劍界	學2·153	强口	陸384	嬌滴滴	黃166
諫當	陸603	糨	學2·161	嬌客	陸547
毽子	陸616, 學2·154	糨手	學2·161	嬌妳妳	陸547
	jiāng	彊	見 强	嬌怯	王249, 學3·129
		將	見 jiāng	嬌怯怯	學3·129
將	張337, 王158,	醬瓜兒	陸634	嬌饒	張128
	黃323, 蔣177,		jiāo	驕加	學2·162
	431, 477, 547				jiáo
將並	王160	交	張102, 王118,		
將傍	王160, 陸383,		陸152, 學2·161,	嚼蛆	見 jué
	學2·158, 黃94		蔣229, 249		jiǎo
將次	學2·155	交杯	學2·164		
將伽	蔣557	交牀	陸152, 學2·51	脚搭着腦杓	陸497
將軍柱	學2·159	交關	蔣249	脚打着腦杓子	陸497
將來	黃323	交加	陸152, 學2·162,	脚高步低	陸497
將為	王158, 蔣431		徐249	脚後跟	陸496
將謂	王158	交門親眷	陸153	脚裏	陸496
將息	張778, 學2·155,	交親	林76	脚俏皮	陸496
	黃336	交椅	學2·51	脚色	見 jué
將惜	陸383, 學3·7	交雜	學2·162	脚梢皮	陸496
將羞臉兒搵在懷兒內		交招	蔣209	脚梢天	陸497
	陸383	教	另見 jiào	脚稍	王266
將羞臉兒搵在懷裏		教鐺	學2·164	脚踏着腦杓	陸497,
	陸383	焦	學2·166		黃260

脚頭亂 陸497	較 張243, 陸506, 蔣229	結果 學2·182
脚頭妻 陸497, 學2·171, 黃248	較別 陸507	結結巴巴 王1, 陸455, 學1·29
脚頭丈夫 學2·175	較可 陸506	結絕 黃105
角妓 見 jué	較輅 陸507	結磨 陸455, 學2·181, 蔣163
角門兒 陸221	徼買 見 yāo	
角束 蔣278	覺 王173, 陸648, 蔣229, 232	結抹 學2·181
角子 學2·34	另見 jué	結末 學2·181
僥怯 學3·129	覺可 陸648	結斯陀羅崐 方402
僥傒 學3·125		結絲蘿 學2·184
徼買 見 yāo	**jiē**	結斜裏 學2·180
繳纏 陸639	皆 蔣217	結證 黃105
攪肚蛆腸 陸662, 學2·172	階犀下 學2·177	結周 蔣557
	階除 學2·177	蛣蜋皮 陸458, 學3·119
攪蛆扒 陸662, 學2·172, 黃269	階垓 學2·177	詰調 陸504
	階跟 學2·177	劫劫巴巴 王1, 學1·29
	階痕 學2·177	劫劫波波 王1
	階基 學2·177	捷機 陸390, 學2·185
jiào	階砌 學2·177	捷譏 陸390, 學2·185
叫化 學2·172	階直下 學2·177	傑郎 陸418, 學2·180
叫化子 學2·172	階址 學2·177	節會 蔣111
叫花頭 學2·172	接 林126	截日 陸519
叫街 學2·173, 黃48	接脚 陸392, 學2·175, 黃246	截頭渡 陸519
叫天吖地 陸114		截頭路 陸519
叫喳喳 黃156	接絲鞭 陸392, 學2·176, 黃92	羯磨 蔣163
教 張102, 蔣229		潔 陸568, 學2·180
教鐺 見 jiāo	揭帖 學2·178	潔郎 陸568, 學2·180
教道 學2·174	揭席 陸435	
教坊 陸394	揭債 陸435, 學2·179	**jiě**
教化頭 學2·172	街坊 陸458	解 張118, 陸503, 學4·101, 黃324
教門兒 學2·175, 黃92	街基 學2·177	另見 jiè
教首 陸394	街直下 學2·177	解道 張122
教唆 學2·174	結 見 jié	解禳 學2·186
教招 蔣209	嗟 蔣348	解手 蔣179
珓(兒) 學1·86		解奚 蔣179
珓杯 學1·86	**jié**	解攜 王163, 蔣179
校 張243, 蔣229	結構 陸455, 學2·182, 黃105	解行 蔣293
校椅 陸340, 學2·51		解粽 陸503

jiè

介	學2·129, 徐246
介元	學2·187
界	王165
解	王162, 學4·101
	另見 jiě
解典庫	陸503, 學4·104, 黃109
解典鋪	陸503, 學4·104
解庫	陸503, 黃109, 徐250
解人	學2·186
解帖	陸500
解元	學2·187, 黃247
解粥	陸500, 503
解子	學2·186
戒師	陸201
借	王164
借不	學1·175
借花獻佛	陸321
借令	蔣414
借如	蔣414
借使	王155, 蔣414
藉	見 jí
蹫柳	學3·311

jie

家	張365, 學2·129, 黃312
	另見 gū, jiā
假	張364, 學2·129
	另見 jiǎ
價	張364, 學2·129, 黃312

jīn

金釵客	學2·191
金頂蓮花	陸271
金斗	學2·191
金剛廝打	陸271
金瓜	陸271
金荷	王165, 學2·190
金花誥	學3·584
金蕉	王166
金蕉葉	王166
金界	學2·190
金蓮	王165
金牌	黃106
金神七殺	陸271
金葉	王166
金印	陸271
金魚	學2·189
金魚袋	學2·189
金鑿	陸271
金枝玉葉	陸271
今古	學2·188
今來	張787, 學2·188
今日不知明日事	黃204
今蚤	陸78
斤斗	學2·191
禁	張200
	另見 jìn
禁持	張203, 陸493, 學2·198, 黃108, 蔣238
禁當	張201, 陸493, 學2·197, 黃108
禁害	張203, 陸493, 學2·200, 黃108
禁耐	張201
禁受	張201, 陸493
憖持	學2·198
筋斗	學2·191
筋陡	學2·191
筋吒	蔣557
觔	見 筋

jǐn

緊	王167, 林26, 陸533
緊邦邦	黃179
緊不緊	陸534, 學2·193, 黃326
緊關裏	陸534, 黃114
緊行無善踪	陸534
錦胡洞	黃266
錦繃繃	陸605, 黃266
錦圓頭	學2·194
錦片	學2·193
錦屏圍	陸605
錦堂客至三杯酒茅舍人來一盞茶	黃232
錦套兒	陸605, 學2·194, 黃266
錦套頭	學2·194, 黃266
錦營花陣	黃266
錦陣花營	陸605
僅	見 jìn
盡	張134
	另見 jǐn
儘	王434, 陸591
儘場兒	王167

jìn

近謗	王160, 學2·158
近不的瓜兒揉馬包	陸270, 黃217
近來	學2·195
近身	學2·194

近寺人家不重僧　黃217	精唇潑口　陸531	黃205
近新　　學2·195	精打精　　陸531	警蹕　　學2·205
近新來　　學2·195	精令　　　陸531	警跡人　　陸648
妗妗　　學2·196	精驢　　　陸532	警頭　　　陸648
妗子　陸197, 學2·196	精驢禽獸　陸532	**jìng**
浸　　　王252	精皮　　　陸531	淨　　　　徐245
進退無門　陸463	精屁眼　　陸531	淨辦　王169, 陸399,
禁　　　另見 jīn	精塗抹　　陸531	學2·205, 黃128
禁回　　陸493	精細　陸531, 學2·203,	淨鞭　　　學2·207
禁瘆　　張839	黃327, 339	淨盤將軍　陸400
禁聲　　學2·197	精銀響鈔　陸531	淨身　　　陸399
禁指　　學2·198	精銀嚮鈔　陸531	淨手　　　陸399
噤　　　張839	荊棘刺　陸457, 學2·202,	靜扮　王169, 學2·205
噤痒　　張839	方417	靜辦　王169, 陸607,
噤噆　　張839	荊棘列　陸457,	學2·205, 黃128
噤瘆　　張839	學2·202,	靜鞭　　　學2·207
噤聲　陸591, 學2·197	方417	靜巉巉　陸607, 黃168
顲齠　　陸661	荊棘律　陸457,	敬　　　　蔣426
僅　　　張190	學2·202,	敬持　　　學2·198
盡　　　另見 jǐn	黃184, 方417	敬日　　　蔣386
盡場兒　王167, 陸526	驚吉利　陸663, 學2·202,	敬身　　　陸483
盡分　　陸526	方417	敬思　陸483, 學2·206,
盡盤將軍　陸526	驚急裏　陸663,	黃326
盡世兒　陸526	學2·202,	徑　　　　王349
盡世裏　陸526	方417	逕日　　　蔣386
jīng	驚急力　陸663,	**jiǒng**
經板　　陸494	學2·202,	窘不窘　　學2·224
經板兒　陸495,	方417	**jiū**
學4·272,	驚急列　陸663,	揪撇　　　陸432
黃290	學2·202,	揪問　　學1·279
經懺　　學2·202	方417	啾唧　　　陸421
經慣　　學1·691	驚急烈　陸663,	**jiǔ**
經紀　　學2·200	學2·202,	九百　張859, 王169,
經年　　王168	方417	陸23, 學2·207,
經時　　王168	驚乍　　陸663	黃32, 許25,
精　　　陸530	**jǐng**	
精赤條條　陸531,	井底墜銀瓶　陸77	
黃110	井口上瓦礶終須破	

徐247	舊家　張788	巨靈神　學2·217
九佰　王169	舊景潑皮　陸632	秬鬯　學2·218
九伯　張859, 陸23,	舊留丟　學2·211	據　陸595
學2·207, 黃32	舊流丟　學2·211	juān
九垓　陸23, 學2·209	jū	捐館　陸337
九故十親　陸23	拘恥拘廉　陸251	圈　學2·218
九還七返　學3·87	拘拘　學3·28, 黃66	另見　juàn, quān
九流三教　陸24	拘倦　陸250, 學2·215	juǎn
九陌　張859, 王169,	拘摔　學2·215	卷子　陸233
陸23,	拘謙　學2·215	捲煎　學2·219
學2·207, 209,	拘鈐　學2·215	juàn
黃32	拘箝　陸251, 學2·215,	卷子　見　juǎn
九天仙女　陸23	黃67	倦出　陸321
九曜　黃32	拘鉗　學2·215	圈　學2·218
九紫十赤　學2·210	拘攝　陸251, 學2·215	另見　juān, quān
久白　學2·207	拘收　黃66	juē
久已後　陸40	拘刷　陸250, 學2·215,	撅丁　張826, 陸561,
酒保　陸361	黃66	學2·220
酒船臺　陸361	拘肆　陸251	撅皇城打怨鼓　陸562
酒戶　王170	拘頭　陸251	撅皇城擂怨鼓　陸562
酒浸頭　陸361	居止　學2·214	撅俅　學2·220
酒蓮　王165	居址　學2·214	撅天撲地　陸561
酒魔頭　陸362	趄　見　qiè	橛丁　張826, 學2·220
酒務(兒)　陸361,	jú	嗟　見　jiē
學2·210,	局段(兒)　陸198,	撧　陸562, 學2·219
黃85	學2·216, 黃62	撧耳撓腮　陸563,
酒遊花　陸361,	局斷(兒)　學2·216	黃264
學2·211	局騙　學2·217	撧耳揉腮　陸563
酒糟頭　陸362	jǔ	jué
jiù	舉意　王400	決　林16, 84
就　王171	舉債　學2·179	決決　林85
就地裏　學2·212	矩　蔣136	決撒　陸210, 學2·222,
就兒裏　陸428,	咀呪　蔣555	黃65
學2·212	jù	決無乾罷　陸210
就裏　陸428, 學2·212	巨毒　王172, 陸124	
就親　黃103		
就中　王171, 學2·212		
救拔　學2·212		

角	另見 jiǎo	
角妓	陸220, 學2·221, 黃62, 許78	
挋	蔣140	
捹	蔣140	
屈	另見 qū	
屈期	蔣351	
掘	林16	
脚	另見 jiǎo	
脚色	陸496, 學2·170	
厥錯	蔣335	
厥丁	學2·220	
厥撒	學2·222	
蹶撒	學2·222	
蹶失	蔣335	
趉趫	陸462	
絕	張353	
絕後	陸455	
絕口	學4·130	
蕝	學2·219	
蹙臉(兒)	陸518, 學2·223	
覺	王173	
	另見 jiào	
嚼蛆	陸651, 學2·170	

jūn

君子	陸192
君子不吃凹面鍾	陸193
君子不羞當面	陸192
軍健	陸314

jùn

俊	學2·224
俊多才	學1·527
俊俠	陸278
俊生	學2·224
峻疾	蔣374

K

kāi

開	學2·224
開場	徐246
開除	學2·225, 黃101
開光明	陸466
開呵	王174, 學2·224
開阿	王174, 學2·224
開荒劍	陸466, 學2·226, 黃261
開門七件事	陸466
開屠	學2·226, 黃262
開着眼做合着眼受	陸467
揩摩	學2·227
揩磨	學2·227, 黃337

kān

勘	陸376
勘婚	陸376
堪	學2·227
堪成	學2·228
堪堪	陸426
堪憐許	張344
堪問	學2·227
看	見 kàn
瞰	陸547, 學4·48

kàn

看	張331, 王175, 林101, 陸302, 黃80, 蔣200
看成	學2·228
看承	張678, 陸302, 學2·228, 黃80, 蔣200
看當	學1·404
看即	張786
看街樓	學2·231, 黃81
看看	張785, 陸303, 學2·229, 黃81
看取	陸302, 學2·230, 黃81
看覰	陸303, 學2·230, 黃81
看生見長	陸303
看侍	蔣200
看則	張786
矙	學2·231
闞	學2·231

kāng

螳盃兔望絲	蔣559

káng

扛幫	見 gāng

kāo

尻包兒	學2·232

kǎo

考滿	學2·428
拷栳圈	學2·233
栲栳	學2·233
栲栳圈	陸341, 學2·233
栲栳圈簸箕掌	陸341

kào

靠歇	陸587
靠歇子	陸587

kē

科	學2·233, 黃81, 徐246
科差	學2·239, 黃82
科地	學2·236, 黃82
科段	陸305, 學2·238, 黃82
科汎	黃82
科恰	
科泛	陸304, 學2·237, 黃82
科範	陸305, 學2·237, 黃82
科子	陸304, 學2·235, 黃244
呵	另見 ā, a, hē
呵塔	學2·242
珂珮	蔣106
軻麼	見 luǒ
軻峨	林108
趷塔的	學1·620
趷登登	學1·623
趷蹬蹬	學1·623
搕腦	學2·241
磕擦	學2·240, 黃182
磕擦擦	學2·270, 黃154
磕叉	學2·240, 黃182
磕叉叉	學2·240
磕察察	陸573
磕槎	學2·240, 黃182
磕搭	學2·242
磕答	學2·242
磕塔	學2·242
磕瓜	陸573
磕刺刺	學1·622
磕腦	陸573, 學2·241, 黃114
磕撲	陸573, 黃183
磕撲撲	黃154
磕睡	學2·271
磕頭撞腦	陸574
磕牙	陸573, 學2·272, 黃119
磕牙聲嗽	陸573
搕叉	學2·240
窠盤	學3·569
顆恰	王178
頦下瘦	學2·242, 黃265

ké

咳	見 hāi, hái
搕	陸434
搕撒	陸435
殼拉咧	方458, 478

kě

可	張51, 陸115, 學2·243, 黃48, 297, 302, 蔣452
	另見 kè
可便	張752, 陸116, 學2·259, 黃51
可不道	張554, 陸117, 學2·267
可不的	學2·266
可擦	陸117, 學2·240, 黃182
可擦擦	陸119, 學1·624, 2·270, 黃149
可叉	陸115, 學2·240, 黃182
可磣	陸117, 學2·262
可搭	陸119, 學2·242
可搭撲	陸119
可答	陸118, 學2·242
可堪	學2·260
可磕擦	陸119, 學2·270
可可	張52, 60, 陸118, 學2·255, 黃50
可來	陸116
可憐	張604, 陸117, 學2·256
可憐見	張631, 陸119, 學2·269
可憐許	張344
可奈	學3·63
可能	張62
可念	張604
可丕丕	陸118, 黃148
可疋塔	學2·242
可撲撲	陸119, 黃149
可恰	王178
可情人	陸118
可人	陸115, 學2·253
可人憎	陸117, 黃51
可殺	張542
可煞	張542, 學2·263
可㬠	張542
可什麼	張51, 陸118, 學2·254
可甚	陸118, 學2·254
可甚的	學2·254
可甚麼	張51, 陸118, 學2·254
可生	陸115
可事	張60
可是末	學2·254
可是麼	張51, 陸118, 學2·254
可索	陸116, 黃50
可體樣	陸119
可畏	蔣443
可兀的	陸117,

學2·265, 黃49	剋落　　學2·272, 黃78	空桑出　　黃273
可惜許　　張344	可　　　另見 kě	空亡　　陸265, 學2·278
可嬉　　學2·261	可汗　　方62, 471	空忘　　學2·278
可嬉娘　　學2·270	可汗敦　　方71	空自　　王180
可喜　　張608, 陸120,	可罕　　陸115, 方62	**kǒng**
學2·261, 黃50	刻惜許　　張344	孔方　　學2·281
可喜娘　　陸118,	客火　　陸287	孔方兄　　陸87, 學2·281
學2·270	客勒　　方266, 214	孔目　　學2·280
可喜種　　學2·270	嗑口　　陸472	**kòng**
可戲　　張608, 學2·261,	嗑牙　　陸472, 學2·272	空　　　另見 kōng
黃50	課銀　　陸582	空便　　學2·281
可笑　　王178	**kěn**	控持　　陸390, 學2·282
可也　　陸115	肯　　　張229, 學2·273	控馳　　學2·282
可意娘　　學2·270	肯悲　　方467, 479	**kǒu**
可意人(兒)　　陸120	肯分　　張232, 陸265,	口磣　　陸46, 學2·284
可意種　　陸119,	學2·275, 黃69	口承　　蔣213
學2·270	肯酒　　陸265, 學2·275,	口搭合　　陸47
可又來　　學2·264	黃334	口大　　陸45
可曾　　蔣300	肯心兒　　陸265	口歹　　陸45
可憎　　張610, 陸116,	咽　　　陸327, 學2·276	口含錢　　陸46, 學2·285
學2·263, 黃51,	**kèn**	口號　　陸46, 學2·283
蔣300	掯　　　學2·328	口茄　　陸46
可憎才　　陸116	掯勒　　學2·328	口困　　陸46
可憎人　　陸116	褃　　　學2·276	口忙　　陸45
可知　　張64, 陸115,	**kēng**	口沒遮攔　　學4·404
學2·257,	坑　　　學2·277, 黃332	口強　　陸46
黃50, 317	坑人　　陸196	口是心苗　　陸47
可知道　　張64, 陸115,	坑殺人　　陸196	口順　　學2·284
學2·257	**kōng**	口似無梁斗　　黃250
可知道來　　陸120	空　　　王179	口碎　　陸46
可中　　張65, 蔣396	空便　　見 kòng	口銜錢　　學2·285
軻峨　　見 kē	空房　　陸265, 學2·278	口硬　　陸46, 學2·284
渴睡　　學2·271	空門　　學2·279	**kòu**
kè	空悶亂　　學2·279	叩齒　　陸113
克答撲　　陸190	空沒亂　　學2·279	扣廳　　陸168, 學2·286
克汗　　方62		
克剌張　　方305		
克匝匝　　黃151		

扣宅　　陸168

kū

枯木堂　　學2·286
枯塗　　方200
砿蹬蹬　　黃152
哭洛雞　　方467, 479
　哭吖吖　　黃157
窟裏拔蛇　　陸494
　窟籠　　陸494, 學2·287

kǔ

苦　　張156, 學3·288
　苦滴滴　　黃162
　苦毒　　陸312
　苦會　　陸312
　苦尅　　陸312
　苦惱錢　　學4·301
　苦胎　　陸312
　苦溫　　方259, 214
　苦志　　學2·288
　苦主　　陸311, 學2·288
　苦孜孜　　陸312, 黃162

kù

庫魯干　　方339
　庫司　　學2·289
酷寒亭　　學2·290, 黃276
　酷累　　學2·289, 方392

kuā

誇官　　陸504, 學2·290
　誇強會　　陸504

kuà

跨虎　　學2·291

kuài

快　　張577, 陸200
快活三　　學2·292
快疾　　學2·291
快性　　學2·291
塊子　　陸474
會　　見 huì

kuān

寬敵敵　　學2·293
寬綽　　學2·293
寬綽綽　　學2·293, 黃176
寬打周遭　　王181
寬快　　學2·293
寬片粉　　學2·294

kuǎn

款　　陸440
款段　　學2·295
款頭　　蔣85
款識　　學2·294

kuāng

匡　　張588
恇　　張588

kuáng

狂圖　　陸217
狂獐　　陸218
誆赫　　蔣182
誆諕　　蔣182

kuàng

況　　張77, 王181, 蔣491
況復　　張79
況乃　　張77
況是　　張77, 陸259
曠脚　　陸638

kuī

窺圖　　學2·296, 方414
虧負　　學2·295
　虧輸　　學2·297
　虧圖　　陸622, 學2·296, 黃130, 方414

kuí

睽攜　　王163

kuǐ

傀儡　　學2·297

kuì

愧　　張773, 蔣165
　愧慚　　蔣165
媿　　見 愧

kūn

昆　　方456, 472

kǔn

闔外將軍　　學2·298

kùn

困朦騰　　陸195
　困騰騰　　黃161

kuò

括罢　　見 guā
闊片粉　　學2·294
　闊亦墳　　方217, 214

L

là

剌步　　陸281
　剌搭　　陸281, 學1·336
　剌達　　學1·336
　剌古　　學4·416
　剌剌　　陸281
　剌梨　　學2·299
　剌塌醉　陸282
　剌闒　　陸282
辣浪　　徐249
落　　見 luò
臘臏　　陸620
臘梨　　學2·299
蠟堝　　學2·300
　蠟槍頭　陸653
　蠟渣　　學2·300
　蠟淬　　學2·300
鑞鎗頭　黃269

lái

來　　張750, 王183,
　　　陸228, 學2·300,
　　　黃298, 304, 312
　來的　　學2·303
　來得　　陸228, 學2·303
　來日　　張793
　來撒的　學2·303
倈　　張750, 陸321,
　　　學2·304, 黃312
　倈兒　　陸322, 學2·304
　倈倈　　陸322
　倈人　　陸322, 學2·304
　倈子　　陸322
徠禮　　學1·389

lài

賴　　王186
　賴骨頑皮　陸603
　賴皮　　陸603
　賴肉頑皮　陸603
唻　　陸381, 學2·304,
　　　黃300
徠禮　　見 lái
賚發　　學2·103

lán

蘭散　　陸626
　蘭山　　學2·306
　蘭删　　學2·306
　蘭珊　　學2·306
攔關　　陸647, 學2·308
　攔關扶碑　陸647
　攔門　　學2·307
　攔門鍾兒　陸647,
　　　　　學2·307
　攔遮　　學4·404
　攔縱　　陸647, 學2·307
珊珊　　學2·306
欄關　　學2·308
林　　王198, 學2·363
梦　　見 lìn
嘹　　學2·363
鬖鬖　　學2·309

lǎn

懶別設　陸637
　懶設設　陸637, 黃168

làn

濫包婁　黃85
濫黃虀　陸617,
　　　學2·310
爁　　學2·309

爛　　王187
　爛瓜　　陸653
　爛黃虀　陸653,
　　　　學2·310
　爛漫　　王187
　爛熳　　王187

láng

郎　　蔣12
　郎當　　學2·313
　郎均　　學2·312
　郎君　　陸360, 學2·312,
　　　　蔣17
　郎君子弟　陸360
　郎中　　陸360, 學2·310
　郎主　　陸360, 學2·311,
　　　　黃245
狼喫幞頭　陸347
狼主　　學2·311

làng

浪　　王189
　浪包摟　陸345,
　　　　學2·317
　浪包婁　王190, 陸345,
　　　　學2·317, 黃85
　浪包嘍　陸345,
　　　　學2·317
　浪兒　　陸345, 學2·314
　浪漢　　陸345
　浪酒閒茶　陸345
　浪侃　　陸345, 學2·315
　浪言　　陸344, 學2·316
　浪語　　陸345, 學2·316
　浪子　　陸344, 學2·314
閬苑蓬萊　黃31

lāo

撈凌　　王191, 陸560,

	學 2·317	
撈菱	王 191, 學 2·317	
撈鈴	王 191, 陸 560, 學 2·317	
撈龍	陸 561	
撈籠	陸 561, 學 2·321	

láo

牢成	張 814, 學 2·319, 黃 102
牢城	學 2·321
牢誠	張 814, 學 2·319, 黃 102
牢籠	學 2·321
牢子	陸 197
勞	張 775
勞成	張 814, 學 2·319, 黃 102
勞承	張 814, 陸 419, 學 2·319, 黃 102
勞動	張 775, 學 2·318
勞合重	王 191
勞藍	王 437, 學 2·321
勞朧	學 2·321
勞籠	陸 419
勞攏	陸 419
勞台候	王 191
勞台重	王 191
勞重	王 191
勞尊重	王 191

lǎo

老	張 842, 黃 303
老把勢	陸 178
老背晦	陸 178
老大(兒)	陸 178, 學 2·326
老大小	張 487, 陸 178
老的	陸 176, 學 2·324, 黃 240
老爹	陸 177
老兒	學 2·322
老公	陸 176, 學 2·323
老官(兒)	陸 176
老漢	陸 178
老郎	陸 177, 學 2·325
老搯	蔣 58
老米飯捏殺不成團	陸 179
老衲	陸 177
老娘	陸 177
老婆舌頭	陸 179
老燒灰骨	陸 179
老身	陸 176, 學 2·323, 黃 240
老石頭	學 2·326
老實頭	學 2·326
老叔	陸 176
老先兒	陸 178
老相	學 2·325
老像	學 2·325
老小	陸 175
老爺	陸 178
老糟頭	陸 179
老子	陸 175, 許 18, 170

lè

勒	王 345, 學 2·328
勒開	學 2·328
勒揩	見 lēi
勒要	蔣 235
樂	見 yuè

le

了	見 liǎo

lēi

勒	另見 lè
勒揩	林 131, 學 2·328
擸揩	學 2·328
擂家漢	見 lèi

léi

累	見 lěi
擂家漢	見 lèi
羸便	陸 640
羸勾	學 4·277

lěi

累輩	陸 406
累累	陸 406
累七	學 2·329
磊浪	陸 574
壘浪	陸 628
壘七	學 2·329
壘七修齋	陸 628
壘七追齋	陸 628

lèi

淚闌干	陸 400
肋底插柴自穩	陸 180, 黃 291
累	見 lěi
擂家漢	陸 593

léng

楞角	陸 484
崚嶒	學 2·369
崚層	學 2·369
稜層	學 2·369
稜生	陸 494

lěng

冷鼻凹	陸 190
冷丁丁	陸 190, 學 2·330, 黃 160

lěng – liǎng

冷化化　黃161
冷灰裏爆出火來　陸191
冷急丁　陸190
冷臉(兒)　陸191,
　　　　學2·330
冷臉子　陸191,
　　　　學2·330
冷鋪　陸190

lī

哩　　另見 li
哩也波哩也囉　陸327,
　　　　學2·331

lí

剺　　學2·331
離　　學2·331
　離摘　張702, 學4·364,
　　　　黃116
嫠　　學2·331
藜暴　學2·341
鏊冠　蔣99

lǐ

李四張三　學4·385
　李萬　學2·334
里　　學2·336, 蔣536
　里老　陸225
　里列馬赤　學2·335
　里數　學2·335
　里也波　學2·331
　里長　學2·334
　里正　學2·334
理　　學2·336
　理會　陸402
裡　　見 裏
裏　　張96, 學2·336,
　　　　蔣536
禮　　張635, 學2·332

禮案　陸631
禮度　陸631
禮數　學2·333

lì

立不更名坐不改姓　陸151
立地　學2·337, 蔣377
立盹行眠　陸151
立計成家　學1·256
立兢兢　陸151
立欽欽　陸151,
　　　　學2·338
立扎　陸151
立帳子　學2·338, 黃48
立掙　陸151
吏典　陸158
利　　陸191, 學2·331
　利市　學2·339
　利物　陸191, 學2·340
戾家　孫616
捩鼻木　學2·342
栗爆　學2·341
麗春園　學2·341, 黃134
　麗春院　學2·341
趡趆　蔣561

li

哩　　學2·336,
　　　　黃297, 298
哩也波哩也囉　見 lī

lián

連　　王192
　連不連　陸412,
　　　　學2·343
　連飜　蔣366
　連麻頭續麻尾　陸412
　連翩　蔣366
　連鷉　蔣366
　連臺拗倒　王193
　連臺盤拗倒　王193
　連珠兒　學2·343
　連子花　學2·344
嗹嗻　徐248
蓮兒盼兒　學2·345
　蓮花盃　王165
　蓮花落　學2·344,
　　　　黃265
　蓮花　學2·344
褳子　陸622
怜悧　見 líng
臁刃　陸620, 學2·345
臁朋　陸620, 學2·345
聯翩　蔣366

liǎn

臉波　王194
　臉道(兒)　陸620,
　　　　學3·18
　臉腦(兒)　陸620,
　　　　學2·346

liàn

戀着　蔣282

liáng

良賤　學2·346
　良器　學2·372
梁武懺　黃93
　梁園　學2·347
量　　見 liàng

liǎng

兩道三科　陸230
　兩賴子　陸230,
　　　　學2·349
　兩面三刀　陸230
　兩事家　張834, 陸230,

liǎng — lín

	學2·348, 黃66	遼丁	張860	劣懒	陸156, 學1·148
兩頭白面	陸231,	療治	蔣246	劣風	陸155
	學2·349	料	另見 liào	劣角	學2·357
兩頭白麵	陸231,	料漿泡	陸338,	劣蹶	王197, 學2·357
	學2·349,		學2·354	劣馬乍調嫌路窄	陸156
	黃258	料嘴	陸338, 學2·356,	劣怯	學2·358
兩頭娘子	王435		黃119	劣缺	王197, 陸155,
兩頭三面	陸231				學2·357
兩頭三緒	陸230		liǎo	劣時	蔣376
		了	王195	劣相	王21
liàng		了當	王196, 陸24	劣卒	王197
亮隔	張854, 學2·350	了得	陸24	列側	學2·358
亮槅	陸276, 學2·350,	了然	王195	列翅	陸155, 學2·358
	黃92	了事	陸24	列趄	陸155, 學2·358
量忖	陸464	了手	蔣290	烈楷	學2·358
量度	陸464	了首	蔣290	烈馬	陸346
量決	學2·351	了也	黃297, 298	烈紙	陸346, 學2·358
量抹	學2·351	了者	黃295	烈紙錢	陸346,
輛車	陸585	燎漿	見 liáo		學2·358
				趔趄	陸505, 學2·358
liāo		**liào**		捩鼻木	見 lì
撩	見 liáo	料	林28, 陸338,		
			學2·377	**lín**	
liáo			另見 liào	林薄	學2·360
撩丁	張860, 陸560,	料鈔	學4·143	林郎	張855, 陸257,
	學2·352	料持	陸338, 學2·355,		學2·359
撩鬭	陸560		黃87	林琅	張855, 陸257,
撩蜂剔蠍	陸560,	料綽口	陸338,		學2·359
	學2·353		學2·356	林根	張855
撩漿	黃122	料鬭	蔣126	林瑯	張855
撩雲撥雨	陸560	料口	陸338, 學2·356,	林榔	張855
撩瞻	蔣555		黃87	林浪	張855, 陸257,
嘹叮	學2·352	料理	張678, 蔣246		學2·359
嘹叮孟撒	張860	料量	學2·355	林侵	黃310
獠	學2·353	捔	林28	啉	見 lìn
寮丁	學2·352			淋琅	學2·364
膫兒	陸640	**liè**		臨逼	陸621, 學2·362
燎漿	陸598, 學2·354,	劣	張181, 王197,	臨後	學2·361
	黃122		陸155	臨了	學2·361

臨歧　學2·361	釃醁　學2·393	**liù**
臨侵　黃310	**lǐng**	六　　另見 lù
臨無地　林112	領系　學2·370	六案　學2·375
鄰並　蔣36	領戲　學2·370	六案都孔目　陸80
鄰比　蔣36		六案孔目　陸80
lìn	**lìng**	六曹　陸79
啉　王198, 陸381, 學2·363	令利　見 líng	六出　學2·374
淋琅　見 lín	令器　陸106, 學2·372, 黃53	六出冰花　學2·374, 黃43
婪　王198, 學2·363	令人　陸106, 學2·370	六出花　學2·374
痳　王198	令史　陸106, 學2·371	六道　陸79, 學2·378
	令使　陸106	六丁　陸78
líng	另巍巍　陸113, 黃170	六兒　陸78, 學2·374
凌持　陸323, 學2·365, 蔣238	**liū**	六耳不通謀　陸81, 黃199
凌遲　陸323, 學2·365, 黃84, 蔣238	溜刀刀　學2·372	六房　學2·375
凌賤　學2·366	溜汌汌　陸569, 學2·372	六房吏典　陸79
凌虐　陸323	溜手兒　陸569	六房司吏　陸79
凌鑠　學2·366		六根　學2·376
凌烟閣　學2·367	**liú**	六花　學2·374
凌煙　學2·367	流遞　學1·452	六街　學2·378
凌煙閣　學2·367	流蘇　學2·373	六街三陌　陸80
淩　見 凌	流蘇帳　學2·373	六街三市　陸80
陵持　蔣238	流星十八跌　陸301	六料　陸79, 學2·377, 黃43
陵遲　蔣238	流逐　學1·452	六路　陸79
陵煙閣　學2·367	留文　王435	六梢　陸79
崚　見 léng	留遺　學4·262	六梢翎　陸79
菱花　學2·368	劉毅　黃276	六神親眷　陸80
菱花鏡　學2·368	瀏　陸630	六市　學2·378
令　另見 lìng	**liǔ**	六問三推　黃250
令利　陸106	柳花亭　學2·67	六陽會首　陸80, 學2·379
伶俐　張720, 陸189, 黃319	柳陌花街　陸298	六陽魁首　陸80, 學2·379, 黃289
伶倫　陸189, 學2·364	柳青　張818, 陸298, 黃287	六陽首級　陸80, 學2·379
怜悧　陸245	柳絮沾泥　學4·370	
零碎　學2·369		
靈聖　陸665		

六軸　　學2·394		六　　　另見 liù
碌　　　另見 lù	lòu	六沉槍　學2·392
碌軸　學2·394	漏蠚搭菜　陸523	六老　學2·388
溜　　　見 liū	漏面賊　陸522,	六幺　學2·387
lóng	學2·385	淥老(兒)　陸401,
龍　　　王436	漏掐　陸522	學2·388
龍榜　學2·60	漏蹄　學2·384	琭簌　陸448, 學2·389
龍虎榜　陸612, 學2·60	漏泄　學2·383	碌都　陸492
龍袖嬌民　陸612,	漏星堂　陸523,	碌碌波波　王17
學2·380	學2·385	碌簌縧　陸493
蘢　　　王436	陋面賊　學2·385	碌軸　見 liù
爖　　　陸648	露　　　另見 lù	睩老　學2·388
籠　　　王436	露白　陸654, 學2·386,	綠　　　另見 lù
lǒng	黃207	綠沉槍　學2·392
籠　　　見 lóng	露馬脚　陸654	綠老　學2·388
lōu	**lou**	綠酷　學2·393
摟帶兒　見 lǒu	嘍　　　見 lóu	綠簌　學2·389
摟羅　黃117, 徐248	**lú**	綠醋　學2·393
lóu	盧都　陸598	醁醽　學2·393
婁　　　蔣390	臚老　學2·388	醁酷　學2·393
婁羅　陸382, 黃117	鑪畔弄多淩　陸660	醁醋　學2·393
僂儸　陸469, 學2·381,	**lǔ**	錄事　孫636
黃117	魯義姑　學2·386	鹿脯乾　學2·387
僂人　見 lǔ	魯齋郎　黃276	鹿角　陸417
嘍　　　蔣390	鹵莽　蔣330	鹿臍　蔣95
嘍嘍　蔣341	**lù**	磟碡　學2·394
嘍囉　陸514, 學2·381,	路歧　張869, 陸506,	轆軸　學2·394
黃117	學2·390	轆軸退皮　學2·394,
蟻　　　蔣390	路臺　學2·391	黃268
lǒu	路天　學2·390	**lú**
摟帶兒　陸519	露　　　另見 lòu	驢前馬後　陸667,
摟羅　見 lōu	露臺　學2·391	學2·395
簍珂忍　方479	露天　學2·390	驢生機角甕生根　陸667
瘻　　　蔣390	露泄　學2·383	驢生戟角甕生根　陸667
	露柱　蔣104	驢蹄　陸667
		驢蹄爛爪　陸667
		驢頰　陸667

lǔ

呂洞賓　學2·395
　呂后筵　陸193
　呂太后的筵席　陸193,
　　　　　　　黃255
　呂先生　學2·395
捋　　　見 luō
旅襯　學2·396
僂儸　　見 lóu
　僂人　陸469, 學2·380
縷當　陸619, 學2·396
　縷細　陸619

lǜ

律　　學2·397
　律上　陸288
綠　　另見 lù
　綠慘紅愁　陸535
　綠豆皮兒　陸535
　綠袍掛體　陸535
　綠蟻　陸535

luán

鸞輿呎尺　學4·472

luàn

亂　　蔣556
　亂下風雹　陸469
　亂下風颼　陸469

lüè

掠笞　學2·397
　掠頭　陸393, 學2·397
　掠袖揎拳　學2·398
略　　王199

lún

淪敦　陸399

lùn

論　　王201, 學2·399
　論告　王202, 學2·399
　論鉤　蔣102
　論黃數黑　陸581,
　　　　　學2·401
　論評　學3·54

luō

捋　　張182
　捋下臉兒　陸338
囉　　見 luó, luo

luó

羅　　陸640
　羅刹　學2·402
　羅刹女　學2·402,
　　　　　黃249, 285
　羅漢堂　學2·404
　羅和　學2·402
　羅羅唣唣　陸640
　羅紕錦舊　陸640
　羅惹　王436, 陸640,
　　　　學2·404
　羅織　學2·403
儸惹　陸651, 學2·404
囉　　另見 luo
　囉巷拽街　陸658
　蘿蔔精頭上青　陸662,
　　　　　　　黃291
邏惹　王436, 陸662,
　　　學2·404

luǒ

砢磨　蔣331
棵袖揎拳　學2·398
裸袖揎拳　學2·398,
　　　　　黃110
裸袖揎衣　學2·398
攞　　陸659
　攞袖揎拳　學2·398

luò

洛荒　蔣187
洛克　方464, 478
珞歉　學2·389
絡索　學2·389
落　　陸499, 學2·327
　落保　陸499
　落便宜　陸500,
　　　　　學2·410
　落薄　陸500
　落草　陸499
　落鈔　陸499
　落的　張421, 陸499,
　　　　學2·407
　落得　張421, 學2·407
　落後　王203, 學2·405
　落花媒人　陸501,
　　　　　　學2·410
　落荒　學2·406, 蔣187
　落節　蔣235
　落解粥　陸500, 黃105
　落可便　張752, 陸500,
　　　　　學2·408,
　　　　　黃106
　落可的　張752, 陸500,
　　　　　學2·408
　落可也　張752
　落來　張421, 陸499
　落來的　學2·407
　落芒頭　陸500,
　　　　　學2·483
　落偏錢　陸500
　落索　學2·389
　落絮沾泥　學4·370
　落葉辭柯　陸501

落殷勤　陸500

luo

囉　　陸658，黃299
囉巷搜街　見 luó

M

mā

抹　　學2·411
　　　另見 mǒ, mò
媽　　見 mǎ, mà
嬤嬤　學2·414，黃249

má

麻查　王204，林35
　麻茶　王204，林35
　麻搥　學2·414
　麻槌　學2·414
　麻搭　陸417
　麻撒撒　黃165
　麻線道（兒）　陸417，
　　　　　　　學2·415
　麻喳　王204

mǎ

馬　　林3
　馬包　學2·416
　馬扁　陸363，黃89
　馬揞駒　陸363
　馬後驢前　學2·395
　馬後礮　陸363
　馬黃掬子　陸263
　馬蝗丁住鷺鷥脚　陸364
　馬蓮子　學2·418
　馬牛襟裾　陸363
　馬前劍　學2·418

馬枸（兒）　陸363，
　　　　　　學2·416
馬失　方217，214
馬直下　陸363
馬子　陸363，學2·415
螞　　另見 mà
螞蝗釘了鷺鷥飛　陸602

mà

螞蝗釘了鷺鷥飛　見 mǎ
螞蚍　學2·419
螞蚱　學2·419
蟆蚍　學2·419
蟆蚱　學2·419

ma

么　　見 幺，麼
麼　　張378
　　　另見 me, mó
摩　　張378
　　　另見 mó
嘛　　陸514

mái

埋　　另見 mán
　埋沉　學1·250
　埋杆豎柱　陸329
　埋根千丈　學2·419
　埋頭財主　陸329

mǎi

買斷　學2·422
買告　陸460，學2·420
買卦　學2·421
買快探鬮　陸460
買路錢　學2·423
買馬也索糶料　陸460
買弄　學2·424
買閒錢　學2·422

買休　陸460，學2·420
買虛　陸460
買轉　學2·421

mài

賣口　陸582
賣弄　學2·424
賣弄精細　陸582
賣皮鵪鶉兒　學2·427，
　　　　　　黃328
賣俏　陸582，學2·425
賣笑　陸582，學2·425
賣笑追歡　陸582
賣查梨　陸582，
　　　　學2·426
賣楂梨　陸582，
　　　　學2·426
賣陣　陸582
賣嘴料舌　陸583
邁　　學2·489

mán

瞞　　另見 mén
　瞞心鈔兒　陸598
　瞞心兒　陸598
　瞞心昧己　陸598
謾　　張236
　　　另見 màn
　謾天口　陸633
埋　　另見 mái
　埋冤　陸329，學2·427
　埋怨　學2·427
蠻聲獠氣　陸666
　蠻子　陸666

mǎn

滿　　另見 mèn
　滿船空載月明歸　黃230
　滿考　學2·428

măn – méi

滿心　王205
滿意　王205, 436

màn

漫　　張234, 王206
　漫漫　蔣71
　漫與　張438
慢　　張234
　慢悵　陸518
　慢幢　蔣164
　慢慢　蔣71
　慢張　王207, 學2·429
　慢帳　王207, 陸518,
　　　　學2·429
謾　　張234, 王206
　　　另見 mán
　謾憪憪　黃180
鏝(兒)　學2·430
塴塴　蔣71

máng

忙併殺　陸168
　忙古　方239
　忙古歹　學2·433
　忙劫劫　陸168,
　　　　學2·430,
　　　　黃170
　忙郎　學2·431, 黃242
　忙怯怯　學2·430
　忙祥　蔣322
芒郎　陸219, 學2·431,
　　　　黃242
　芒神　學2·431, 黃317
　芒羊　蔣322
范洋　蔣322

măng

莽　　王437, 蔣517
　莽奪　陸457

莽古　方239
莽古歹　陸457,
　　　　學2·433
莽鹵　蔣330
莽魯　蔣330
莽路　蔣330
莽跳　陸457
莽壯　學2·432
莽戇　學2·432
㴱鹵　蔣330

māo

貓咬尿泡　陸603

máo

毛　　陸97, 方261
　毛惑　蔣112
　毛克剌　方455, 479
　毛裏拖氈　陸97
　毛毛　學2·433
　毛團　陸97, 黃331
茅柴　王208, 學2·434

mǎo

卯兒姑　方361
　卯兀　方261, 214
　卯酉　陸111, 學3·321

mào

冒慘　蔣320
　冒或　蔣112
　冒突　學2·435
　冒支　學2·434
帽兒光光　陸428, 黃288
　帽惑　蔣112
眊　　方261
　眊眊　學2·433
貌　　蔣145

me

么　　見 幺, 麼
末　　張379, 陸141
　　　另見 mò
沒　　張380
　　　另見 méi, mò
麼　　張378
　　　另見 ma, mó

méi

沒　　另見 me, mò
　沒鏊頭　陸215
　沒巴鼻　陸211
　沒巴臂　陸211
　沒巴避　陸211
　沒包彈　陸211
　沒誠實　陸215
　沒揣地　張528, 陸214,
　　　　學2·441, 黃68
　沒揣的　張528, 陸214,
　　　　學2·441, 黃68
　沒倒斷　張484
　沒掂三　張568, 陸213,
　　　　學2·440, 黃68
　沒顛沒倒　學2·443
　沒店三　張568, 陸213,
　　　　學2·440, 黃68
　沒肚皮攬瀉藥　陸216,
　　　　黃256
　沒彈剝　陸215
　沒分曉　陸211
　沒乾淨　張567, 陸213
　沒好氣　陸212
　沒合煞　陸212
　沒來頭　陸213
　沒來由　陸212
　沒理會　陸214
　沒梁斗　陸213

沒梁桶兒　陸216,　黃261	沒嘴葫蘆　陸216	門畫雞兒　學2·451
沒撩亂　學2·435	沒做擺佈　陸216	門裏大　陸273,　學2·450
沒撩沒亂　學2·435	眉攢　學1·315	門楣　學2·449
沒留沒亂　陸216,　學2·435	眉南面北　陸302,　黃258	門神戶尉　黃73
沒面目　陸213	眉苫　學3·284	門首　黃73
沒面皮　陸213	梅紅羅　學2·444	門司　學2·448
沒氣路　陸213	梅香　陸397, 學2·444	門桯　陸273, 學2·448,　黃73
沒三思　陸211	**měi**	門下　陸272
沒事處　學2·439	每　張754(2), 756,　王210, 陸210,　學2·445, 473,　黃131, 304	們　學2·445
沒事哏　張563, 陸212,　學2·438, 黃68		瞞　張754, 黃131　另見 mán
沒事狠　張563, 陸212,　學2·438, 黃68	每常　陸210, 學2·445	**mèn**
沒是處　張562, 陸213,　學2·439, 黃98	每番家　陸210	悶答孩　陸431
沒是哏　張563, 陸212,　學2·438, 黃68	每哩　王209	悶打頦　陸431
沒彈包　陸211	每日逐朝　學3·209	悶弓兒　見 mēn
沒彈剝　陸215	美女家生哨　陸306	悶葫蘆　學2·452,　黃261
沒體面　陸215	美孜孜　黃162	悶憴憴　黃175
沒頭鵝　陸215,　學2·442, 許8	**mēn**	滿　張754, 黃131　另見 mǎn
沒下梢　學2·437	悶　　另見 mèn	
沒星秤　陸213	悶弓兒　陸431,　學2·451,　黃261	懣　張754(2), 陸628,　學2·445, 黃131
沒行止　陸212		
沒幸　王209, 學2·436	**mén**	**men**
沒興　王209, 學2·436	門　張754(2), 756,　學2·445, 黃131	們　學2·445
沒牙沒口　陸215		
沒眼斤　陸214	門扒　學1·100, 黃112	**mēng**
沒意頭　陸215	門程　學2·448	蒙　見 méng, měng
沒遭磨　陸215	門對　張835, 陸273,　學1·524	**méng**
沒則羅　學2·440		
沒查沒利　陸216,　學2·426	門館　陸273	蒙　　另見 měng
沒正經　陸211	門戶差撥　陸273	蒙汗藥　陸537
沒字碑　陸212	門戶人　學2·450	蒙求　陸536
沒嘴的葫蘆　陸216	門戶人家　陸273,　學2·450	濛鬆雨　陸617
		朦朧　陸630
		懵懂　學2·453

méng — miàn

盟府　　陸491

měng

猛　　王211
　猛地裏　陸401,
　　　　　學2·452
　猛哥兒　方209
　猛可　　陸401
　猛可地　學2·452
　猛可的　陸401
　猛可裏　陸401,
　　　　　學2·452
　猛浪　　陸401
　猛然　　陸401
　猛然間　陸401
　猛殺鐐丁　張860,
　　　　　陸402
蒙　　另見 méng
　蒙孤　　方424
　蒙古　　方239
　蒙古兒　方209
　蒙豁　　方239, 214
懜懂　　學2·453
　懜掙　　學2·453
　懵懂　　學2·453
　懵撒　　學2·454

mèng

孟古兒　方209
　孟撒　　學2·454
夢撒　　學2·454
　夢撒寮丁　張860
　夢撒撩丁　張860,
　　　　　陸515,
　　　　　黃264
薨趖　　蔣74

mī

䁲䀿　　陸572

mí

迷丟答都　陸359,
　　　　　學2·457,
　　　　　黃194
迷丟沒鄧　陸359,
　　　　　學2·456,
　　　　　黃194
迷颩模登　學2·456
迷颩沒騰　陸359,
　　　　　學2·456,
　　　　　黃194
迷溜沒亂　學2·435
迷留悶亂　學2·435
迷留沒亂　陸359,
　　　　　學2·435,
　　　　　黃194
迷希　陸358, 學2·455
迷奚　林110, 陸359,
　　　　　學2·455
迷稀　林110, 學2·455
迷嬉　學2·455
迷心耍　陸359
迷言迷語　陸359

mǐ

米糙　　陸175
　米哈　　陸175, 學2·457,
　　　　　方74
　米蝦　　學2·457, 方74
　米罕　　陸174, 學2·457,
　　　　　方74
　米米　　方395
　米訥　　方237, 214
䁲䀿　　見 mī

mì

密箅相骹　蔣555
密濛濛　黃174
密你　　方467, 473
密巿巿　學2·459
密匝匝　學2·459,
　　　　　黃174
密臻臻　黃164
蜜鉢　　學2·458
蜜匝匝　學2·459
冪歷　　林136
冪瀝　　林136
冪冪　　林136

mián

綿裏裏針　陸535
　綿裏針　陸535,
　　　　　學2·459
　綿裏鍼　學2·459
　綿中刺　學2·459,
　　　　　黃263
緜　　見 綿
瞑　　見 miàn
瞑　　見 miàn, míng

miǎn

免苦錢　學4·301
腼腆　　陸498

miàn

面　　蔣109
　面北眉南　陸316
　面波羅　學2·461
　面雕金印　學3·553
　面分　　陸316
　面花兒　學2·462
　面磨羅　張570, 陸316,
　　　　　學2·461, 黃76
　面沒羅　張570, 陸316,
　　　　　學2·461, 黃76
　面皮　　陸316
瞑眩　　學2·460, 黃116

miàn – mó

瞴眩藥　陸 536,
　　　　學 2·460
瞑眩　　學 2·460
　瞑子裏　見 míng
麪　　　蔣 109
　麪糊盆裏專磨鏡　陸 590,
　　　　黃 268
　麪糊盆　陸 590,
　　　　學 2·462
　麪糊桶　陸 590,
　　　　學 2·462

miáo
描筆（兒）　學 2·463
　描條　　陸 435

miǎo
邈　　　蔣 145

miào
廟算　　學 2·463

miē
乜嬉　　陸 23, 學 2·464
　乜斜　　張 718, 陸 22,
　　　　學 2·464, 黃 32

miè
滅相　　陸 486, 學 2·465
篾迭　　方 41

mín
民安　　方 143

mǐn
閔子裏　張 559
愍　　　蔣 205

míng
明當　　張 788
　明丟丟　學 2·469,
　　　　黃 161
　明彪彪　陸 255,
　　　　學 2·469,
　　　　黃 171
　明輔　　陸 255
　明降　　陸 254, 學 2·467,
　　　　黃 287
　明良　　學 2·466
　明亮楄　張 854
　明器　　陸 255, 學 2·468
　明堂　　陸 255, 學 2·467
　明蚤　　陸 255
　明杖兒　陸 254,
　　　　學 2·469
盟府　　見 méng
名目　　學 2·465
冥子裏　張 559, 黃 106
瞑眩　　見 miàn
　瞑子裏　張 559, 陸 573,
　　　　學 2·470
鳴珂　　學 2·472
　鳴珂巷　學 2·472
　鳴榔　　學 2·473, 黃 113

mǐng
酩子裏　張 559, 陸 510,
　　　　學 2·470, 黃 106

mìng
命彩　　陸 229
命毒　　陸 229
命快　　陸 228
命虧　　陸 229
命虧圖　陸 229
命直　　陸 229

mō
摸不着影　陸 519
　摸門戶不着　陸 520

mó
麽　　　張 378, 陸 543,
　　　　學 2·473, 蔣 515
　　　　另見 ma, me
　麽合羅　學 2·479
　麽娘　　張 815, 陸 543
摩　　　張 378
　　　　另見 ma
　摩訶羅　學 2·479
　摩訶囉　學 2·479
　摩合羅　陸 563,
　　　　學 2·479
　摩睺羅　黃 285
　摩弄　　陸 563, 學 2·475,
　　　　黃 120
　摩旗　　學 2·478
　摩娑　　王 204
　摩挲　　王 204, 學 2·412
　摩酡　　學 2·476
磨　　　張 378
　　　　另見 mò
　磨合羅　陸 600,
　　　　學 2·479
　磨喝樂　黃 285
　磨勒　　陸 599
　磨了牛截舌頭　陸 600
　磨羅　　陸 600
　磨滅　　陸 599, 學 2·477,
　　　　黃 327
　磨磨　　學 2·481
　磨旗　　王 212, 陸 599,
　　　　學 2·478
　磨佗　　學 2·476
　磨陀　　陸 599, 學 2·476

mó — mù

磨跎	陸599,學2·476	
磨駝	學2·476	
䯳䯳	陸649,學2·481	
魔合羅	陸656,學2·479,黃285,許6	
魔障	陸656,黃340	
饝饝	學2·481	
嬤姆	學2·491,黃244	
摸	見 mō	

mǒ

抹	陸248
	另見 mā, mò
抹不着影	陸249
抹搭	王204,陸248,學2·483
抹答	王204
抹丟	王87,陸248,學1·494
抹颩	王87,學1·494
抹過隅頭轉過屋角	陸249
抹淚揉眵	陸249
抹淚揉眼	陸249
抹鄰	陸248,學2·486,方60,471
抹芒頭	陸249,學2·483
抹媚	陸248,學2·482
抹撻	王204
抹貼	學2·482
憿懡	蔣316
礳䃀	蔣316

mò

末	張379,學2·473,徐246
	另見 me
末浪	陸412,學2·484
	黃55
末尼	陸141,學2·484
末泥	陸141
末娘	張815
末上	蔣379
末尾三梢	王266,陸142
末尾三稍	學3·254
抹	陸248,學2·489
	另見 mā, mǒ
抹額	學2·487
抹胸	學2·486
頢頭	蔣74
沒	張380,蔣511,515
	另見 me, méi
沒的	王209
沒地裏	王209
沒忽	蔣74
沒忽的	學2·489
沒亂	陸214,學2·435,黃68
沒亂倒	陸214
沒亂殺	陸214
沒亂煞	陸214,黃68
沒亂死	陸214
沒奈何	學2·485
沒娘	張815
陌	蔣142
陌刀	蔣101
陌目	蔣390
趄	蔣142
莫	王212,蔣487
莫得	陸407
莫非	蔣487
莫莫休休	王333
莫是	蔣487
驀	陸656,學2·489,蔣142
驀的	學2·489
默忽	學2·489
磨	另見 mó
磨博士	學2·488
磨杆兒	學2·487
磨扞兒	學2·487
磨扇墜着手	陸600,學2·488,黃266

móu

牟	蔣62
桙樣	蔣62
謀兒	學1·154

mǒu

某乙	蔣4
某矣	張760,陸298,學2·490
厶	陸31
厶乙	蔣4

mǔ

母兒	陸142,學2·491
母刺失	方429
母驎	學2·486,方60
母鱗	學2·486
母猫兒	學2·491
姆姆	學2·491,黃244

mù

木大	孫619
木古	黃126
木笏司	陸95,方387
木客	學2·493
木驢	陸95,學2·493,黃42
木猫兒	學2·494
木乳餅	陸95,學2·494

沐猴冠冕牛馬襟裾　黃67
目即　　陸150
　目今　　學2·495
　目下　　學2·495
牧林　　方60
墓所　　學1·572
幕天席地　陸518
暮古　　陸567，學2·496，
　　　　方387
慕古　　張716，陸554，
　　　　學2·496，黃126，
　　　　方387

N

ná

拿　　　王213，學2·496
　拿班　　陸336，學2·497
　拿粗挾細　陸295，336，
　　　　　學4·19
　拿犯　　陸295
　拿瓜　　學2·497
　拿雲手　學2·498
挐　　　見拿

nǎ

那　　　王216
　　　另見 nà, na, né,
　　　　　nuó, nuò
　那搭（兒）　陸224，
　　　　　　學2·507
　　　　　另見 nà
　那答兒　學2·507
　　　　　另見 nà
　那的　　王386
　　　　　另見 nà
　那得　　王216

那塌兒　陸224，
　　　　學2·500
　　　　另見 nà
那堪　　張277，陸224，
　　　　學2·498
那堪更　學1·640
那看　　陸224
那裏　　陸224
那裏每　張551，陸225，
　　　　學2·502
那裏也　王217，
　　　　學2·501
那塌兒　陸224，
　　　　學2·507
那坨兒　陸224，
　　　　學2·500
那陀兒　陸224，學2·500
那駝兒　陸224，學2·500
那廂　　陸224，學2·506
　　　　另見 nà
那些兒　王218，
　　　　學2·499
　　　　另見 nà
那些個　張550，
　　　　學2·499

nà

那　　　王214，學2·503
　　　　另見 nǎ, na, né,
　　　　　　nuó, nuò
那壁　　學2·506
那壁廂　學2·506
那搭兒　學2·507
　　　　另見 nǎ
那荅　　學2·507
那答　　學2·507
　　　　另見 nǎ
那的　　王386
　　　　另見 nǎ

那等　　學2·506
那更　　張276，陸223，
　　　　學2·505
那塌兒　學2·500
　　　　另見 nǎ
那每　　陸224
那其間　陸224
那塔兒　學2·507
那榻　　學2·507
那廂　　學2·506
　　　　另見 nǎ
那些（兒）　王214，
　　　　　　學2·503
　　　　　另見 nǎ
納　　　陸353
　納哥兒　方424
　納胯那腰　學2·509
　納胯挪腰　陸353，
　　　　　學2·509
　納胯粧幺　陸353，
　　　　　學2·509
　納悶　　學2·508
　納命　　陸353
　納頭　　陸353，學2·509
　納下降箋　陸353
　納子　　學4·296

na

那　　　陸223，學2·559，
　　　　黃299，301
　　　　另見 nǎ, nà, né,
　　　　　　nuó, nuò

nǎi

乃耳　　陸22
乃可　　蔣411
乃然　　蔣446
妳妳　　陸238，學2·510，
　　　　黃242

nǎi — nèn

妳子	學2·510		**nāng**		閙桿	學2·531
嬭	見 妳	囊	張728, 陸658		閙荒荒	黃167
		囊揣	張728, 陸658,		閙火火	陸589, 黃158
nài			學2·525, 黃135		閙鑊鐸	陸590
奈	張284, 287,	囊囊突突	陸658,		閙啾啾	黃158
	陸237, 學2·513		學2·522		閙咳咳	陸589
奈煩	陸238, 學2·518				閙籃	王437
奈何	張284, 陸238,	**náng**			閙閙和和	陸590
	學2·515	囊	見 nāng		閙攘	陸589
奈何許	張344				閙攘攘	黃178
奈河	學2·517	**náo**			閙茸茸	陸589, 黃178
奈可	蔣411	侎兒	陸373, 學2·526		閙市	學4·313
奈向	張402, 學2·516	徎	學2·526		閙市雲陽	學4·313
耐	張288, 王437	猱(兒)	陸447, 學2·526,		閙妝	學2·530
耐何	張284, 學2·515		許16		閙粧	陸589, 學2·530
耐可	張291	撓腮挼耳	陸565, 黃264			
耐向	學2·516				**né**	
		nǎo		那	另見 nǎ, nà, na,
nán		惱	張576		nuó, nuò
男兒	張822, 陸218,	惱懆	陸432	那吒	學2·531
	學2·520, 黃241	惱番	學2·527	那吒社	學2·532
男女	張819, 陸218,	惱犯	學2·527		
	學2·518, 蔣24	惱聒	學2·529	**nèi**	
南衙	學2·521	惱激	學2·528	內才	學2·533
喃喃篤篤	陸425,	惱躁	黃102	內官	陸78
	學2·522	惱子	蔣556	內家	學2·533
難當	張696, 陸643,	嫇聒	陸427, 學2·529	內親	蔣17
	學2·523, 黃240	腦兒酒	陸498	內直	陸78
難當當	學2·523	腦箍	學2·529		
難道	王380	腦椿子	陸498	**nèn**	
難禁	陸643, 學2·522	腦子	蔣556	恁	陸335, 學3·203
難嗎	方456, 478				另見 nín
難爲	王218	**nào**		恁般	陸335
難重陳	張158	閙	王219	恁的	陸335, 學3·206,
難著莫	陸643	閙抄抄	陸589		黃87, 徐249
		閙炒炒	陸589, 黃178	恁底	學1·460
nàn		閙垓垓	陸589, 黃158	恁地	學3·206, 徐249
難	見 nán	閙竿(兒)	學2·531	恁迭	陸335, 學1·460
				恁陡	學1·509

恁末	學3·207	
恁麼	學3·207	
恁約	陸335, 學4·273	
嫩鵓雛	陸515	

néng
能	張346, 林27, 學2·534, 黃297, 蔣519
能得	蔣293
能德	蔣293
能底	張346
能地	張346
能爾	張346
能箇	張346
能亨	張346
能解	張118, 蔣293
能可	張349, 陸354, 學2·539
能奈	陸354
能能	學2·534
能許	張341, 346
能樣	張346

nī
妮子	陸239

ní
泥裏陷	學2·540
泥毬兒換了眼睛	陸260
泥媳婦	學2·540
泥鞋窄襪	陸260
泥中刺	學2·539
泥中陷	學2·540
泥中隱刺	陸260
泥猪疥狗	陸260

nǐ
你	方465, 479
你娘	張815
擬	王221, 蔣171
擬定	王221, 陸616, 學2·541

nì
泥	見 ní

niān
拈	見 diān

nián
年來	王222
年時	張790, 陸167, 學2·541
年作	陸167
粘	另見 zhān
粘漢	陸405, 方273

niǎn
捻	陸391
捻膩	陸392
捻色	學3·202
捻舌	陸392, 學2·547
撚	王223, 陸559, 黃121
撚靶兒的	陸559, 學2·544
撚酸	學2·543
撚指	陸559, 學2·543
撚指間	陸559, 學2·543

niàn
念	張602, 王438, 學2·544, 黃333
念合	學2·545
念作	王342

niáng
娘	張815, 學2·546
娘娘	蔣16
娘主	蔣16
娘子	蔣16
孃孃	蔣16

niàng
釀旦	學2·547

niǎo
鳥	見 diǎo

niào
尿鱉子	陸198
尿出	陸198

niē
捏	學1·123
捏恠排科	陸337, 學3·283, 黃83
捏舌	陸337, 學2·547
捏舌頭	陸337, 學2·547

niè
涅槃	學2·548
孼相	陸646

nín
您	學2·548, 3·203
您地	學3·206
恁	陸335, 學2·548, 3·203, 徐249
	另見 nèn

níng — nuò

níng
寧復　　見 nìng
　寧家　　學2·550
　寧家住　學2·550
　寧家住坐　學2·550
　寧奈　　張287, 陸516,
　　　　　學2·549, 黃114
　寧耐　　張287, 陸516,
　　　　　學2·549
　寧寧　　王438
　寧帖　　學2·550
　寧貼　　陸516, 學2·550
　寧心　　陸515
　寧馨　　張353
　寧許　　張341
凝　　　張658
　凝佇　　張662
　凝竚　　張662

nìng
寧　　　另見 níng
　寧復　　王224

niú
牛　　　陸102
　牛鼻子　陸102,
　　　　　學2·553
　牛表　　陸102, 黃238
　牛金　　陸102, 學2·551
　牛觔　　陸102, 學2·551,
　　　　　黃238
　牛酒　　學2·552
　牛馬襟裾　陸103

niŭ
扭捻　　學2·553
　扭揑　　陸207, 學2·553,
　　　　　黃334

扭械　　見 chŏu

niù
拗連臺　見 ăo

nóng
齈　　　陸591
膿廝擠　陸620
　膿血債　陸620,
　　　　　學2·554

nòng
弄乖　　陸199
　弄精神　陸199
　弄柳拈花　陸199
　弄舞　　學2·554
齈鼻子　學2·526

nòu
耨　　　王440, 陸602,
　　　　　學2·555

nú
奴　　　陸122, 蔣1
　奴唇婢舌　陸123
　奴哥　　陸123
　奴海赤　方286, 281
　奴家　　徐247
　奴勒　　方460, 478
　奴胎　　陸122, 學2·555
　奴台　　學2·555
　奴未赤　方281
孥　　　蔣1
駑蘇門　方104
　駑駘　　學2·555

nŭ
努睛突眼　陸192
　努目睖眉　陸192
　努目訕筋　陸192
　努牙突嘴　陸191
　努眼苫眉　陸192
弩杜花遲　學2·556, 方99
　弩門　　陸243, 學2·556,
　　　　　方104
　弩邨　　蔣359

nù
怒嗤嗤　黃156
　怒吽吽　陸291, 黃156
　怒吽吽　黃156
　怒豞豞　黃157
　怒那　　蔣359

nǚ
女嬋娟　陸53
　女男　　蔣24
　女裙釵　陸53
　女直　　學2·557
　女字邊干　陸53

nuăn
暖堂　　學2·558
　暖堂院　學2·558
　暖痛　　學2·558
煖溶溶　黃176
　煖痛　　學2·558

nuó
那　　　另見 nă, nà, na,
　　　　　né, nuò
　那可兒　方205
　那撚　　學2·559
　那顏　　學2·507,
　　　　　方39, 471

nuò
那　　　張286, 學2·559

	另見 ně, nà, na, né, nuó	排比　　王228, 蔣159
搦沙　學2·560, 黃291		排打　　蔣258
搦殺不成團　陸436, 黃225	**P**	排房　　學3·7
搦　　陸482, 蔣132		排房吏典　陸393
搦沙　學2·560	**pá**	排軍　　學3·8
搦戰　陸482	扒叉　　黃317	排門(兒)　學3·10
	扒抆　學1·33, 黃317	排捏　　陸393, 學3·9
O	扒沙　學1·33, 黃317	排批　　蔣159
	扒頭　見　bā	排枇　　蔣159
ó	耙　　見　bà	排鍬钁　學4·31
哦　　見　ò		排說　　學3·9
	pà	排頭兒　陸393
ò	怕　　張580, 學3·1, 黃319	排衙　　陸393, 學3·9
哦　　黃300	怕不　黃70	牌子　　學3·11
	怕不大　陸244, 學3·4	
ōu	怕不待　陸244, 學3·4	**pài**
甌兜　陸598, 學2·561	怕人設設　陸244	派賴　　陸300, 學1·94
甌摳　學2·561	怕做什麼　陸244	
歐摳　陸568, 學2·561	怕做甚麼　陸244, 黃319	**pān**
		拌　　張640
ǒu	**pāi**	捵　　張640, 學3·16
偶　　王225	拍　　王226, 林92	搬脊梁不着　陸483
偶斗　王438, 學2·562	拍滿　王226	攀話　陸637, 黃132
偶陡　王438, 學2·562	拍拍　王226, 林95, 學3·6	攀今覽古　陸638
偶煙　學2·562	拍汆　學3·96	攀今攬古　陸638
藕牙　學2·563	拍塞　王226, 林97, 蔣356	
藕芽　學2·563	拍惜　陸249, 學3·7	**pán**
嘔氣　見　òu		胖哥　學1·74
	pái	胖姑兒　學1·75
òu	排　　王227, 228, 林128	槃礴　王229
嘔氣　學2·563	排岸司　學3·11	盤泊　王229
	排辦　蔣159	盤薄　王229
	排備　王228, 蔣159	盤礴　王229
		盤纏　陸572, 學3·12, 黃122
		盤費　陸571
		盤繳　林34, 陸572
		盤街兒　陸572
		盤窩　陸571

盤子頭	陸572, 學3·14	龐眉	學3·21		**pén**		
		朧兒	學3·20	盆弔	學3·26, 許10		
pàn				盆吊	陸302, 學3·26		
		pàng					
判	張640, 王231, 學3·16, 蔣258	胖	見 pán		**pēng**		
				烹龍炮鳳	陸401		
判斷	張692, 王231, 蔣258	**pāo**			**péng**		
		拋車	蔣100				
畔	王230	拋趂	學3·22	朋博	蔣556		
拚	張640, 學3·16	拋躲	學3·22	棚扒	學1·100, 黃112		
撏	張640, 陸562, 學3·16	拋撇	學3·23	逢逢	學1·497		
		拋撒	學3·22	膨脖	學3·27		
盼	學3·14	拋閃殺	學3·23		**pěng**		
盼辰勾	陸303						
盼程途	學3·15	**páo**		捧臂	學3·27		
盼顧	學3·14	匏瓜	學3·23		**pī**		
盼盼女詞媚涪翁	黃273						
盼途程	學3·15	**pēi**		丕的	陸104, 學3·29		
襻	學3·17	呸	黃299	丕地	陸104, 學3·29		
襻胸	學3·18	呸呸	陸236, 學3·28	丕丕	陸104, 學3·6, 28		
		呸搶	陸237, 學3·24	劈半停分	學3·490		
pāng				劈丟撲搭	陸545, 學1·114, 黃186		
胮	蔣79	**péi**					
薜薜	學1·497	陪	陸414	劈丟撲鼕	陸545, 黃189		
膧	蔣79	陪房	陸415, 學3·24				
		陪奉	陸415	劈劃	陸545, 學1·43		
páng		陪告	陸414	劈溜撲剌	學1·114		
彷彿	見 fǎng	陪話	陸415, 黃93	劈留撲碌	陸545		
旁州例	學3·20	陪口	陸414	劈留撲塔	陸545		
傍門	陸418	陪錢貨	陸415, 學3·25	劈面	學3·30		
傍牌	學3·19	陪涉	蔣178	劈排定對	陸545, 學3·31		
傍州	陸418, 學3·20	陪下情	陸415				
傍州例	陸418, 學3·20, 黃104	賠錢貨	陸583, 學3·25	劈劈潑潑	學1·109		
				劈破面皮	陸545		
厖道	學3·18	**pēn**		劈頭毛	陸545		
厖兒	陸283, 學3·20	噴	陸592	劈先	陸545		
朧兒	學3·20	噴撒	陸592, 學3·26	霹靂火	學3·31		
龐道兒	學3·18						
龐兒	陸645, 學3·20, 黃133, 徐250						

批吭搗虛　陸207	匹似閑　張521, 學3·34	**piē**
批頭棍　陸207, 學3·30	辟　見 bì	撇　另見 biē, piě
剕剎　陸325	僻面　學3·30	撇罷　王3, 學1·116
pí	譬如　陸649, 學1·105	撇弔　陸563
皮紋　陸150	譬如開　張521	撇欠　陸563, 學3·46
皮袋　學3·32	譬似開　張521, 學3·34	撇漾　陸564, 學3·48
皮燈籠　學3·33	闢塞　蔣356	撇樣　學3·48
皮燈毬　陸150, 學3·33	闠塞　蔣356	撇皂　陸564, 學1·135
皮解庫　陸150, 學3·33	**piān**	撇着　學3·45
皮裏抽肉　陸150, 學3·34	偏　王233, 學3·36	**piě**
皮臉　陸150	偏不的　陸372, 學3·41	撇　學3·47
皮囊　學3·32	偏憐子　陸372, 學3·41	另見 biē, piē
皮鬆　陸150	偏錢　林33, 陸372, 學3·40	撇白　陸563
枇排　蔣159	偏衫　學3·40	撇道（兒）　陸564, 學3·47
琵巴　方204	偏生　陸371, 學3·39	撇調　陸564
琵琶　方204	偏手　陸371	撇花　陸564
脾憨　陸456, 黃136	**piǎn**	撇假　陸564
罷　另見 bà, ba	諞　學3·41	撇抗　學3·46
罷軟　學3·34	**piàn**	撇科　陸564
pǐ	片口張舌　王237, 陸101, 學3·44	撇末　陸563, 學3·45
疋半停分　陸148, 學3·490	片雲遮頂　學3·42, 黃290	撇嵌　陸564, 學3·46
疋丟撲搭　陸148, 黃186	騙　王236, 學3·42	撇清　陸564, 學3·46
匹　另見 pì	騙口　陸644	撇然　陸564
匹面　學3·30	騙口張舌　王237, 陸645, 學3·44	**pín**
劈　見 pī	騙馬　林137, 陸644, 學3·42, 黃333, 許2, 167	貧胎　陸409
擗掠　陸594, 學3·35		頻煩　王439
擗踊　學3·36		頻婆　學3·48
嚭嚭　陸637, 學3·28		嬪風　學3·49
pì	騙嘴　王237, 陸645	**pǐn**
匹面　見 pǐ	**piào**	品官　蔣46
匹如　張262	票臂　學3·44	品碰　學3·49
匹如開　張521		**pìn**
匹似　張262, 陸85		聘胖　學3·49

píng

平川	張806
平蹉	陸124
平地上起孤堆	陸125, 黃252
平地下鍬撅	陸125
平康	陸125
平康巷	陸125, 學3·51
平論	學3·54
平人	陸124, 學3·49, 許26, 173
平日	王238
平身	陸124, 學3·50
平生	王238
平時	王238
評跋	張706, 陸459, 學3·51, 黃104, 徐248
評泊	張706, 黃104
評駁	學3·51
評詙	張706, 學3·51, 黃104
評薄	張706, 學3·51, 黃104
評論	學3·54
洴洴	學1·497
屏	見 bǐng, bing
瓶注水	陸489
餅墮井	陸535
憑	張611, 王237
憑脈	陸592

pǐng

頩	學1·103

pō

頗	蔣427
頗奈	張288, 陸542, 學3·63
頗耐	學3·63
頗頗(兒)	陸543, 學3·56
頗我	蔣324
潑	張591, 陸569, 學3·56, 黃121
潑殘生	學3·61
潑懺	王239
潑甑	王239
潑鬼頭	陸570
潑賴	陸570, 學1·94
潑毛團	陸570, 學3·60
潑面	陸569
潑皮	陸569, 學3·59
潑鈔	王239, 陸570, 學3·59
潑說	陸570
潑天	陸570, 學3·58, 黃121
潑兔巴	學3·60
潑頑皮	學3·59
潑烟花	陸570, 學3·62
潑煙花	學3·62, 黃247

pó

婆娘	林32, 陸382
婆娑沒索	陸382, 學3·62, 黃194

pǒ

叵羅	學3·62
叵奈	張288, 陸114
叵耐	張288, 陸114, 學3·63
尀奈	陸192, 242, 學3·63
尀耐	張288, 陸242, 學3·63

pò

破	張359, 王240, 林119, 學3·65
破敗	學3·68
破不剌	張744, 陸348
破腹	陸348, 學3·69
破礶子	學3·72
破罐子	學3·72
破盤	陸348, 學3·70
破破碌碌	王17
破缺	學3·68
破殺殺	陸348, 黃163
破設設	陸348
破題兒	陸348, 學3·71, 黃259
破綻	學3·69
破折	學3·69
破賺	陸348, 學3·69
迫塞	蔣356

pū

撲俺	學3·73
撲掊	陸559, 學3·73
撲登登	學1·153
撲鄧鄧	學1·153
撲的	陸558, 學3·72
撲地	學3·72, 蔣345
撲咚咚	黃154
撲鼕鼕	黃154
撲堆着	學3·75
撲刺刺	學1·183, 黃154
撲碌碌	黃154
撲撲	學3·28
撲旗	學3·74
撲撒	陸559
撲簌簌	黃178

撲唐唐	陸559	鋪席	陸587, 學3·81		學3·82	
撲騰	陸559			七香車	陸20, 學3·85	
撲騰騰	陸559,黃155, 178		**Q**	七香輪	陸20	
撲通	黃183			七貞九烈	陸22	
撲通通冬	黃189		**qī**	七眞堂	陸21	
撲頭	學1·592	七	方456, 472	妻夫	張821, 學3·89	
抪擺	陸253	七八	學3·81	妻男	學3·89	
鋪	林36	七擦	黃181	棲遲	陸439	
	另見 pù	七重圍	陸21	戚草	王241	
鋪擺	學3·76	七重圍子	陸21	戚促	王241	
鋪陳	陸587	七代先靈	陸21,學3·86,黃30	戚畹	學3·90	
鋪持	陸586, 學3·76			期程	張399, 陸438,學3·92, 黃71	
鋪遲	陸587, 學3·76	七返九還	學3·87,黃31	期高	陸438, 學3·92	
鋪尺	陸586, 學3·76			期親	見 jī	
鋪的	陸586, 學3·72	七件兒	學3·82	欺	陸440, 學3·90	
鋪買	陸587	七件事	學3·82	欺心	陸440, 學3·91	
鋪眉苫眼	陸587,學3·284	七禁令	學3·85	蛣蜋皮	見 jié	
		七林林	陸20, 學3·84,黃147	欹擎	學3·95	
鋪謀	學3·77			緝林林	見 jī	
鋪排	學3·76	七林侵	陸20, 學3·84	蹊蹺	王250, 學3·125	
鋪撒	陸587	七淋侵	學3·84		**qí**	
鋪苫	學3·76	七留七力	陸22,學3·88,黃191	其	王242, 蔣403	
	pú			其程	張399, 陸231,學3·92, 黃71	
蒲墩	學3·79	七留七林	陸22,學3·88			
蒲蓋	學3·79			其高	張398, 陸231,學3·92, 黃318	
蒲藍	學1·152, 黃125	七貧八富	陸22			
蒲輪	學3·80	七貧七富	陸22	其間	張399, 學3·93,黃72	
蒲梢	學3·78	七青八黃	陸21,學3·87			
蒲團	學3·79			其實	張529, 黃320	
僕瑴着	學3·75	七世	學2·107	其餘	黃318	
	pǔ	七事兒	王241, 陸22,學3·82	旗磨	學2·478	
樸地	蔣345			旗鎗	學3·97	
	pù	七事家	王241, 陸22,學3·82	奇擎	陸237, 學3·95	
鋪	另見 pū			奇正	學3·94	
鋪馬	學3·80	七事子	王241, 陸22,	騎鞍驁勝	陸636	
				騎兩頭馬	陸636	
				歧路	陸198, 學2·390	

祇	另見 zhǐ	
祇園	學4·467	
齐拍	陸276, 學3·96	
齊攅	陸544, 學3·98	
齊行	陸544	
齊臨臨	學3·84	
齊臻臻	陸544, 學3·98, 黃166	

qǐ

乞	另見 qì
乞抽㧙叉	陸40, 學2·240, 黃185
乞惆	學3·104
乞答的	學1·620
乞丢磕塔	陸40, 學3·100, 黃185
乞儉	陸40
乞緊	陸40
乞兩	學3·100
乞量曲律	陸41, 學3·168, 黃192
乞留惡濫	陸41, 學3·102, 黃185
乞留乞良	陸41, 學3·101
乞留曲呂	學3·168
乞留曲律	陸41, 學3·101, 168, 黃192
乞留兀良	陸41, 學3·101
乞紐忽濃	陸41, 學3·102,

	黃185
乞求	陸40, 學3·99, 蔣327
乞塔	方218, 214
乞戲	學2·261
乞養	學3·100
乞皺	學3·104
忔倆	學3·100
起動	王242, 陸358, 學3·103
起功局	學3·103, 黃78
起撒	陸358
起眼	陸358
起坐	陸358
豈可	蔣452
豈論	蔣474
稽首	陸574

qì

氣傲	學3·105
氣勃勃	黃172
氣長	陸342
氣分	張732, 陸341, 黃88
氣忿	張732
氣高	學3·105
氣哈哈	陸342
氣命(兒)	陸341, 學3·106
氣呸呸	陸342
氣丕丕	陸342, 黃163
氣象	陸342
氣像	陸342
氣性	陸341
乞	方456, 472
	另見 qǐ
乞丕丕	陸40
乞與	林55
忔登登	學1·623

忔㤺	學3·100
忔惜僕	陸168
忔戲	張608, 陸168, 學2·261, 黃50, 孫629
忔戲種	陸168
忔憎	張610, 陸168, 學2·263, 黃51, 孫629, 蔣300
忔憎憎	張610
忔支支	學1·629
忔皺	陸168, 學3·104
刺	另見 cì
刺虌	王241
契	蔣262
契要	蔣262
砌末	見 qiè
湆吾	蔣554
器具	學3·106

qiā

掐尖	陸393
掐扎	林86

qià

洽	學3·106
洽恰	王245, 蔣343
恰	王243, 學3·106
恰才	陸292
恰纔	王243, 陸292
恰嗎拉	方456, 472
恰恰	王245
恰則	王243, 246

qiān

千次	蔣362
千斤磨	學3·109
千里進鵝毛	陸45
千里贈鵝毛	陸45

千年調　王247, 陸45
千死千休　陸45
千自在百自由　陸45
牽頭　學3·118
搴頭　陸520, 學3·118
僉押　學3·110
簽　陸639, 學3·112
　簽次　王247, 學3·110,
　　　蔣362
憸罰　陸513
遷次　王247, 學3·110,
　　　蔣362
　遷軍　陸605
謙和　學3·111
謙洽　陸623, 學3·111
謙恰　學3·111
鵮　學3·112
騫　蔣336

qián

前程　學3·113, 蔣93
　前刀兒　陸282
　前來　陸282
　前期　張800
　前人田土後人收　陸282
　前世裏燒香不到頭
　　　黃218
虔妮子　陸356
　虔婆　陸356, 學3·114
乾　見 gān
錢龍　學3·115
　錢龍兒入家　陸605
　錢龍入門　陸605
　錢眼裏安身　陸605
　錢眼裏坐　陸605,
　　　學3·116

qiǎn

嗛　見 xián

qiàn

欠　張600, 陸95,
　　　學3·112, 黃37
　欠恭　陸95
茜紅巾　學3·117
倩　學3·112
塹　陸515, 學3·112

qiāng

搶　陸479
　另見 chēng, chéng,
　　　qiǎng, qiàng
　搶風　學3·118
　搶攞　陸479
　鎗旗　學3·97
蜣蜋　學3·119

qiáng

強　王248
　另見 jiàng, qiǎng
　強半　學3·120
　強唇劣嘴　陸385
　強會　張714, 學3·121,
　　　黃336
　強殺　陸384
　強項　學3·121
彊　見強
牆花路柳　陸592
　牆上泥皮　學1·120

qiǎng

強　另見 jiàng, qiáng
　強打拍　陸385
　強打掙　陸385
　強風情　學3·122
　強文懞醋　陸385
　強文假醋　陸385
彊　見強

搶　陸479,
　　學1·297, 3·123
　另見 chēng, chéng,
　　　qiāng, qiàng
　搶白　陸479, 學3·123
　搶生吃　陸479
挾老　陸520

qiàng

搶　陸479, 黃326
　另見 chēng, chéng,
　　　qiāng, qiǎng

qiāo

敲才　陸520, 學3·124
　敲鏝兒　陸520,
　　　學3·124,
　　　黃264
　敲牙　陸520, 學2·272
蹺怪　陸641, 學3·125
蹺恠　陸641, 學3·125
蹺蹊　王250, 學3·125,
　　　黃132

qiáo

喬　張592, 陸421,
　　　學3·126, 黃101
　喬才　陸421, 學3·128,
　　　黃102, 徐250
　喬材　陸421
　喬斷案　學3·131
　喬公案　陸422
　喬公道　陸422
　喬禁架　陸423
　喬男女　陸422
　喬怯　王249, 陸422,
　　　學3·129
　喬軀老　陸423
　喬人　陸421

喬勢　　陸422	峭　　張239	**qīn**
喬勢殺　陸422	誚　　張239	侵　　　王252
喬文假醋　陸423	鞘裏藏刀　陸608	侵傍　陸278, 學3·142
喬文物　陸422	殼拉咧　見 ké	侵晨　　學3·141
喬衙坐　學3·131	**qiē**	侵近　　學3·142
喬樣勢　陸422	切藉　　見 qiè	侵早　　學3·141
喬作衙　學3·131	**qié**	駸駸地　陸626
喬坐衙　陸422, 學3·131	伽花　　蔣554	親傍　　學3·143
喬做衙　陸422, 學3·131	伽藍　　學3·135	親不親　學3·144
僑　　學3·126	伽伽　　學3·135	親羅　　蔣34
驕　　學3·126	伽伽地　陸190, 學3·135	親知　　學3·143
憔悴　　陸554		**qín**
憔憔憫憫　王161, 學2·169	**qiě**	秦樓　陸350, 學3·144
瞧科　陸618, 學3·131	且　　張66, 學3·136	篆　　　學4·437
	且道　　張71	琴堂　　學3·145
qiǎo	且可　　張71	禽兒　　學3·146
悄　　張239	且是　張67, 陸105	禽荒　　學3·145
悄促促　陸335, 學3·132, 黃163	且是娘　張815	禽演　陸493, 學3·146
	且做　　陸105	噙齒戴髮　陸546
悄魘魘　學3·132	**qiè**	勤(兒)　陸470, 學3·146, 徐247
愀問　陸432, 學1·279	怯候　　學3·139	勤厚　　陸471
	怯烈司　方301	懃兒　　學3·146
qiào	怯怯喬喬　王249, 陸245, 學3·129	**qīng**
俏　　張239, 陸276, 277	怯怯僑僑　學3·129	青詞　陸275, 學3·150
俏綽　　學3·133	怯薛　學3·139, 方86, 471	青蚨　學3·148, 黃70
俏簇　陸277, 學3·134, 黃75	揭　　張510, 513	青鳧　　學3·148
	揭來　　張509	青樓　　陸275
俏泛兒　陸276, 學3·134	切藉　　蔣561	青泥　　蔣96
俏如　　陸276	砌末　陸304, 學3·140	青奴　　學3·147
俏似　　陸276	跙　　陸462, 黃97	青錢　　學3·152
俏一似　陸276		青滲滲　黃161
俏罩　　學3·133		青瑣　　學3·151
俏倬　陸277, 學3·133		青銅　　陸275
		青紫　　學3·149
		清德　　學1·133

清風子　陸398
清甘滑辣香　陸398
清耿耿　黃173
清光滑辣　陸398
清減　陸398, 學3·152
清泥　蔣96
清團　學3·515
清湛湛　黃173
清漲　王254
蜻蚨　學3·148
輕吉列　學3·154
　輕急力　學3·154
　輕可　張60, 陸539,
　　　學3·153
　輕乞列　陸539,
　　　學3·154
　輕饒素放　陸539
　輕省　學3·153

qíng

情憧　學2·453
　情甸　學3·157
　情脈脈　黃173
　情取　張426, 陸387,
　　　學3·154, 黃97
　情受　張427, 陸387,
　　　學3·156, 黃97
　情知　陸388, 學3·155
晴天開水路　陸438
請　　王256, 學3·156
　請佃　張428, 陸581,
　　　學3·157
　請奠　學3·157
　請俸　陸581
　請受　王256, 陸581,
　　　學3·156, 黃120
擎　　王255
　擎天白玉柱　學3·158
　擎天柱　學3·158

qǐng

頃　　王255, 學2·277
　頃來　王255
請　　見 qíng
檾麻塊　陸630
　檾麻頭　陸630

qìng

磬身（兒）　陸620

qióng

窮暴　陸574, 學3·163
　窮薄　學3·163
　窮不窮　學3·163
　窮滴滴　陸574,
　　　學3·164,
　　　黃166
　窮丁　陸574
　窮究　學3·159
　窮身潑命　陸574
　窮身破命　陸574
　窮酸　學3·162
　窮酸餓醋　陸575,
　　　學3·162
　窮研　學3·161
　窮嘴餓舌頭　陸575
悸慛　學3·159
瓊花　學2·374
瓊奴　王257

qiū

秋毫無犯　陸305
　秋問　學1·279
𦚢　　蔣66

qiú

求樓　張854, 黃92
　求竈頭不如告竈尾
　　　陸217
　求竈頭不如求竈尾
　　　陸217,
　　　黃213, 255
球　　見 毬
毬樓　張854, 陸398,
　　　學3·165, 黃92,
　　　許48
　毬子心腸　陸398
虬龍　學3·164
　虬樓　張854, 陸219,
　　　學3·165, 黃92
　虬鏤　張854, 陸219,
　　　學3·165, 黃92
虯　　見 虬
蝤蠐　學3·167

qū

屈　　蔣266
　屈沉殺　陸242,
　　　學3·169
　屈期　見 jué
　屈央　學3·169
　屈恙　學3·169
　屈漾　學3·169
曲躬躬　黃170
　曲脊　陸171
　曲呂　學3·168
　曲律　學3·168, 方371
　曲律杆　陸171
　曲律竿　陸171
　曲彎彎　黃170
麯埋　學3·170
區處　陸376, 黃336
　區區　張733, 陸376
軀口　學3·172
　軀老　陸633, 學3·172
　軀丁　陸656, 學3·172
　軀勞　學3·173

驅忙	蔣332	覷付	陸632	**qūn**	
驅驅	張733, 蔣332	覷絕	陸633, 學1·681	逡巡	張671, 陸412,
蛆扒	學2·172	覷面皮	陸633		學3·189, 蔣370
蛆皮	陸408	覷天遠入地近	黃268	逡迍	學3·189
趨搶	陸624, 學3·170	覷暇	陸632		
趨蹌	陸624, 學3·170	覰	見 覷	**qún**	
趨蹡	學3·170			裙帶頭衣食	學3·190
趨人	陸624	**quān**		裙帶衣食	陸502,

qú

劬勞	學3·173

qǔ

取	張318, 王258,
	學3·174, 蔣210
取此	蔣362
取次	張519, 陸234,
	學3·177, 蔣362
取覆	學3·180
取討	陸234
取應	陸234, 學3·179,
	黃320
取責	學3·179
曲	見 qū

qù

去	張328, 801,
	王259, 學3·180
去處	張801, 陸112,
	學3·184
去就	王261, 學3·185,
	蔣119
去來	陸112, 學3·183
去秋	王261
去住	學3·182
覷不的	陸633, 學3·186
覷當	陸633,
	學1·404, 3·186,
	黃133

圈	另見 juān, juàn
圈圚	張837, 陸381,
	學3·187, 黃335
圈繢	張837, 陸381,
	學3·187, 黃335
圈檟	張837
圈襀	張837
圈圍	張837

quán

全	張159
全真	陸154
痊較	陸403
拳攣	學3·188
拳頭上站的人肐膊	
上走的馬	陸336
拳假	陸336, 學3·187
拳中搭沙	陸336

quē

闕錯	蔣335

què

却	張41, 蔣425
却不	陸283
却不道	張554, 陸283,
	學3·188
却略	王439
卻	見 却
闋錯	見 quē

		學3·190
裙刀	陸459	
裙腰兒	學4·185	

R

rán

然	張18, 陸442,
	學3·191, 蔣446,
	518(2), 521
然乃	蔣446
然雖	張18, 陸442

ráng

儴佯	學2·525
瀼瀼	蔣347
穰	見 rǎng

rǎng

壤壤	蔣347
攘	陸647
攘攘	蔣347
攘攘垓垓	陸647
穰	黃328
穰穰	蔣347
穰穰垓垓	陸660

ráo

饒　　張125，陸655
　饒舌　陸656

rě

惹　　張82，陸477，學3·224
　惹是非　陸477
　惹子　蔣387

rè

熱不熱　學3·196
　熱地上蚰蜒　學3·197
　熱地蚰蜒　陸571，學3·197
　熱烘烘　黃173
　熱忽喇　陸571，學3·196
　熱忽剌　陸571，學3·196
　熱荒　陸570
　熱剌剌　黃167
　熱樂　學3·195
　熱莽　陸570，學3·193
　熱蟒　陸570，學3·193
　熱趲　陸571，學3·195
　熱粘　學3·194
　熱鑽　學3·195

rén

人急偎親　陸25
　人家　學3·200
　人離鄉賤　陸26
　人貌　蔣62
　人面上人　陸25
　人皮囤　陸25，學3·201
　人情　陸25，學3·200，黃330
　人人　張812，學3·197
　人事（兒）　陸24，學3·199
　人是賤蟲不打不招　陸26
　人我　蔣324
　人相　蔣62
　人心似鐵官法如爐　陸26
　人樣豭駒　陸25
　人樣蝦蛆　陸25
　人中　學3·198

rěn

忍　　學3·557
　忍奈　陸200
　荏苒　蔣470
　稔膩　陸494
　稔色　陸494，學3·202

rèn

任從　張108
　任消　學4·69
　恁　　見 nèn, nín
　紉　　陸455
　認　　王262

réng

仍　　王262
　仍復　王224

rì

日不移影　陸94
日許多時　張342
日許時　張342
日月　學3·209
日月交食　陸94
日月參辰　陸94
日在　王263
日逐　學3·209
日轉千街　學3·210
日轉千階　陸94，學3·210，黃251
日轉遷階　學3·210

róng

容情　學3·211
　容易　張526

rǒng

冗冗　黃42

róu

揉眵抹淚　陸435
　揉鈎　學3·253

ròu

肉弔窗兒　陸180，學3·211，黃254
肉吊窗　學3·211
肉屏風（兒）　學3·212

rú

如法　學3·212
　如何向　張402
　如何許　張344
　如今　張787
　如然　蔣518
　如許　張341
儒人　陸591
　儒人顛倒不如人　黃231

rǔ

辱麼　學3·215
辱抹　陸358，學3·215
辱末　陸358，學3·215

辱沒　　學3·215	頓　　見 軟	撒地彌　學3·231
辱莫　　學3·215	阮　　學3·217	撒蒂彌　學3·231
辱子　　陸358	**ruí**	撒酒風　陸556
乳　　學3·213, 黃319	蕤賓節　學3·220	撒科打諢　陸557
rù	**ruǐ**	撒嬰　陸556, 學3·230,
入跋　　徐248	蕊珠宮　學3·221, 黃122	方441
入定　　陸26, 學3·214	**rùn**	撒樓　方441
入馬　　陸26, 學3·214,	潤濛濛　黃179	撒髏　陸556, 學3·230,
黃30, 徐249	**ruó**	方441
入舍　　蔣28	挼　　見 ruán	撒膈膊　陸557
入舍女壻　蔣28	**ruò**	撒膩滯　陸557,
入務　　張851	若　　張79, 陸311,	學3·231
ruán	學3·222	撒噴　陸556, 學3·26
挼　　陸561, 學3·216	若必　　蔣404	撒潑　陸556, 學3·229
挼就　　張705, 陸561,	若不沙　張745, 陸311,	撒沁　王264, 陸554,
學3·216, 黃121	學2·126	學3·226
ruǎn	若個　　張374, 陸311	撒唉　學3·226
軟纏　　陸410	若忽　　蔣397	撒訫　王264, 學3·226
軟揣　　張728, 陸409,	若爲　　張79, 徐248	撒手不爲姦　黃265
學3·218	偌　　陸373, 學3·224	撒嫡呢　學3·231
軟揣揣　張728, 陸409,	偌大小　陸373	撒殢彌　學3·231
學3·218	偌來　　陸373	撒彌滯　陸557,
軟答剌　陸410,	弱　　蔣396	學3·231
學3·219	弱水　　學3·224, 黃84	撒呑　王99
軟脚　　蔣268		撒唅　王99, 陸555,
軟款　　陸409, 學3·218	**S**	學3·227
軟刺答　陸410,		撒俉　王99, 學3·227
學3·219	**sā**	撒褪　學3·227
軟設設　陸410, 黃164	撒　　另見 sǎ	撒頑　陸556, 學3·229
軟廝金　學3·220	撒拗　陸555, 學3·227	撒兀　方472
軟廝禁　陸410,	撒八　方194	撒響屁　陸557
學3·220	撒叭赤　方288	撒心　學3·226
軟欸欸　黃164		撒旖旎　陸557,
軟痛　陸409, 學2·558		學3·231
軟兀剌　陸410,		撒滯彌　陸557,
學3·219		學3·231,
		黃119
		瞰　　陸618

să — sān

să

洒　　　陸301
　洒艮　　方472
　洒家　　陸301, 學3·232
　洒銀　　方228
　洒瀇　　方228
　洒纓　　方228
撒　　　另見 sā
　撒達　　學3·236
　撒袋　　陸555, 學3·234, 方107
　撒的　　王264
　撒地　　王264
　撒敦　　陸555, 學3·228, 黃285, 方26
　撒和　　張849, 陸555, 學3·233, 黃119, 方32, 471
　撒花　　蔣110
　撒鏝　　陸556, 學3·236, 黃119
　撒然　　王264, 陸556, 學3·235
　撒撒的　王264
　撒因　　陸554, 學3·225, 方228
　撒銀　　方228, 214
　撒嬴　　方228
　撒帳　　陸555, 學3·234
敠　　　學3·438
灑落　　陸660
　灑然　　王264, 學3·235
　灑灑瀟瀟　陸660, 學4·74

sà

颯剌剌　　陸543
　颯然　　學3·235

薩那罕　　方453, 479

sāi

腮斗(兒)　陸497, 學3·237
塞　　　見 sài

sǎi

噴　　　陸646, 學3·238

sài

塞當　　蔣394
　塞艮　　學3·225
　塞痕　　方472
　塞因　　方228
賽　　　張539, 陸624, 方472, 蔣440
　賽艮　　方228
　賽龍圖　學3·239, 黃277
　賽盧醫　學3·239, 黃249
　賽牛王　學3·240
　賽牛王社　學3·240
　賽強如　張545, 學3·433
　賽色　　王440
　賽因　　方424
　賽音　　方228
　賽銀　　學3·225, 方228
　賽願　　學3·238
傺　　　陸591

sān

三八　　蔣116
　三板兒　陸34
　三不歸　張569, 陸33, 學3·249, 黃33
　三不留　學3·249
　三不拗六　陸34
　三不知　張569, 陸33, 學3·248, 黃33
　三財六禮　陸34
　三重門　陸34
　三川八水　學1·25
　三冬　　學3·241
　三都捉事使臣　許41
　三更不改名四更不改姓　陸35
　三更棗　陸33, 學3·250
　三光　　學3·242
　三害　　學3·244
　三回五解　陸34
　三家店　學3·251, 黃205
　三焦　　學3·245
　三科　　學3·244, 黃34
　三綹梳頭兩截穿衣　陸35
　三媒六證　陸35
　三門　　陸32, 學3·242
　三婆　　陸32, 學3·245
　三千界　學3·254
　三千世界　學3·254
　三人惧大事　黃199
　三山股　學3·247
　三山骨　陸32, 學3·247
　三梢末尾　王266, 陸34, 學3·254
　三舍　　陸32
　三身殿　陸33
　三十三天　學3·253
　三思臺　王266, 陸34, 學3·250, 黃330
　三台　　黃33
　三田　　黃33

三條九陌 陸35	嗓磕 陸472, 學3·261	**shā**
三停刀 學3·251	嗓食 陸472	
三推六問 陸34, 黃250	臊磕 陸536, 學3·261	沙 陸216, 學3·265, 黃310
三鬚鈎 學3·253	顙子 學4·109	沙八赤 陸217, 方376
三匝 陸32, 學3·246	**sàng**	沙板錢 學3·269
三匝家 張568, 陸32, 學3·246, 黃33	喪靈 見 sāng	沙村 張726, 陸217, 學1·322
三檐傘 學3·252	喪門 陸426, 學3·262	沙堤 學3·267
三簷傘 學3·252	**sǎo**	沙門 學2·279
三簷繖 學3·252	掃兀 方253, 214	沙門島 學3·269, 黃60
三餘 學3·247	嫂嫂 陸474	沙彌 學3·268
三貞九烈 陸34	**sào**	沙塞子 陸217, 學3·270
sǎn	梢 見 shāo	沙三 陸217, 學3·267, 黃238
散 另見 sàn	**sè**	沙勢 張727, 陸217, 學3·372
散誕 陸436, 學3·255	色 蔣261	沙寨子 學3·270
散澹 學3·255	另見 shǎi	砂子地裏放屁 陸304
散祖 學3·255	色旦 陸181, 學3·262	吵 陸327
散樂 陸436, 學3·256	色目 陸181	殺 張540, 學3·272
繖蓋 學3·259	色長 陸181, 學3·263, 許11	殺剌 陸398
饊子 陸655, 學3·259	澁 陸568	殺風景 學3·271
糝 學3·257	澁道 張854, 陸569(2), 學3·264, 黃121	殺合 王133
糝交 學3·258	澁的 王264	殺人處鑽出頭來 陸398
sàn	澁奈 陸568	殺殺 學3·314
散 林38	澁耐 陸568	殺勢 張727, 學3·372
另見 sǎn	澀 見 澁	殺威棒 學3·270
散福 陸436	**sēn**	煞 張540, 林41, 學3·272, 蔣440
sāng	森森 陸439	另見 shà
桑蓋 學3·260	**sēng**	煞煞 學3·314
桑琅琅 黃153	僧藍 陸513, 學3·135	**shǎ**
桑門 陸340	僧伽 學3·265	傻 學3·272
桑新婦 學3·260, 黃86		傻屄 陸470
喪靈 蔣65		傻兒凹 陸470
喪門 見 sàng		傻角 陸470, 學3·271,
sǎng		
嗓嗑 陸472, 學3·261		

shǎ — shǎng

　　　　　徐 248
傻廝　　學3·271
傻　　見 傻

　　　shà

煞　　張 540, 陸 486,
　　　學3·272, 黃 302,
　　　蔣 440
　　　另見 shā
　煞懶懶　陸 487
　煞不如　陸 487
　煞慣　陸 487
　煞強如　張 545, 陸 487,
　　　　　學3·433
　煞強似　張 545,
　　　　　學3·433
　煞時間　陸 487
　煞是　陸 487
　煞有　陸 487
嗮　　張 540, 林 44,
　　　學3·272, 蔣 440
　　　另見 shài
嗄飯　　見 xià

　　　shāi

篩子喂驢漏豆了　陸 601,
　　　　　　　　黃 289

　　　shǎi

色　　另見 sè
　色兒　學3·277
　色數(兒)　陸 182,
　　　　　　學3·277
　色子　學3·277

　　　shài

曬　　張 539, 陸 631
　　　另見 shà
曬　　蔣 440

　　　shān

山根　　陸 60
山核桃差着一楇兒
　　　　陸 60
山呼　陸 60, 學3·278
山間滾磨旗　黃 289
山門　學3·242
山棚　學3·280
山妻　學3·279
山人　陸 59, 學3·277,
　　　黃 36
山聲　學3·281
山頭寶逕甚昌楊　蔣 556
山崦　學3·280
山獐　王 267, 學3·281
山障　王 267, 學3·281
苫　　學3·288
　苫唇髭髯　陸 311
　苫科子　陸 311
　苫眉　學3·284
　苫天才　陸 311
　苫眼鋪眉　陸 311, 黃 76
扇　　另見 shàn
　扇搖　陸 336, 學3·285
搧　　陸 483
跚馬(兒)　陸 462,
　　　　　學3·282
跚橋　陸 462
跚歪捏怪　學3·283

　　　shǎn

閃　　張 645, 陸 362,
　　　黃 321
閃他悶棍着他棒　陸 362
閃下　學3·283
閃賺　陸 362

　　　shàn

善根　學3·286
善婆婆　陸 425
善神兒不賽　陸 425
善與人交　王 267
善知識　陸 425,
　　　　學3·287,
　　　　黃 102
苫　　見 shān
赸　　陸 358
訕　　陸 356
　訕勉　陸 356, 學3·285
　訕筋　陸 356, 學3·285
　訕口　陸 356
　訕臉　陸 357
扇　　學3·285
　扇搖　見 shān
鐥　陸 414
禪　　見 chán
贍　　學3·288
　贍表　陸 649
　贍表粧孤　陸 649
　贍表子　陸 649

　　　shāng

商　　蔣 251
　商颺　學3·290
　商和　學3·288
　商量　張 683, 蔣 251
　商霖　學3·289
　商略　張 683
　商謎　學3·289
　商宜　蔣 246

　　　shǎng

晌　　學3·290
　晌午　學3·290

shàng

上　　　王296, 蔣88
　上朝取應　黃34
　上覆　陸36
　上蓋　陸36, 學3·295,
　　　　黃34
　上古自　學3·591
　上戶　陸35
　上花臺　陸36
　上解　王162
　上緊　學3·296
　上梁不正　陸37, 黃250
　上明不知下暗　陸37
　上馬管軍下馬管民
　　　　陸37
　上馬一提金下馬一提銀
　　　　陸37
　上馬鍾　陸37
　上氣　陸35, 學3·294
　上膳局　學3·298
　上梢　陸36, 學3·295
　上稍　學3·295, 黃331
　上手　陸35
　上檯盤　陸37
　上天梯　陸36
　上廳行首　陸37,
　　　　學3·296,
　　　　黃34
　上兀自　學3·591
　上下　學3·291, 孫602
　上心　陸35
　上元　學3·293
　上竈　陸36
　上怗　蔣561
　上字　蔣88
　上足　學3·294
尚　　　學3·297
　尚古子　陸242,

　　　　學3·591
　尚古自　陸242,
　　　　學3·591
　尚故自　陸242,
　　　　學3·591
　尚食局　學3·298
　尚兀刺　學3·591
　尚兀自　學3·591
　尚字　蔣88

shāo

捎　　　黃84
　捎關打節　陸337
　捎俫　學3·302
　梢靶　陸397
　梢房　學3·298
　梢公　陸396, 學3·299
　梢間　學3·298
　梢梢　張180
　梢子　陸396, 學3·299
稍　　　張173, 陸452,
　　　　學3·299,
　　　　黃84, 325
　稍房　陸452, 學3·298
　稍公　陸452, 學3·299
　稍瓜　林40
　稍稍　張180
　稍停　學4·70
鞘裏藏刀　見 qiāo
燒刀子　陸597, 學3·301
燒地眠炙地臥　陸597
燒地臥炙地眠　陸597,
　　　　黃267
燒埋　學3·301
燒錢烈紙　陸597
燒天火把　陸597
燒袄廟　學4·39

sháo

杓俫　　陸209, 學3·302,
　　　　黃318
　杓俫俫　學3·302
　杓頰　學3·303

shǎo

少甚末　學3·303
　少甚麼　張549, 陸87,
　　　　學3·303,
　　　　黃331
　少是末　張549, 陸87,
　　　　學3·303
　少歇　王331

shào

哨　　　陸308
　哨禽兒　陸327
　哨廝　陸327, 學3·304
　哨腿　學3·304
　哨子　王152, 陸327,
　　　　學3·304
捎　　　見 shāo
少　　　見 shǎo

shē

賒　　　張654
賒　　　見 賒
奢奢　　學3·314

shé

舌刺刺　黃156
　舌刺刺　陸181,
　　　　學3·305,
　　　　黃156
　舌支刺　學3·305
　舌枝刺　學3·305
折　　　見 zhé

揲蓍　　學3·305	誰承望　陸581	甚娘　　張815
揲蓍草　學3·305	誰當　　張762	甚些的　陸302
闍梨　　學3·306	誰家　　張375, 學3·390	神　　　學4·12
闍黎　陸626, 學3·306	誰匡　　陸580	神不容地不載天不蓋
闍毗　陸625	誰誰　　張763, 陸580	黃219
shě	誰有閒錢補笊籬　王323,	神道　　陸349
舍　　　見 shè	陸581,	神福　　學3·322
捨着　　陸389	黃265	神狗乾郎　陸349
捨着金鐘撞破盆　陸389	**shēn**	神脚　　陸349
shè	身　　　學3·317	神樓　　陸349
社火　　張765, 陸265,	身分　陸223, 學3·319	神頭鬼臉　陸349
學3·308	身肌　學3·317	神頭鬼面　陸349
社家　學3·310	身己　陸223, 學3·317	神羊(兒)　學3·323
社長　學3·310	身凜凜　黃171	**shěn**
舍　　　陸266, 學3·307	身命　陸223, 學3·320	嗏　　　學1·251
舍利塔　學3·308, 黃74	身奇　學3·317	嗏可可　陸514,
舍人　陸266, 學3·307,	身起　陸223, 學3·317	學1·252,
黃243	身役　學3·320	黃168
舍宅　蔣63	伸意　　陸187	**shèn**
射干　　見 yè	伸志　　陸187	甚　　　張147
射糧軍　陸333,	痒痒　　張839	另見 shén
學3·313	參　　　另見 cān, cēn	滲　　　王31
射柳　陸435, 學3·311	參辰　學3·321	滲人　陸523, 學3·323
射貼　學3·311	參辰卯酉　陸377,	滲滲　陸523
設答　　學3·316	學3·321	**shēng**
設口　學3·314	參辰日月　陸377	生　　　張161, 陸144,
設令　蔣414	參商　學3·321	學3·324, 黃302,
設如　王268	糝　　　見 sǎn	徐245
設若　王268	**shén**	生吃扎　陸146,
設設　學3·314	什迦兒　見 shí	學3·334
設使　王268, 蔣414	什沒　　蔣511	生分　張731, 陸144,
攝魂臺　學4·33, 黃273	什麼娘　張815	學3·330, 黃315
儑　　　蔣127	甚　　　陸302	生忿　張731, 陸145,
儑𠑊　蔣127	另見 shèn	學3·330, 黃315
shéi	甚末　　陸302	生圪支　學3·334
誰　　　張83	甚末娘　張815	生圪扎　陸146,
	甚沒　　蔣511	

sheng — shī

生扢支 陸146, 學3·334, 黃253	生色 王269	聖得知 張810
	生煞煞 學3·334	聖人 黃246
	生受 張776, 陸144, 學3·329, 黃53	聖手遮攔 學3·340
		聖賢 陸495, 學3·339
生割扎 學3·334	生相 學3·332	剩 張152, 學3·341, 蔣458
生各擦 黃253	生像 陸146, 學3·332	
生各扎 陸146, 學3·334	生心 學3·328	盛 王270, 學3·341
	生涯 蔣91	盛德 陸449, 學1·133
生各查 陸146, 黃253	生藥局 陸147	盛飯囊 見 chéng
生各札 學3·334, 黃253	生憎 陸146	勝 學3·341, 蔣458
	生杖 蔣553	勝常 蔣123
生各支 陸146, 學3·334, 黃253	升遐 學3·324	勝強如 學3·433
	昇常 蔣123	賸 張152, 陸624, 學3·341, 蔣458
	昇騰 陸256	
	昇遐 學3·324	
生紅 王268	昇霞 學3·324	賸道 陸624
生活 陸145, 學3·333	昇仙橋 學3·463	
生趷支 黃253	聲喚 學3·338	shī
生磕擦 學3·334, 黃253	聲剌剌 學3·334, 黃158	失驚打怪 陸122
		失剌溫 方159
		失溜疎剌 學3·344
生磕支 學3·334	聲嗽 陸620	失留疎剌 陸122, 學3·344, 黃186
生可擦 陸146, 學3·334	聲支剌 學3·334	
		失留屑歷 學3·343, 黃186
生剌剌 學3·334, 黃160	shěng	
	省 張572, 573, 蔣407	失流疎剌 陸122, 學3·344
生面 陸146		失彎 方327
生逆圖 陸147	另見 xǐng	失意 陸121
生寧 蔣352	省得 張573	失獐冒雉 陸122
生獰 王439	省可 張573, 陸303, 學3·338	失志 陸121
生扭做 張161, 陸147, 學3·337		尸靈 蔣65
	省可裏 張573, 陸303, 學3·338	尸皮 陸59
生紐得 陸147, 學3·337		尸喪 蔣65
	shèng	屍骸 蔣64
生紐做 陸147, 學3·337	聖 張810, 學3·341, 蔣304	屍靈 蔣65
		施呈 陸295, 學3·346
生忔擦 學3·334	聖餅子 陸495, 學3·340	施逞 學3·346
生忔察 學3·334		施心數 陸296
生忔憎 學3·334		
生忔支 學3·334	聖道 陸495	

施行　學3·345
師父　陸334
　師姑　陸334
　師蠻帶　學3·347
　師婆　陸334
獅蠻　學3·347,
　　　方327, 472
　獅蠻帶　學3·347,
　　　方472
　獅子坐　學3·348
濕津津　黃180
　濕浸浸　黃180
　濕淋淋　黃180
　濕肉伴乾柴　陸486, 617,
　　　學3·349,
　　　黃128
　濕濕　陸617,
　　　學3·314, 348
溼　見濕

shí

十八般武藝　陸30
　十才　學3·374
　十成　王272
　十成九穩　陸30
　十大曲　學3·350
　十多羅　陸29
　十惡不赦　黃31
　十惡五逆　陸30
　十方　學3·349
　十分惺惺使九分　陸30
　十分惺惺使五分　陸30
　十拷九棒　陸30
　十里長亭　陸30
　十米九糠　陸29
　十七　蔣297
　十親九故　陸30
　十襲　王273
　十樣錦　陸29

十月懷耽　陸29
十洲三島　黃31
什　　另見 shén
　什迦兒　陸78
石包五赤　方110
　石保赤　學3·350
　石碑丕　學3·357
　石沉大海　黃290
拾的孩兒落的摔　陸295
　拾得孩兒落的摔　陸295
　拾得孩兒落得摔　陸295
拾襲　王273
時　　張335, 學3·351,
　　　蔣468
　時分　學3·353
　時固　蔣468
　時行　王283
　時候　王271
　時間　張795, 陸339,
　　　學3·355
　時節　王271
　時霎　陸339, 學3·356
　時時　王271
　時務　張795, 陸339,
　　　學3·353
　時下　張794, 陸339,
　　　學3·352
　時餉　蔣369
　時向　蔣369
實曾　王272
　實成　王272
　實誠　王272
　實媽兒　陸517
　實拍　陸516
　實㘃㘃　陸516,
　　　學3·357,
　　　黃167
　實丕丕　陸516,
　　　學3·357,

　　　黃177
　實坏坏　陸516,
　　　學3·357
　實志　陸516
識乘除　陸641
　識弔頭　陸641
　識空便　陸641,
　　　學3·375
　識起倒　陸641
　識瞅　陸640

shǐ

使弊倖　陸227
　使不的　王274
　使不着　王274
　使乖　陸227
　使官府　學3·361
　使機關　陸227
　使見識　陸227
　使牛的　學3·359
　使牛郎　學3·359
　使牛人　學3·359
　使數　張812, 陸227,
　　　學3·359, 黃65
　使數的　學3·359
　使頭　蔣10
　使心用倖　陸228
　使心作倖　陸228
　使長　張820, 陸227,
　　　學3·358, 黃244,
　　　徐247, 蔣10
　使智量　陸227
　使作　張618, 陸226,
　　　學3·360, 黃65
始　張192
　屎盆兒　陸287, 學3·361
　屎頭巾　陸287,
　　　學3·361
　屎做糕麋嚥　陸287

shì

是　　張8, 王275, 陸297, 學3·362, 365, 蔣499
　是必　陸297, 蔣463
　是不沙　學3·371
　是處　張15
　是底　蔣512
　是即是　張8
　是末　張13, 陸297
　是麼　張13, 陸297
　是人　張15
　是事　張15
　是勿　蔣511
　是物　張15
　是須　陸297, 蔣463
　是則　張8, 陸297
　是則是　張8
　是做的　學3·362
士馬　陸47
　士須　蔣463
　士長　學3·358
世　　張112, 陸104, 學3·362
　世不　徐249
　世不曾　陸104, 學3·362
　世海他人　陸104, 學3·416
　世況　學3·372
　世情　王277, 陸104
　世情看冷暖人面逐高低　黃207
　世殺　學3·372
　世做的　陸104, 學3·362
市曹　學3·364

事必　蔣463
事濟　陸226
事須　蔣463
侍兒　陸228
　侍長　張820, 陸228, 學3·358, 黃244, 蔣10
勢　　張113, 陸471, 學3·362
　勢行　王283
　勢劍金牌　陸471, 黃106
　勢劍銅鍘　陸471
　勢況　陸471, 學3·372
　勢情　王277
　勢沙　張727, 陸471, 學3·372
　勢殺　學3·372
　勢煞　張727, 陸471, 學3·372
　勢霎　張727, 陸471
　勢相　陸471, 學3·372
　勢樣　陸471
誓　　王440
適纔　學3·374
　適間　陸586
　適來　學3·374
　適悶　陸585
螫咬　蔣193
釋迦佛惱下蓮臺　陸649

shōu

收　　陸169
　收成　學1·257
　收撮　王278, 陸169
　收科　陸169
　收了蒲籃罷了斗　陸170
　收拾　林12
　收園結果　陸169

shǒu

手策　陸90, 學3·376
　手將　陸90
　手力　蔣51
　手零脚碎　陸90
　手帕　王278, 學3·375
　手梢(兒)　學3·377
　手稍(兒)　王266, 學3·377
　手似撈菱　林64
　手似撈鈴　林64
　手談　陸90
　手作　陸90
首將　陸318
首思　方293
首尾　陸318
首狀　陸318

shòu

受官廳　陸235, 學3·378, 黃114
　受用　陸234, 學3·377, 黃320
授官廳　學3·378, 黃114
瘦色　王440
壽不壓職　陸515
　壽官廳　陸515, 學3·378, 黃114

shū

叔待　陸234, 學3·379
殊　　張196
書滑　學3·382
　書會　陸340, 學3·379
　書劍飄零　黃259
梳裏　學3·380
梳掠　陸397

梳雲掠月　陸397
疏　　見　疎
疎剌剌　黃153
　疎剌剌沙　黃188
舒心(兒)　陸457,
　　　　　學3·381
輸不的　陸604
　輸虧　學2·297

shú

熟分　陸571
　熟滑　陸571, 學3·382
　熟會　學3·382
　熟田瓜軟處捏　陸571
　熟閙　學3·382
贖解　王162
　贖藥　學3·383

shǔ

數　　王280
　數黑論黃　陸566,
　　　　　學2·401
　數九天　陸565
　數九天道　陸565
　數羅漢　黃327
　數落　陸565
　數傷　陸565
　數一數二　陸566
　數珠　見　shù
鼠耗　學3·384
屬　　見　zhǔ

shù

束杖　黃255
數　　另見　shǔ
　數珠　學3·384
樹葉兒打破頭　學3·385

shuā

刷鉋　學3·387
刷鏍　學3·387
刷卷　陸232, 學3·386,
　　　黃65
刷刷　陸232
刷選　陸233, 學3·388,
　　　黃66
刷照　陸232, 學3·386
刷子　陸232, 學3·385

shuǎ

耍鬮　陸306
　耍馬兒　王433
　耍杏核兒　陸306
　耍子　陸306, 學3·387

shuài

帥首　陸287

shuān

拴頭　學3·388
　拴裝　學4·189
橏　　陸647

shuāng

雙邊錢　陸635
　雙鬮醫　學3·390
　雙漸　學3·389
　雙解元　學3·389
　雙郎　學3·389
　雙陸　陸635, 黃130
　雙生　學3·389
　雙通叔　學3·389
　雙同叔　學3·389

shuǐ

水病　蔣79
水牀　陸98, 學3·393,
　　　黃316
水答餅　陸98, 學3·397
水底納瓜　陸99, 黃290
水飯　陸98, 學3·394
水礶銀盆　學3·397
水罐銀盆　陸99,
　　　　　學3·397,
　　　　　黃37
水罐銀瓶　學3·397
水火　陸97
水雞　陸98
水盡鵝飛　陸99, 黃252
水晶宮　學3·395
水晶毬　陸98, 學3·396
水晶毬子　學3·396
水晶塔　陸98, 學3·396,
　　　　黃290
水淨鵝飛　陸99
水局　王282, 陸97,
　　　學3·392
水裏納瓜　陸99
水陸　學3·393, 黃37
水米無交　陸98
水墨圖　黃38
水撲花兒　陸99
水性　王287, 陸97

shuì

稅調　蔣557
稅說　張708, 學3·398
說　　另見　shuō
　說說　張708, 學3·398
　說調　陸537
㽲病　蔣79
睡餛飩　陸492

shùn

順口　學2·284

shuō

說　　另見 shuì
　說兵機　王282,
　　　　學3·399
　說大口　陸538
　說的着　陸538
　說方便　陸538
　說海口　陸538
　說家克計　陸538
　說口　陸537
　說闊　陸537
　說眞方　陸538
　說眞方賣假藥　陸538
　說嘴　陸537

shuò

搠包兒　陸482, 學3·400
搠筆　陸482, 學3·400
搠筆巡街　陸482,
　　　　學3·400
搠醃　學2·54
搠瀺　學2·54
槊筆　學3·400
槊瀺　學2·54
數　　見 shǔ, shù

sī

廝　　張228, 學3·404,
　　　　黃120
　廝般　陸548
　廝憨　陸549
　廝併　陸548
　廝踏踏　陸551
　廝趁　陸549, 學3·406
　廝調發　陸550
　廝丟廝打　陸551
　廝兒　陸548, 學4·84
　廝赶　陸549
　廝勾　張428
　廝句　張428
　廝夠　張428
　廝遘　陸549
　廝合造　陸550
　廝合燥　陸550
　廝啈　陸550
　廝虎　陸548
　廝咭啈　陸550
　廝見廝當　陸551
　廝間諜　陸550
　廝間廝諜　陸550
　廝虧圖　陸551
　廝琅琅　黃153
　廝琅琅湯　黃189
　廝淋侵　學3·407
　廝羅　陸550
　廝羅惹　陸551
　廝猓　陸548
　廝落　陸549
　廝麻　方374
　廝抹　陸548
　廝耨　王440, 陸549
　廝撲　學4·427
　廝覷　陸549
　廝覷當　陸549
　廝挺　王283, 學3·405
　廝搵　陸549
　廝向　陸548
　廝牙戲　陸550
　廝餘閏　陸551
厶　　見 mǒu
私　　蔣294
　私房　陸218, 學3·403
　私科子　陸218
司房　　學3·402
司公　陸120, 學3·401
司功　學3·401
司天臺　學3·402
思在　　蔣280

sǐ

死狗扶不上牆　陸174
　死灰　陸173
　死灰堆　學3·406
　死及白賴　學1·540
　死林侵　陸173
　死臨侵　陸173,
　　　　學3·407
　死沒堆　陸173,
　　　　學3·406
　死沒騰　陸173,
　　　　學3·406, 黃57
　死丕丕　陸173
　死煞　陸173
　死聲咷氣　陸174
　死勢煞　陸173
　死像胎　陸173

sì

四百四病　學3·416
　四般兒　學3·414
　四大　學3·408
　四代　蔣67
　四堵牆　陸120,
　　　　學3·415,
　　　　黃316
　四海他人　學3·416
　四行　王283
　四兩　學3·409
　四馬攢蹄　陸121
　四梢　陸120, 學3·412
　四生　學3·408
　四天王　學3·413
　四星　張857, 陸120,
　　　　學3·410, 黃331
　四隅頭　陸121

四遠裏 學3·415	速胡赤 方285, 281	隨喜 陸606, 學3·427
四衆 學3·413	速碌碌 黃152	隨邪 王287, 陸606,
四柱 學3·409	速門 陸243, 學3·422,	學3·426
似 張322, 蔣524	方104	隨邪水性 王287
sōng	速木赤 方281	隨斜 王287, 陸606,
松紋錁 陸257	蔌 王284	學3·426
鬆寬 黃131	簌 王284, 學3·419	隨衙 學3·428
鬆膝 陸636, 學3·417	宿頭 陸382	隨宜 蔣329
嵩呼 學3·278	訴 張638	隨疑 蔣329
鯼兒 陸626	塑坌 學2·54	隨緣過 學3·429
sòng	**suān**	隨在 王376
送 張684, 學1·521	狻猊 學3·423	**suì**
送斷 張684, 陸359,	酸丁 陸540, 學3·423,	碎小 陸492
學1·521	黃118	歲君 陸485, 黃111
送舊迎新 陸360	酸風欠 陸541	**sǔn**
送路 學3·417	酸孤旦 學3·426	筍條 黃263
送女客 學3·418	酸寒 學3·424	筍指 學4·142
送暖偸寒 陸360	酸傒 陸540	損 張358, 學3·429
送手帕 陸359	酸溜溜 黃166	**suō**
送曾哀趙藁不回來	酸嘶 學3·425	唆犯 陸327
陸539	酸酪 陸540	唆狗 學3·430
誦篤篤 陸537	酸餡 陸540	唆調 陸327
sū	酸屑 蔣559	睃趁 陸449, 學3·430
窣 王284, 學3·419	**suàn**	娑婆世界 陸329
窣地 王441	算 陸530	莎搭八 學3·431, 方256
酥蜜食 學3·455	**suī**	莎可 方270, 214
酥僉 學3·419	雖 王285	莎塔八 陸407,
酥簽 陸464, 學3·419	尿 見 niào	學3·431,
蘇抹 方464, 478	**suí**	方256
蘇卿 學3·420	隨趁 陸606, 學3·427	**suǒ**
蘇小卿 學3·420	隨分 張523	所 張418,
sù	隨風倒舵 陸606	蔣115, 538
素放 陸353, 學3·421,	隨驢把馬 陸607,	所除 陸245
黃322	學2·395	所伏 陸245
速報司 學3·422	隨事 王441	所事(兒) 張418,

	陸246, 黃72	他日	王289	台吉	方185
所是	張418, 蔣499	他誰	張763, 陸106,	臺舉	蔣203
所說	陸246		學3·437, 黃53	擡	陸614
所算	陸246	他時	王289	擡迭	陸614
所圖	陸246, 學2·296,	他這	王288, 學3·435	擡舉	陸615, 學3·443,
	黃72	他這個	王288,		黃130, 蔣203
所爲	張419, 陸245		學3·435	擡頷	張713, 陸615,
所由	蔣38	它	學3·437		學3·442, 黃53
所在	陸245	塌八四	陸474, 學3·440,	擡撒	陸615
索	張544, 陸351,		方389	擡揀	陸615
	學1·393, 蔣261	塌膘	陸474	擡手	陸614
索放	陸352, 學3·421	塌房	陸473	擡貼	陸615
索合	陸352	塌撒	陸474	擡桌兒	陸615
索強	張545				

tǎ

索強如	張545, 陸352,	塔伏定	學1·338	tài	
	學3·433			大	另見 dà, dài
索強似	張545, 陸352,	tà		大生	張162
	學3·433	踏地	蔣125	太保	陸85, 學3·445
索是	張544, 陸352,	踏狗尾	王290, 陸585,	太公家教	學3·447
	學3·432, 黃86		學3·442	太平車(兒)	陸85,
鎖忽塌把	方256	踏門	陸585		學3·446,
鎖胡塌八	方256	踏青	學3·441		許17, 169
鎖陀八	陸634,	踏踏	陸585	太僕	陸85, 學3·445,
	方256, 214, 472	踏着吉地行	陸585		黃238
		蹋地	蔣125	太嘭	蔣440

suò

些	學3·434	蹹地	蔣125	太山	陸85
	另見 xiē	拓	見 zhí	太生	張162
		嗒	見 dā	太師	陸85
		鞳	方239	太歲	陸85

T

闥獅蠻	方327	tān	
		貪酒溺脚跟	陸408
tāi		貪着	蔣282
胎孩	張713, 陸307,	灘	蔣288
	學3·442, 黃53		

tā

tán

		tái			
他	王288, 學3·435	台孩	張713, 學3·442,	談羨	張707, 陸581
他筒	學3·435		黃53	談揚	學3·448
他那	王288, 學3·435			彈	陸551, 學1·393
他年	王289				
他娘	張815, 學3·435				

	另見 dàn	唐裙　學3·452	**tǎo**
彈包	張708	唐兀歹　方333	討　張638, 陸357,
彈剝	張708, 陸552	唐衣　學3·451	黃83
檀槽	陸616, 學3·450,	唐夷　陸326, 學3·451	討店　陸357
	黃129	猻猊　學3·451	討迴頭　陸357
檀那	學3·449	糖堆裏　陸601, 學3·455	討藥　陸357
檀檀	蔣311	糖食　陸601, 學3·455	
檀信	學3·448	**tǎng**	**tè**
檀越	陸616, 學3·449,	倘　陸321	特　王291
	黃248	倘來之物　陸321,	特的　陸346
檀樾	學3·449	學3·456,	特地　張530, 王291
檀糟	學3·450	黃85	特古裏　張492, 陸346,
簞	學1·393	倘兀歹　方333	學1·369, 黃35,
	tǎn	儻　陸658	方382
忐忑	徐248	**tàng**	特骨　張492, 陸347
弖弖	蔣311	湯　張650, 陸440,	特故　張492, 陸346,
	tàn	黃324	學1·369, 黃35
探	張646	湯風打浪　陸441	特故的　陸346
探空靴	陸393	**tāo**	特故裏　陸346
探囊取物	陸393	叨　見 dāo	特來　陸346
探取	陸393	刭　蔣239	特煞　陸347, 學3·458
探爪（兒）	陸392	饕　林142	忒勒恩納百納戶　方468
歎乃	方461, 478	**táo**	忒楞　陸200
	tāng	桃源洞　黃274	忒楞楞　陸200, 黃151
湯	見 tàng	逃禪　學3·456	忒楞楞騰　黃188
	táng	逃生子　陸360	忒里溫　方424
堂後官	學3·454	啕氣　陸381	忒殺　學3·458
堂候官	學3·454	淘氣　陸400	忒煞　陸200, 學3·458
堂食	學3·453	淘閑氣　學4·44	忒騰　陸200
堂堂	張734	淘寫　學3·457	
堂頭	陸382	淘瀉　學3·457	**téng**
堂子	陸382, 學3·453	淘渲　陸400	騰　陸649
唐巾	陸326, 學3·451	陶陶兀兀　學3·458	騰的　陸650
唐帽	陸326, 學3·451	陶瀉　學3·457	騰屹里　方119
唐猊	學3·451		騰吉里　方424
			騰克里　方119
			騰騰　王292
			騰騰兀兀　王292,

學3·458	梯航　　學3·462	天天　張811, 學3·466
騰掀　陸650	梯氣　陸396, 黃92	天未拔白　陸86
tī	**tí**	天喜　黃36
剔抽禿揣　陸325,	提控　陸433, 學3·463	天行　陸87, 學3·467
學3·510,	提牢　陸433	天行證候　陸87,
黃194	提溜禿盧　見 dī	學1·501
剔抽禿刷　陸325,	提人頭廝摔　陸433	天樣　學3·471
學3·510,	提頭知尾　陸433	添　　林29, 學3·473
黃194	提心在口　陸433	添粧　學3·473
剔溜禿魯	題筆　陸635	**tián**
學3·461, 4·257	題目　徐246	田常　蔣252
剔留禿魯　陸326,	題橋　學3·463	田舍郎　學3·474
學3·461	題橋柱　學3·463	鈿車　見 diàn
剔留禿圞　陸326,	題柱　學3·463	鈿窩　學1·467
學3·461	**tǐ**	甜　張599, 學3·475,
剔留圖戀　學3·461	體　　蔣161	黃336
剔騰　陸325, 學3·459,	體段　陸663	塡還　學3·476, 黃107
黃89	體面　張781, 陸663,	塡置　蔣212
剔禿　蔣308	學3·464, 黃135	**tiǎn**
剔禿圞　陸325,	體探　陸664	腆　　陸456
學3·460	**tì**	腆着臉　陸456,
剔團圞　陸325,	涕噴　學3·466	學3·476
學3·460	殢　　張669	**tiāo**
剔團圓　陸325,	殢色　陸568	挑　　另見 diào, tiǎo
學3·460	嚏噴　學3·466	挑踢　陸293
剔蝎撩蜂　陸326,	**tiān**	**tiáo**
學2·353	天道　張796, 陸86,	調　　另見 diào
踢蹬　陸584, 學3·459	學3·468	調把戲　陸579
踢氂子　陸584	天潢　學3·470	調百戲　陸579
踢良禿欒　陸585,	天甲經　陸86, 學3·472,	調撥　陸578
學3·461	黃36	調鬭　張219, 陸579,
踢收禿刷　陸585,	天開眼　陸86	學3·483
學3·510	天靈　學3·472	調發　王293, 陸578,
踢騰　陸584, 學3·459,	天靈蓋　陸86, 學3·472	學3·479
黃89	天魔　學3·471	另見 diào
踢團圞　陸584,		
學3·460		
踢脫　陸584		

調法 陸577, 學3·479	挑唆 學3·482	**tīng**
調犯 王293, 陸577, 學3·481, 黃75	**tiào**	聽沉 張839, 陸660, 學3·489, 黃133
調泛 王293, 陸577, 學3·481, 黃75	跳龍門 陸505, 學3·484, 黃275	聽絕 陸661
調販 王293, 學3·481, 黃75	跳牆驀圈 陸506	桯 陸608
調風貼怪 陸580	跳索 學3·484	**tíng**
調鬼 陸578, 學1·476	跳塔輪鍘 陸505	停 王294, 蔣100, 339
調哄 陸577	跳天撅地 陸505	停當 陸372, 學3·491
調喉 陸579, 學1·474	**tiē**	停分 陸372, 學3·490
調喉舌 陸579	帖兒各 方199	停塌 學3·519
調謇 陸578	帖各 方246, 214	停騰 蔣339
調揭 陸577	貼 徐245	停藤 蔣339
調猱 陸580	貼旦 學3·486	停停 王294, 學3·490
調猱釀旦 陸580	貼怪 陸460, 學3·486	停頭 王441
調弄 陸577, 學3·477	貼戶 陸460, 學3·485	**tǐng**
調三斡四 陸580, 學3·480, 黃120	**tiě**	挺 學3·493
調舌 陸579, 學1·474	鐵(兒) 學3·487	**tōng**
調唆 陸577, 學3·482	鐵里溫 陸655, 方44	通房 陸410
調虛嚚 陸580	鐵力溫 方44	通口 陸410
調眼色 陸579, 學1·478	鐵立 方452, 479	通路酒 陸411
調嘴 陸578, 學1·474	鐵落 陸655, 學3·487, 黃135	通書 陸411
迢斷 陸314	鐵馬(兒) 學3·487	通疎 陸411
tiǎo	鐵面皮 陸655	通天徹地 陸411
挑 另見 diào, tiāo	鐵臥單 陸655, 學3·488	**tóng**
挑茶斡刺 陸294, 學3·480, 黃257	鐵屑屑 學1·442	銅斗兒 陸541, 學3·494, 黃264
挑逗 張218, 陸293, 學3·483	鐵衣郎 陸655	銅鏝 陸541
挑鬭 張219, 陸293, 學3·483	鐵窨 張711, 學1·460	銅磨笴 學3·495
挑泛 王293, 陸293, 學3·481, 黃75	鐵挣挣 黃168	銅駝陌 黃264
	帖 見 tiē	銅豌豆 陸541, 學3·494
	tiè	童童 學1·497
	帖 見 tiē	

tǒng		
統鏝	陸455,學3·495,黃102	
桶勾子	陸396	

tòng

痛親　　陸448
　痛殺殺　黃175
　痛煞煞　黃175

tōu

偷寒送暖　陸373
　偷期　　陸373
　偷香竊玉　陸373

tóu

投　　　張212,學3·496
　投到　　張212,陸205,學3·499
　投得　　張212
　投壺　　學3·501
　投老　　陸205
　投腦酒　陸206,黃63
　投梭　　學3·500
　投至　　張212,陸205,學3·499,黃61
　投至到　陸205
　投至的　張212,陸205,學3·499
　投至得　張212,陸205,學3·499,黃61
　投著　　陸205
頭　　　王295,學3·496
　頭愁樹葉兒打　學3·385
　頭搭　　陸609,學3·506
　頭答　　陸609,學3·506
　頭到　　學3·499
　頭敵　　張847,陸609,

學3·502,黃126
頭抵　　張847,陸608,學3·502,黃126
頭對　　學3·502
頭房　　陸608
頭口(兒)　陸608,學3·501,黃123
頭裏　　陸609,學3·507
頭領　　陸609
頭面　　林6,陸608,學3·504,黃339
頭妻　　陸608
頭錢　　陸610,學3·508
頭上　　王296
頭梢　　王297,陸609,學3·505
頭梢自領　王297
頭稍(兒)　王266,297,陸609,學3·505
頭稍自領　王297
頭踏　　陸610,學3·506,黃123
頭躂　　學3·506
頭廳相　陸610,學3·509,黃123
頭庭相　學3·509
頭頭　　蔣503
頭陀　　學3·504
頭緒　　陸609
頭直上　陸610,學3·508

tòu

透　　　王298,蔣129
透漏　　陸412

tū

禿的　　陸219
　禿吊　　陸219
　禿喇哈　方202,472
　禿魯赤　方281
　禿魯哥　方161,426
　禿刷　　學3·510
　禿廝　　學3·510
　禿禿茶食　學3·511,方444
突磨　　張712,陸305,學1·513,黃118

tú

徒要　　王300
荼毘　　學3·511
屠毒　　學3·512
　屠沽　　學3·512
　屠沽子　學3·512
腯雞　　陸497
圖　　　王300
　圖得　　王300
　圖賴　　學3·513
　圖要　　王300

tǔ

土工　　陸47
　土魯魯　黃147
　土木八　學3·513,方445
　土實　　方129
　土鐵　　陸47
　土長根生　陸47
吐實　　方129
　吐吐麻食　學3·511,方444
　吐吐磨　方444
　吐下鮮紅血當做蘇木水

	黃 208	頰氣	黃 127		學 3·523
tù		魋	張 589, 學 1·471	拖漢精	陸 247
				拖麵	學 3·522
兔胡	學 3·514	**tuǐ**		拖天掃地	陸 247
兔鶻	學 3·514, 黃 74	腿	學 1·471	迤逗	張 218, 陸 315(2),
兔毛大伯	陸 230, 學 3·515	腿脛	學 3·519		學 3·520, 黃 79
兔走烏飛	陸 230	腿脡	學 3·519	托地	陸 168
吐	見 tǔ			託大	陸 357
		tuì		迗	見 迤 (tuō)
tuán		退	蔣 392	脫	王 145
摶沙	學 2·560	退佃	張 428	脫膞雜劇	陸 407
摶殺	學 2·560	退負	蔣 219	脫的	陸 406
摶香弄粉	陸 520	退故	蔣 392	脫空	張 698, 陸 406,
團	張 640, 陸 514, 學 3·515	退頼	蔣 555		學 3·524, 黃 97
		退怯怯	黃 173	脫空禪	學 3·524
團苞	陸 514, 學 3·517	啍	陸 472, 黃 300	脫悶	陸 406
團標	陸 514, 學 3·517, 黃 115	褪	見 tùn	脫坯	陸 406
團剝	張 708, 陸 514	**tún**		脫皮兒裹劑	陸 407, 黃 260
團茆	學 3·517	囤塌	學 3·519	脫稍兒	陸 406, 學 3·526
團瓢	陸 515, 學 3·517				
團臍	學 3·518	**tǔn**		**tuó**	
團衫	學 3·516	啍	王 99, 陸 328	迤逗	見 tuō
團頭	陸 515			陀羅崑	方 402
糰	學 3·515	**tùn**		迗	見 迤(tuō)
		褪	王 301	駝垛	陸 588, 學 3·526
tuī				駝峯	學 4·528
推稱	陸 389	**tuō**			
推掉	王 301	拖步	陸 246	**tuò**	
推東主西	陸 389	拖地膽	學 3·523	拓	見 zhí
推磨	學 3·518	拖地紅	學 3·522		
推天搶地	陸 389	拖地錦	學 3·522	**W**	
推調	王 301, 陸 389	拖逗	張 218, 陸 246, 學 3·520		
推築	蔣 241	拖鬪	張 219, 陸 247, 學 3·520	**wā**	
tuí		拖番	學 3·521	哇哇	陸 285
頹	張 589, 學 1·471, 黃 127	拖翻	學 3·521	窊勃辣駭	黃 283,
		拖狗皮	陸 247,		

方 452, 479	外旦　　學 3·531	**wàn**
窪辣駭　黃 283	外孤　　學 3·531	
揞　　陸 435, 482,	外淨　　學 3·531	萬福　　陸 501, 學 3·538
學 3·526	外郎　　陸 121, 學 3·533	萬壽　　蔣 556
	外末　　學 3·531	
wǎ		**wāng**
	wān	
瓦鉢　　學 3·528		汪汪　　蔣 346
瓦查　　學 3·529	剜荊　　蔣 178	尪羸　　學 3·538
瓦懺　　學 3·529	彎　　　林 39	尪尪　　蔣 346
瓦剌姑　方 289	彎犇　　王 303, 陸 658,	尪羸　　學 3·538
瓦糧　　學 3·529	學 3·534	
瓦市　　陸 144, 學 3·527,	彎不剌　張 744	**wáng**
黃 42, 許 27	彎拴　　陸 659	王魁　　學 3·541
瓦子　　陸 143, 學 3·527	彎跧　　陸 659, 學 3·535	王留　　陸 103, 學 3·540,
	灣　　　林 39	黃 238
wà	灣犇　　王 303, 學 3·534	王母　　陸 103, 學 3·540,
	蹪跧　　學 3·535	黃 238
瓦　　　見 wǎ		王喬　　黃 272
嘔嗆　　蔣 194	**wán**	亡空便額　蔣 554
	丸　　　陸 40	
wāi	完體將軍　學 3·536,	**wǎng**
	黃 272	
歪纏　　學 3·530	頑犇　　王 303, 學 3·534	往常時　王 40
歪揣　　陸 299	頑嵒　　陸 512	枉死城　學 3·542
歪刺　　張 862, 陸 299,	頑魯　　陸 512	
學 3·530, 方 289	頑涎（兒）王 305,	**wàng**
歪刺姑　陸 299	陸 512,	
歪刺骨　張 862, 陸 299,	學 3·536	忘昏　　學 3·543
學 3·530,		忘渾　　學 3·543
黃 238, 方 289	**wǎn**	忘魂　　陸 200, 學 3·543
歪辣貨　方 472		忘空便額　蔣 554
歪臘　　陸 299	晚西　　王 306	望　　　學 3·545, 4·380,
歪臘骨　陸 299	晚衙　　學 4·339	蔣 176
歪麻纏　陸 300,	婉娩　　王 306	望杆　　學 3·545
學 3·530	婉晚　　王 306	望竿　　陸 396, 學 3·545
歪謅白扯　陸 300	晼晚　　王 306	望鄉臺　黃 93
	碗裏拿蒸餅　陸 492	望子　　陸 396, 學 3·545,
wài	碗肉拿蒸餅　陸 492	黃 92
	綰角（兒）陸 534,	旺氣　　學 3·544
外　　　王 301, 學 3·531,	學 3·537	旺色　　學 3·544
徐 245		旺相　　陸 255, 學 3·544
外呈　　學 3·532		

wàng—wèn

往常時　見 wǎng

wēi

偎　　陸372
　偎乾就濕　陸372,
　　　　　學3·546
　偎乾濕　學3·546
　偎隴兒　陸372
　偎慵墮懶　陸372
煨　　蔣290
　煨地　蔣388
椳　　蔣388
煨乾避濕　陸488,
　　　　　學3·546
　煨乾就濕　陸488,
　　　　　學3·546
威儀　蔣81
逶迤　蔣353

wéi

爲　　張278, 王307,
　　　蔣479
　爲當　王307, 蔣479
　爲復　張278, 王307,
　　　　蔣479
　爲理　陸447, 學3·548
　爲人　張865, 陸447,
　　　　學3·546, 黃334
　爲人做人　張865
　爲是　王307, 蔣479
　爲頭(兒)　張416,
　　　　　學3·549
　爲頭裏　學3·549
　爲許　見 wèi
　爲作　學3·548
　爲做　學3·548
唯　　王442
　唯復　王307
惟　　王442

wěi

委　　蔣223
　委的　陸239
　委果　陸238, 學3·551
　委記　蔣163
　委實　陸239
　委知　蔣223
猥地　蔣388
　猥縮　陸448
　猥慵惰懶　陸448

wèi

未拔白　陸141
　未覺　王24
　未論　王22
　未省　蔣407
　未省曾　蔣407
　未應　張385
畏　　張579
　畏人　張579
喂眼　陸420, 學3·551
爲　　另見 wéi
　爲許　張346
蔚帖　見 yù
慰眼　學3·551
謂　　王158, 307
憎　　蔣282

wēn

溫都赤　學3·553,
　　　　方283, 281
　溫顧　陸485
　溫克　陸485, 學3·552
　溫良　學3·552
　溫涼　學3·552

wén

文房四寶　陸93
文公家教　學3·447
文面　陸93, 學3·553
文齊福不齊　黃203
文談　學3·554
文章好立身　黃203
文倜儻　黃169
聞　　張622, 王308,
　　　學3·555, 黃326,
　　　蔣62, 489
　聞健　張622
　聞面　學3·553
　聞樣　蔣62
　聞早　張622, 學3·555

wěn

穩　　張586, 學3·557
　穩便　張780, 陸638,
　　　　學3·559, 黃133
　穩登前路　學3·561
　穩登雲路　學3·561
　穩拍拍　陸639, 黃168
　穩不　陸639, 黃180
　穩婆　學3·561
　穩情　陸639, 學3·154
　穩情取　張426, 陸639,
　　　　　學3·154
　穩審　蔣338
　穩秀　陸638, 學3·558
　穩重　陸639

wèn

問　　張621, 林15, 83,
　　　學3·562
　問俅　學1·279
　問當　陸380,
　　　　學1·404, 3·567
　問道　學3·567
　問端　蔣85
　問肯　王310

問名財　陸380
問取　　學3·564
問事　　張850, 陸379,
　　　　學3·565, 黃335
問事簾　陸380,
　　　　學3·565
問題　　蔣85
問頭　　蔣85
問訊　　陸379, 學3·566
搵　　　陸482
　搵不住　陸482
璺　　　陸648, 學3·567

wèng
甕㿿盆傾　陸630
甕頭清　　陸630
甕中捉鱉　陸630

wō
窩　　　學3·568
　窩的　　陸527, 學3·596
　窩兒　　陸527, 學3·568
　窩弓　　學3·568
　窩盤　　陸527, 學3·569
　窩鋪　　陸527, 學3·570
　窩穰　　陸528
　窩脫　　方27
　窩脫銀　陸528,
　　　　　學3·570,
　　　　　黃110
　窩坨兒　陸528
　窩葬　　陸527

wǒ
我兒　　王127
　我人　　蔣324
　我煞　　學3·571

wò
臥　　林103
　臥單　　陸266
　臥番　　陸266
　臥牛城　學3·572
　臥治　　學3·571
握霧拏雲　陸435
斡耳朵　方473
　斡運　　學3·572
　斡葬　　陸520

wū
烏飛兔走　陸346
　烏雲　　陸345
嗚　　　陸472
　嗚咂　　陸472, 學3·573
　嗚喢　　陸472, 學3·573
兀　　另見 wù
　兀兀禿禿　陸44,
　　　　　學3·601,
　　　　　黃36
污　　　蔣139
屋舍　　蔣63
屋宅　　蔣63
屋子　　蔣63

wú
無巴壁　陸444
無笆壁　陸444
無褒彈　陸446
無碑記　張566,
　　　　學3·579
無邊　　陸443, 學3·576
無常　　陸442, 學3·575
無處　　王311
無處所　王311
無湊　　陸442
無存濟　陸444, 黃97

無倒斷　張484, 陸445,
　　　　黃325
無顛倒　陸446,
　　　　學2·443
無顛無倒　陸446,
　　　　學2·443
無端　　王312, 蔣299
無妨　　蔣445
無干淨　陸445
無乾淨　張567, 陸445,
　　　　黃338
無鬼　　方461, 473
無過　　陸442
無何　　王316
無回豁　陸444
無藉徒　陸443
無藉在　張561
無籍　　王316, 陸443
無計所奈　陸446
無計向　張402
無據　　王318
無賴　　王317
無梁斗　陸445, 黃261
無梁桶　陸445, 黃261
無論　　王22, 蔣474
無毛大蟲　陸446
無門下　陸444
無面皮　陸445
無名夜　學3·578
無明火　學3·577
無明夜　學3·578
無撚指　陸446
無那　　陸442
無憑據　王318
無氣分　陸445
無銓次　陸446
無如奈何　陸446
無三思　陸443
無始　　學3·574, 黃98

無士馬	陸443	
無事處	張562, 陸444, 學2·439, 黃98	
無事哏	張563, 學2·438, 黃68	
無事狠	張563, 學2·438, 黃68	
無是處	張562, 陸444, 學2·439, 黃98	
無數	王281	
無所	王311	
無頭鵝	學2·442	
無徒	陸442, 學3·574, 黃98	
無咠	學3·574	
無瑕玼	陸446	
無纖掐	陸446	
無一時	陸443	
無扎墊	陸444	
無遮大會	學3·579, 黃98	
無折算	陸444	
無字碑	學3·577	
無字兒空瓶	陸447	
毋刺赤	方429	
吾當	張761, 陸194, 學3·573	

wǔ

五代史	張863, 陸77, 學3·583, 黃251
五道將軍	學3·588
五都魂	方153
五服	學3·581
五隔	方247
五谷	陸76
五鬼	學3·582
五花驄	學3·585
五花誥	學3·584
五間	學3·583
五戒	陸76
五李三張	學3·587
五烈不楪	陸77, 學3·589, 方41
五裂	方41
五裂籛迭	陸77, 學3·589, 方41
五陵	學3·582
五南	學3·581
五逆	陸76
五奴	陸76, 學3·580
五情	陸76
五酥	方125
五速	方125
五瘟神	學3·586
五瘟使	學3·586
五星	陸76
五星三	陸77
五行	陸76
五眼雞	陸77, 學3·585
五臟神	陸77, 學3·587, 黃44
五者	方373
五祖七眞	陸77
仵作	學3·589
忤作	學3·589
武陵溪	學3·590
武陵原	學3·590
武陵源	學3·590
舞翩翩	黃177
舞旋旋	黃177

wù

兀	林52, 蔣139
兀的	張736, 陸43, 學3·596, 黃307, 孫587
兀的不	陸44
兀底	張736, 陸43, 學3·596
兀得	張736, 陸44, 學3·596
兀堵兒	方216, 214
兀該	方247, 214
兀剌	張739, 陸44, 學3·595, 黃307, 方164
兀剌赤	學3·600, 方50
兀辣赤	方50
兀良	張739, 陸43, 學3·594, 黃307
兀伶	黃340
兀那	張737, 陸43, 學3·593, 黃307
兀然	張740
兀誰	張738, 陸44, 學3·599, 黃306
兀無	方238
兀兀淘淘	學3·458
兀兀騰騰	王292, 學3·458
兀兀禿禿	見 wū
兀子	張740, 陸43
兀自	張740, 陸43, 學3·591, 黃36
勿勿勿	學3·601, 黃183
物事	陸262, 學3·602
悟	方238, 214
焐	學3·603
焐脚	陸401, 學3·603
愲	方238, 214
惡	見 ě, è

X

xī

夕翽	學1·378
西東	張853
西你	方464, 478
吸的	學4·1
吸地	陸195, 學4·1
吸哩哩	黃150
吸里忽刺	學3·344, 黃187
吸力力	黃150
吸利	陸195
吸利打哄	學4·1
吸嚠	王320
吸溜疎刺	學3·344
吸留	王320
吸留忽刺	陸195, 學3·344
希	林14
希差	學4·2
希詫	學4·2
希颩胡都	陸199, 學4·4, 黃193
希可	方464, 478
希里打哄	陸199
希留合刺	學4·3, 黃193
希留急了	陸199, 黃187
希壤忽濃	學3·102
希夷	學4·2
希咤	學4·2
稀姥	學4·2
稀詫	學4·2
稀解粥	陸452
稀剌剌	黃165
稀里豁落	學4·3
奚酬	王442
奚丟胡突	陸329
奚落	王322, 學4·8, 徐250
奚奴	學4·4
奚幸	張698, 學4·5
傒落	王322, 陸418, 475, 學4·8
傒倖	張698, 陸418, 475, 學4·5, 黃96
傒	見傒
溪流曲律	學3·168
蹊蹺	見qī
息颯	學4·4, 黃183
淅零零	黃152
惜	張583, 王320
惜不	學1·175
惜恐	張583
嘻着臉	陸547

xí

媳婦(兒)	陸474
潛麼	蔣515

xǐ

洗剝	陸301, 學4·9
洗兒	學4·10
洗兒會	學4·10
洗糨鋪	陸301
喜得美除	黃99
喜都都	黃166
喜洽	學4·11
喜恰	陸423, 學4·11
喜神	學4·12
喜收希和	陸423, 學4·13, 黃188
喜呷	學4·11
喜蛛兒	學4·12
喜孜孜	黃166
蟢蛛兒	學4·12
躃馬兒	陸667, 學3·282
躃橇	陸667

xì

細君	陸405
細柳營	學4·17
細米乾柴不漏房	陸405
細軟	學4·13
細數	學4·15
細絲	學4·14
細酸	陸405, 學4·15
細索麵	學4·18
細樂	學4·16
細作	陸405
戲個向順	陸554
戲個意順	陸554
繫腰	學2·125
撽	蔣169

xiā

蝦蛆	學4·20
蝦吞	方71
蝦鬚	學4·21
蝦鬚簾	學4·21
鰕	學4·20
鰕鬚	學4·21
鰕鬚簾	學4·21
呷呷笑	見gā
瞎漢跳渠	陸573

xiá

匣牀	陸192, 學4·18

匣蓋　學4·19, 黃61	下稍　學4·27, 黃331	閒打牙　陸465
匣恰　蔣343	下世　學4·23	閒的　許24
狎恰　蔣343	下死手　陸39	閒咶哨　陸466
狹邪　學4·19	下脫　蔣183	閒雕剌　陸465
瑕玭　陸489	下廂　學4·29	閒官清醜婦貞
暇　見 jiǎ	下一鈎子　陸39	窮吃素老看經　陸465
	唬喇孩　見 hǔ	閒聒七　陸464
xià	諕的　學4·25	閒家　學4·43, 許24
下　王323, 陸38,	嗄飯　學4·28	閒焦　陸464, 學4·43
林54	嚇魂臺　陸613, 學4·33	閒街市　學4·46
下場頭　陸39, 學4·30		閒磕牙　陸464
下處　陸38, 學4·27	**xiān**	閒可　張60, 學4·42
下次孩兒每　陸39,	先　張271	閒口論閒話　陸465
學4·32,	先輩　陸154, 學4·37	閒料嘴　陸466
黃237	先兒　陸154, 學4·36	閒驢劣馬　陸466
下次人等　陸39	先來　張271	閒男女　陸466
下次小的每　陸39,	先生　陸153, 學4·34,	閒錢補笊籬　王323,
學4·32,	黃240	陸581,
黃237	先自　張271	黃265
下的　張420, 陸38,	仙音院　學4·33	閒瞧　學4·46
學4·25	忺　學4·38	閒聲嗽　陸466
下得　張420, 陸38,	杴籤　陸257	閒咷氣　學4·44
學4·25	杴撻　學4·39	閒淘氣　學4·44
下飯　陸38, 學4·28	掀潑　陸390	閒陶氣　學4·44
下官　學4·23, 徐247,	掀騰　陸390, 黃96	閒牙磕　陸464
蔣6	祆廟火　學4·39	閒言長語　陸465
下火　學4·22	祆神廟　學4·39	閒邀邀　陸465, 學4·45
下架　學4·24	纖　蔣392	閒搖搖　陸464, 學4·45,
下嗑子　林4	纖招　學1·68	黃176
下裏　張805, 陸38,	纖纖月　林158	閒遙遙　學4·45
學4·29	纖須　陸662, 學4·48	閒悠悠　學4·45
下馬　學4·25	纖需　學4·48	閒支謊　陸464
下埋伏　陸39		閒周次　黃99
下鍬钁　學4·31	**xián**	閑　見 閒 (xián)
下鍬撅　陸39, 學4·31	閒　張521	咁　學3·112
下鍬钁　陸39, 學4·31	另見 間	涎鄧鄧　陸344, 學4·40,
下親　陸39	閒唵諢　陸466	黃164
下上　學3·291	閒茶浪酒　陸465	涎涎澄澄　學4·40
下梢　學4·27, 黃211	閒炒剌　陸464	涎涎瞪瞪　學4·40

涎涎鄧鄧　陸344,
　　　　　學4·40
涎涎瞪瞪　學4·40
嗛　　　陸473, 學4·48
銜口墊背　陸542
撏　　　學4·46, 黃327
　撏毛　陸560
　撏棉扯絮　陸560
賢　　　張757, 陸583
　賢會　陸583
　賢家　張757, 陸583,
　　　　黃248
　賢每　張757, 黃248
　賢聖　陸583, 學3·339

xiǎn

險　　　林111
　險些　林111
嶮些兒　陸592
顯道神　學4·50
　顯故　陸663
　顯赫　學4·49
　顯豁　學4·49

xiàn

見　　　另見 jiàn
　見今　陸220
　見如今　陸220
　見世生苗　陸220
現世生苗　陸402, 黃92
陷本　　陸416
羨覷　　陸455
線雞　　林22
縣君　　陸601, 黃249
獻勤　　學4·51
　獻新　學4·51

xiāng

相　　　另見 xiàng

相搏　　學4·427
相持　　學4·52
相次　　王324, 陸304
相將　　張339, 學4·53
相撲　　學4·427
相嚷　　陸304
相爲　　學4·52
相宜　　蔣246
廂　　　學4·56
　廂長　陸429
　廂子　陸429
箱　　　學4·56
香串餅　學2·83
香馥馥　黃172
香積　　學4·55
香積廚　學4·55
香噴噴　黃162
香球　　學4·54
香毬　　學4·54, 許68
香雲　　陸319
鄉談　　學4·58

xiáng

庠序　　蔣76
祥序　　蔣76
翔序　　蔣76
詳度　　王324
　詳序　蔣76
降　　　見 jiàng

xiǎng

想　　　王325
　想像　王326
响咪咪　陸285
響擦擦　黃158
　響鈔精銀　陸661
　響豁　陸661, 學4·49
　響珊珊　黃158
　響糖獅子　學4·59

響嘴　　學4·59

xiàng

向　　　張400, 王327,
　　　　林70, 陸160,
　　　　黃56, 蔣241
　向後　學4·62
　向火　林7, 學4·61
　向來　張408
　向令　王328
　向日　學4·61
　向若　王328
　向上　陸160, 學4·59
　向使　王328
　向順　陸160, 學4·64
　向晚　學4·63
　向兀自　學3·591
相　　　學4·64
　　　　另見 xiāng
　相度　王324
　相公　學4·64, 黃245,
　　　　徐247
項上　　學4·59
象台　　陸460
像生　　學4·66
　像胎　陸513, 學4·67
　像態　陸513, 學4·67
嚮來　　張408
　嚮午　學3·290
嚮嘴　　陸637

xiāo

消　　　張207, 陸343
　消黯　張668
　消不的　陸344
　消不得　陸344
　消得　陸343
　消乏　陸342, 學4·67
　消耗　陸343, 學4·69,

　　　　黃 321
消恁　　學 4·69
消凝　　張 665
消破　　張 363
消任　　學 4·69
消洒　　張 677, 學 4·74
消灑　　學 4·74
消受　　陸 343
消停　　王 329, 學 4·70
消息(兒)　陸 343,
　　　　學 4·71,
　　　　黃 320
消詳　　王 330
消淹　　學 4·69, 154
銷黯　　張 668
銷乏　　學 4·67
銷凝　　張 665
蕭娘　　學 4·73
蕭颯　　學 4·74
蕭寺　　陸 632, 學 4·72
瀟洒　　學 4·74
瀟灑　　張 677, 陸 652,
　　　　學 4·74
囂　　　陸 651
囂回　　學 4·75
囂虛　　陸 651, 學 4·121

xiǎo

小扒頭　　陸 57
　小大哥　陸 57, 黃 236
　小的　　陸 56, 學 4·82
　小的每　學 4·82
　小二哥　陸 57
　小婦　　陸 56
　小哥　　陸 56
　小孤撮　陸 58
　小官　　學 4·80
　小鬼頭　陸 58, 學 4·88
　小猴子　陸 58

小渾家　　陸 58
小家兒　　學 4·88
小家婆　　陸 58
小姐　　　陸 56, 學 4·80,
　　　　　黃 237
小可　　　張 60, 陸 55,
　　　　　學 4·75, 黃 236
小可如　　張 557, 陸 57,
　　　　　學 4·85, 黃 330
小鹿兒心頭撞　陸 59
小末　　學 4·77
小末尼　學 4·77
小目　　陸 55
小男婦女　陸 59
小妮子　陸 58, 學 4·87
小年　　林 55
小娘　　陸 56
小娘子　陸 58, 學 4·89
小器　　學 4·81
小器相　學 4·81
小卿　　學 3·420
小人家　學 4·88
小生　　陸 55, 學 4·79
小聖　　陸 57
小廝(兒)　陸 59,
　　　　　學 4·84
小頑　　陸 57
小媳婦　陸 59
小閑　　陸 57, 許 24
小校　　陸 56
小玉　　徐 247
小子　　蔣 390
曉行狼虎路夜伴死屍眠
　　　　　黃 266

xiào

笑　　　張 634, 學 4·90
　笑呷呷　陸 350, 學 4·91,
　　　　　黃 157

笑哈哈　陸 350, 黃 157
笑呵呵　黃 157
笑加加　學 4·91
笑岬岬　學 4·91
笑樂院本　陸 350
笑裏刀　黃 263
笑恰　　陸 350
笑效　　蔣 233
笑吟吟　黃 163
校　　　見 jiào
效　　　蔣 229

xiē

些　　　學 4·91
　　　　另見 suò
　些兒　　學 4·96, 黃 302
　些兒子　學 4·96
　些娘　　張 815, 學 4·97
　些些　　學 4·94
　些須　　學 4·98
　些需　　學 4·98
　些子　　陸 186, 學 4·96
偰　　　學 4·91
歪　　　見 些
歇　　　王 331, 學 4·99
　歇魂臺　學 4·33
　歇豁　　學 4·49
　歇馬　　張 848, 陸 485,
　　　　　學 4·100
　歇須　　學 4·98
　歇子　　王 331, 陸 485,
　　　　　學 4·96

xié

邪幢　　蔣 164
協羅廝鑽尾毛廝結　黃 257
脇肢裏扎上一指頭
　　　　　學 4·100, 黃 259
脅底下插柴　陸 354

挾細挐筐 學4·19	心猿意馬 陸89	行脚 陸183
挾細拿粗 陸338,	欣 方464, 478	行脚僧 學4·112
學4·19	新來 陸483, 學2·195	行解 蔣293
偕 蔣217	嚮 陸591	行徑 徐248
斜簽著坐 學4·101	嚮喝 陸592, 學4·274	行看 林73
頡利都必 方457	**xín**	行能 蔣293
鞋弓襪窄 陸587	尋 另見 xún	行錢 陸183, 學4·116
鞋脚錢 陸587	尋思 黃98	行拳 陸183
xiě	**xìn**	行色 學4·110
寫 王331	信 張601, 王333	行踏 陸183
寫染 陸547	信道 陸279	行唐 張715, 陸183,
xiè	信地 陸279, 學4·107	學2·11, 黃58
泄漏 學2·383	信口開合 陸279	行童 陸183, 學4·115
獬豸 學4·105	信士 學4·107	行頭 林11, 陸184
獬豸冠 學4·105	信行 學4·108	行窩 學4·115
獬豸 學4·105	顖子 陸644, 學4·109,	行下春風望夏雨 陸184
瀉 王331	黃131	行眼立眈 陸184
謝 張612	**xīng**	行院 學4·113
謝館秦樓 陸623	星歲 王398	另見 háng
謝娘 徐247	惺惺 陸431, 學4·109,	行在 學4·110
xīn	黃102	行者 陸182, 學4·112,
心坌 陸89	惺惺惜惺惺 陸431	黃240
心悴 陸89	興販 蔣247	行針步線 陸184
心嘈 陸89	興生 蔣247	刑迹 蔣191
心嗔 陸89	興心(兒) 陸576	形則 蔣191
心肝(兒) 學4·106	興易 蔣247	**xǐng**
心骨 張843	**xíng**	省 張571
心困 陸89	行 另見 háng	另見 shěng
心勞意攘 陸89	行不更名坐不改姓	省不的 陸303
心平過的海 陸90	陸184	省的 陸303
心喬意怯 陸89	行纏 陸184, 學4·117	省會 王440, 陸303
心切切 黃169	行從 學4·114	醒睡 陸605, 學4·118,
心舒 學3·381	行動些 學4·113, 黃58	黃128
心數 陸89	行短 陸183, 學4·118	**xìng**
心順 陸89	行枷 黃58	幸 張268, 學1·150
心忻 陸89		幸短 學4·118
		幸然 陸242

幸是　張268	虛脾　陸458，學4·120，黃95，徐247	**xuán**
幸有　張268	虛下　學4·120	玄武　學4·421
幸自　張268，陸242	虛囂　陸458，學4·121	旋　張167
倖　學1·150	虛賺　陸458	旋餅　學4·130
倖薄　張813	魆魆地　陸590	旋闌兒　陸395
性大　陸245	魆魆的　陸590	旋打　陸395
性窄　陸245		旋風　見 xuàn
興　見 xīng	**xú**	旋旋　張172
	徐詳　蔣76	懸口　陸646，學4·130
xiū		懸麻　陸646，黃268
休　張336	**xǔ**	懸羊頭賣狗肉　陸646
休莫　王333	許　張340，學4·124	
休務　張851	許大　陸408	**xuǎn**
修理　蔣245	許大來　陸408	選場　陸604，學4·132
羞　張584，學4·119	許多　張342	選甚　張495，陸604，學4·131
羞答答　黃164	許來大　張341，陸408	
羞明　王442	許由瓢　黃274	選甚麼　學4·131
羞人化化　陸406		
	xù	**xuàn**
xiù	絮煩　學4·129	旋　另見 xuán
秀才　黃245	絮繁　學4·129	旋風　陸395
繡樓　學3·165	絮聒　陸455	鏇　陸642
繡　見 綉	絮絮答答　陸455	鏇鍋兒　學4·133
臭皮囊　見 chòu	絮沾泥　學4·370	渲房　陸441
嗜嗜嗄嗄　陸472	畜生　見 chù	渲馬　陸441
	續後　陸653	鞙　學4·132
xū	續麻鍼頂　學1·488	
須　張1，蔣424		**xuē**
須強如　張1	**xuān**	靴後根　陸511，學4·134
須人　蔣560	宣花斧　學4·129	靴鞠　陸511
須是　陸467	宣魯干　方339，424	
須索　陸467，學4·123	宣魯甘　方339	**xué**
須至　張1	宣虜干　方339	學　張620，學4·134
虛啜　陸458	揎袍捋袖　學2·398	學不學　學4·135
虛科兒　陸458，學4·122	揎拳捋袖　學2·398	學兒　陸592
虛囊　學4·122	揎拳裸袖　學2·398	㓤刮　陸449，學4·134
虛儀　陸458，學4·122	揎拳攞袖　學2·398	㓤㓤磨磨　陸449
虛皮　學4·120	揎頭　學4·132	

xuè

血忽淋刺　陸182,
　　　　　學4·137
血胡淋刺　學4·137
血糊㶿　學4·136
血糊淋刺　學4·137
血食　學4·136

xūn

薰豁　陸632, 學4·138
薰蕕　學4·137

xún

巡　　陸198
巡捕　陸198
巡綽　陸198, 學4·140
巡軍　學4·138
巡鋪　陸199, 學4·141
巡院　學4·139
巡指　陸198, 學4·142
廵　　見巡
述　　見巡
旬　　王334
尋　　王335
　尋礙叫　陸427
　尋常　王335, 336,
　　　　蔣376
　尋趁　王43, 陸427
　尋思　見 xín
　尋俗　張714, 陸427

xùn

汛地　學4·107
迅步　學4·142
迅脚　學4·142
迅指　陸223, 學4·142

Y

yā

丫步　方472
呀　　黃299
　呀鼓　學4·152
鴉兵　學4·143
鴉步　方271, 461, 472
鴉鶻　方447
鴉鶻石　方447
鴉青　學4·143
鴉青鈔　學4·143
鴉青料鈔　陸590,
　　　　　學4·143
鴉窩裏出鳳雛　黃233
押牀　陸248, 學4·18
　押衙　陸248
鴨青鈔　學4·143
壓　　王337
　壓靶扶簍　陸613
　壓靶扶犂　陸613
　壓的　學4·153
　壓驚　學4·144
　壓腰　陸613
　壓一　張410
　壓噫　學4·168
　壓寨夫人　陸613,
　　　　　　學4·145
　壓着　王337

yá

牙不　陸102, 學4·146,
　　　方271
牙不刺　陸102
牙不約而赤　陸102,
　　　　　　學4·146
牙步　方271
牙牀　學4·147
牙椎　張830, 陸101,
　　　學4·148, 黃237
牙搥　張830, 學4·148,
　　　黃237
牙槌　張830, 陸101,
　　　學4·148, 黃237
牙磕　學2·272
牙疼誓　陸102
牙推　張830, 陸101,
　　　學4·148, 黃237
牙戲　陸102
厓厓　學4·159
崖柴　蔣306
崖蜜　王337
崖崖　學4·159
涯產　蔣91
睚　　張644
衙內　陸502, 學4·150
　衙院　學4·151

yǎ

啞　　陸378
　啞不　陸378, 學4·146,
　　　　方271
　啞不啞刺步　學4·146
　啞步　陸378, 學4·146,
　　　　方271
　啞婦傾杯反受殃　陸379
　啞子托夢　陸379
　啞子尋夢　陸379
　啞子做夢　陸379
雅　　張160
　雅相　學4·152
　雅責　蔣170

yà

亞　　張652, 陸226

亞卜　方 271	腌老　學 4·163	眼剉　學 4·165
亞不　方 271	厭　另見 yǎn, yàn	眼挫　陸 403, 學 4·165
亞蘇　方 465, 478	厭厭　學 4·159	眼大　陸 403
掗把　王 338	愜纏　學 4·156	眼毒　陸 403, 學 4·164
掗靶　王 338	愜煎　學 4·156	眼尖　學 4·164
掗攔　王 338, 徐 247	愜漸漸　黃 179	眼見的　陸 404,
婭妯　林 107	愜愜　學 4·159	學 4·167
迓古　學 4·152		眼見得　學 4·167
迓鼓　學 4·152	**yán**	眼腦(兒)　陸 403,
閜　蔣 373	嚴　王 338	學 4·165
	嚴惡　王 338, 陸 646	眼內疔　黃 260
ya	嚴假　學 4·161	眼皮跳　陸 404
嗄　陸 423	嚴凝　陸 646, 學 4·162,	眼同　學 4·164
	黃 268	眼下人　學 4·166
yān	嚴切　陸 646	眼札毛　陸 404
煙波人　陸 488	嚴迅　蔣 326	眼札眉苦　陸 404
煙花　陸 487, 學 4·158	嚴訊　蔣 326	眼中疔　黃 260
煙偶　學 2·562	巖巖　學 4·159	眼中釘　黃 260
煙禿魯　方 463, 478	岩岩　學 4·159	奄老　學 4·163
煙月　陸 488	嵓　見　岩	掩撲　學 3·73
煙月牌　陸 488	延迻　方 426	掩映　許 29
煙瘴　黃 106	言　王 339	筕簹　陸 530
煙瘴地面　黃 106	言十妄九　陸 221	搌眼　陸 435, 學 4·167
煙支支　陸 488	沿房　蔣 90	演撒　張 444, 陸 522,
烟　見　煙	研窮　學 3·161	學 4·168
崦　學 3·280	研通　學 4·155	厭　另見 yān, yàn
淹纏　學 4·156	閻浮　陸 606, 學 4·161	厭的　陸 513, 學 4·153
淹的　陸 400, 學 4·153	顏陋　陸 635	厭地　學 4·153
淹閣　學 4·157	骱骱　蔣 334	魘昧　學 4·169
淹尖　學 4·156	簷馬兒　學 3·487	魘魅　學 4·169
淹煎　學 4·156	鹽梅　學 4·162	
淹漸　學 4·156	鹽引　黃 137	**yàn**
淹潛　學 1·2, 4·156		厭　王 340
淹潤　陸 401, 學 4·157,	**yǎn**	另見 yān, yǎn
黃 335	眼飽肚中饑　陸 404	厭漸　學 4·156
淹通　學 4·155	眼辨　陸 404	厭飫　學 4·168, 黃 114
淹消　陸 400, 學 4·154	眼叉　陸 403	沿房　見　yán
淹延　學 4·156	眼搓　學 4·165	晏駕　陸 339
腌　另見　ā	眼眵　學 4·165	燕喜　學 4·170, 黃 124

嚥苦吐甘　陸637	佯常　陸229	樣　張648
嚥苦吞甘　陸637	洋銅　蔣103	樣勢　陸568
嚥作　王342, 學4·171	洋洋　蔣310	**yāo**
焰　　　見 燄	揚州帽　王443	幺喝　陸61, 學4·182
燄　　　學4·172	陽臺　學4·179	幺呼　學4·182
燄摩天　陸597,	陽焰　蔣93	幺花十八　學4·185
學4·170	陽艷　王340	幺妙　陸60
燄魔天　學4·170	楊柳細　陸484, 黃288	幺麼　學4·182
燄騰騰　黃179	颺　張648, 陸636,	幺末　學4·182
諺作　王342	學4·180	幺篇　張868, 陸61,
艷　　　學4·172	**yǎng**	學4·183
艷亭亭　黃180	仰不剌叉　陸153,	么　　　見 幺, 麼
艷曳　王340, 蔣560	學4·179	夭饒　張128
艷逸　王340	仰刺擦　黃57	妖饒　張128
艷裔　王340	仰刺叉　黃57	妖桃　蔣73
艷爗　王340	仰刺擦　陸153,	袄知　張284
豔　　　見 艷	學4·179, 黃57	要　　　王345, 蔣262
釅　　　學4·172	仰刺叉　陸153,	另見 yào
yāng	學4·179, 黃57	要勒　王345, 蔣235
央　　　張615, 學4·172	仰托　陸153	要契　蔣262
央告　學4·172	養孤拐　陸588	腰節　學4·186
央及　張615, 陸121,	養漢　陸588	腰截　學4·186
學4·172	養漢精　陸588	腰勒　蔣235
央靠　陸121	養濟　陸588	腰裏貨　陸498
央浼　學4·172	養家緣　陸588	腰裏　學4·187
央人貨　學4·175	養刺叉　學4·179	腰棚　陸497
央快　學4·172	養爺　陸588	腰裙　學4·185
殃及　張615, 學4·172	橫水蓬飛　蔣553	腰櫳　陸498
殃人貨　學4·175	**yàng**	腰楔　蔣235
殃人禍　學4·175	怏　　　張617, 陸245,	徼買　學4·187
yáng	黃71	邀截　學4·188
羊車　學4·175	怏及　學4·172	邀勒　王345, 蔣235
羊羔　陸175, 學4·178	怏怏疾疾　學1·239	邀買　學4·187
羊羔酒　學4·178	漾　　　張648, 陸525,	**yáo**
羊羔利　陸175,	學4·180	爻椎　陸101, 學4·189
學4·177, 黃57	漾人頭廝摔含熱血廝噴	爻槌　陸101, 學4·189,
羊酒　學4·176	陸525	黃107

爻錘	學4·189	噎	學4·190	野干	蔣105
砭	陸304			野狐涎	陸414,
姚婆	陸286	**yé**			學4·196
堯婆	學2·44, 黃245	耶步	見 yē	野味兒	陸414,
僥	見 jiǎo	爺飯娘羹	陸488		學4·195
搖搥	學4·189, 黃107	爺羹娘飯	陸488		
搖艷	王340	爺老	黃282	**yè**	
搖裝	陸481, 學4·189, 黃107			夜不收	陸237
搖椿	學4·189	**yě**		夜叉	學4·197
瑤雁	學1·81	也	張748, 黃298, 299, 301, 311	夜來	張793, 陸237, 學4·199
遙曳	王340	也波	張748, 陸41, 學4·191, 黃311	夜來箇	學4·199
遙裔	王340			夜莽赤推	蔣555
遙指空中雁做羹	陸540	也波哥	學4·194	夜盆兒	陸237
窅變	林141	也波天	學4·194	夜晚來	學4·199
窔	見 窅	也不	學4·191	曳白	王347
		也兒	陸41	曳剌	陸171, 學4·196, 黃282, 方479
yǎo		也敢	陸42		
咬	蔣193	也呵	黃299	曳落河	黃282
咬兒赤	方248	也克罕	方424	拽	另見 zhuāi
咬兒只不毛兀剌	學4·190	也囉	陸42, 學4·193, 黃297	拽耙扶犂	陸293
咬棍子	陸285	也落	學4·193	拽欄扶犂	陸293
咬嚙	蔣193	也麥	方150	拽布披麻	陸292
咬人狗兒不露齒	陸285	也麼	張748, 陸42, 學4·191, 黃311	拽布拖麻	陸292
齩	蔣193			拽巷囉街	陸292
杳可	陸257	也麼哥	陸42, 學4·194, 黃311	拽巷邏街	陸292
騕褭	學4·187			拽扎	陸292, 學4·498
		也麼歌	陸42, 學4·194	拽札	學4·498
yào		也麼天	學4·194	射	另見 shè
要	王342 另見 yāo	也末	學4·191	射干	蔣105
		也末哥	學4·194	葉蕉	王166
要且	張70, 王342	也那	張748, 陸41, 學4·191, 黃311	業	張594
要自	王342			業礦兒滿	陸485
藥	王346	也索	陸42	業口	陸484
藥欄	王346	也天	學4·194	業人	陸484
		也未見得	陸42	業相	陸484
yē		野布	方271	業冤	陸485, 學4·200
耶步	方271, 472	野方	陸414	謁漿	學4·201
				靨兒	陸663

yī

一　　林46
一把　陸3
一班半點　陸16
一班兒　學4·241
一般兒　學4·241
一壁(兒)　陸11,
　　　　學4·235
一壁相　學4·235
一壁廂　陸11, 學4·235
一壁有　陸15
一彪　學4·220
一標　學4·220
一柄　陸4
一餅　陸12, 學4·226
一布地　陸12
一步八箇謊　陸17
一部　陸7
一操　陸11
一剗　陸10
一剗的　陸10
一劃　張508, 陸5,
　　　學4·215, 黃30
一劃地　陸5
一劃的　陸5
一抄　陸3, 學4·209
一成　王347
一程兒　陸14
一尺水翻騰做百丈波
　　　　　陸18
一尺水翻騰做一丈波
　　　　　陸18
一沖一撞　學4·251
一衝一撞　學4·251
一川　張807, 學4·204
一搊　學4·215
一春魚雁無消息　黃198
一從　林49

一簇　學4·230
一簇簇　學4·230
一攢　學4·230
一攢攢　陸16, 學4·230,
　　　　黃169
一撮　王348
一搭(兒)　陸9,
　　　　學4·224,
　　　　黃28
一搭裏　陸9, 學4·224
一答(兒)　陸9,
　　　　學4·224
一答裏　陸9, 學4·224
一道煙　陸15
一等　張412, 學4·222,
　　　黃29
一地　陸1, 學4·204
一地的　陸1, 學4·204
一地裏　陸1, 學4·204
一遞　陸10
一遞裏　陸10, 學4·248,
　　　　黃29
一遞一　學4·246
一丁　學4·202
一錠　許55
一丢　陸1, 學4·220
一彪　陸10, 學4·220
一撥　陸7
一撥氣　學4·237
一垛　學4·214
一二三　陸12, 學4·236
一發　王348, 陸8,
　　　學4·222
一法　陸4, 學4·222
一番　王349, 陸8
一番價　陸8
一房一臥　陸16,
　　　　學4·252,
　　　　黃330

一分人家　學4·251
一個人相好的　陸17
一個印合脫下來的
　　　　　陸18
一個印盒兒脫將來
　　　　　陸18
一股　陸4
一鼓收　學4·246
一貫　陸7
一堝(兒)　陸8,
　　　　學4·242
一合(兒)　林1, 陸1, 12,
　　　　學4·212
一合相　學4·238
一和　林2, 陸3,
　　　學4·212
一和和　陸13
一壺天　學4·244
一壺天地　學4·244
一笏　許55
一回兒　學4·238
一回家　學4·238
一會(兒)　學4·238
一會價　學4·238
一火　陸1
一火灑　學4·236
一家無二　學4·253
一家無外　學4·253
一家一計　陸16,
　　　　學4·253
一架子　學4·241
一脚　陸10, 學4·243
一脚地　學4·243
一脚的　學4·243
一覺　陸12
一覺地　學4·243
一景兒　陸14
一徑　王349, 陸6,
　　　學4·219

yī

一徑的　陸6
一迳　陸6, 學4·219,
　　　黃28
一境　學4·219
一就　王350, 陸8
一來　方149, 147
一犁兩壩　陸16
一例　學4·214
一了　張409, 陸1,
　　　學4·202, 黃29
一靈兒　學4·250
一溜　陸10
一溜兀剌　學4·257
一溜煙　陸15
一留兀剌　學4·257
一馬不鞴兩鞍　陸17
一馬不跨雙鞍　陸17
一昧　學4·249
一昧裏　陸14, 學4·249
一迷　陸6
一迷的　陸6
一迷裏　陸6, 學4·249
一謎地　陸6, 學4·249
一謎的　陸6
一謎裏　陸6, 學4·249,
　　　黃29
一覓的　學4·249
一覓裏　學4·249
一密裏　學4·249
一面　王351
一滅行　陸15, 學4·248
一抹（兒）　陸4,
　　　學4·231
一陌（兒）　陸4,
　　　學4·232,
　　　黃30
一驀　陸12, 學4·230
一納頭　陸14
一男半女　陸16

一恁　陸6, 學4·207
一年春盡一年春　陸18
一捻（兒）　陸7
一捻紅　學4·242
一弄（兒）　張413, 陸2,
　　　學4·209,
　　　黃29
一弄裏　學4·209
一搦　陸10, 學4·226
一齉兜　陸16
一簽兒　陸15
一竅不通　陸17
一親一近　學4·254
一區　陸7
一拳（兒）　陸6, 14,
　　　學4·233,
　　　黃329
一權　學4·233
一任　學4·207
一日不識羞三日不忍飢
　　　陸18
一日不識羞十日不忍餓
　　　陸18
一晌　張406, 陸6,
　　　學4·217
一上青山便化身　陸17
一舍　黃28
一射　陸5, 學4·218
一十八般兵器　陸17
一時　王351
一時間　學3·355
一雙兩好　陸17
一絲兩氣　陸17
一歲使長百歲奴　陸18
一塌兒　陸15, 學4·224
一塔　學4·224
一跳身　學4·247
一統　陸10
一投　張212, 陸3,

　　　學4·228, 黃62
一投的　陸3, 學4·228
一頭　張212, 陸11,
　　　學4·228
一頭蹉　學4·248
一頭地　陸11, 學4·228
一頭的　陸11, 學4·228
一頭裏　陸15
一托氚　陸13
一托氣　陸13, 學4·237
一脫氣　陸13, 學4·237
一坨（兒）　陸4,
　　　學4·242
一陀兒　陸13, 學4·242
一往　陸4
一望　學4·221
一味　陸3
一餉　張406, 陸11,
　　　學4·217, 蔣369
一向　張405, 陸1,
　　　學4·206, 蔣369
一向子　蔣369
一䎖　張406
一星兒　陸14
一星星　陸14, 學4·240,
　　　黃330
一惺惺　陸14, 學4·240
一行　陸2
一巡　陸2
一迎一和　陸16
一勇性　陸13, 學4·245
一湧性　陸13, 學4·245
一遭一運　陸17
一早起　陸13
一扎脚　學4·237
一札脚　陸12, 學4·237
一直　學4·211
一終　學4·221
一種　張410, 蔣497

一案 蔣497	依柔乞煞 陸229, 黃193	圪地 陸185
一週遭 陸15		抑勒 學4·264
一筋 陸10	依約 王352	役 張211
一庄庄 學4·227		異名(兒) 陸402
一莊 陸7, 學4·227	**yí**	意慌慌 黃177
一莊莊 學4·227	夷猶 學4·260	意順 陸475
一椿(兒) 學4·227	姨夫 陸286, 學4·260	意欣欣 黃176
一椿椿 學4·227	姨姨 陸286, 學4·261	意挣 張840, 學4·265, 黃133
一准 陸5	迤逗 見 tuō	
一自 林48	萱亭 蔣340	意孜孜 黃177
一字入公門九牛拔不出 陸19	疑 王352, 林139	憶逼 蔣234
	遺留 學4·262	義分 陸495
一字王 陸12, 學4·239, 黃235	遺漏 陸604, 學4·263	義男兒 陸495, 學4·264
	離齹 蔣306	
一柞 學4·215		義細軍 陸495, 學4·265
壹留兀淥 陸460, 學4·257, 黃189	**yǐ**	
	已不 蔣492	熠沒 蔣515
伊 張758, 學4·254, 黃241	已定 陸60, 學2·541	瘖挣 張840, 陸613, 學2·453, 黃133
	已否 蔣492	
伊家 張758, 學4·254	已回 學4·263	噫挣 張840, 陸658, 學4·265
伊哩烏蘆 陸153, 學4·257, 黃187	已裝不卸 陸60	
	以 蔣524	懿挣 張840, 陸667, 學4·265, 黃133
伊蒲供 陸153	以不 蔣492	
伊誰 學4·256	以否 蔣492	驛馬 學3·80
伊予 林81	以回 學4·263	
伊余 林81	以擲 學4·264	**yīn**
呷囉嗚剌 學4·257	矣 黃298	因而 張729, 陸160, 學4·266
衣鉢 學4·258	迤逗 見 tuō	
衣飯 學4·258	倚翠 陸322	因巡 蔣328
衣祴 蔣99	倚的 方213	因循 王360, 蔣328
衣食 學4·258	倚閣 王353	因伊 王362
衣食在裙帶頭 學3·190		因依 王362, 陸161, 學4·267, 蔣292
	yì	
依黯 張668	亦 王353	因宜 學4·267
依本畫葫蘆 陸229	亦來 方149	姻嬌 陸286
依還 陸229, 學4·259	亦溜兀剌 學4·257	音呂 陸316
依還的 學4·259	亦薛里 方451, 479	暗 陸423
依口 學4·281	艾 見 ài	暗的 學3·206
	屹 見 gē	暗伏 張711, 陸424,

yīn — yìng

	學4·272	

暗付　張711, 陸423,
　　　學4·272, 黃118
暗氣　學4·270
暗約　張710, 陸424,
　　　學4·273, 黃118
瘖氣　學4·270
噌腹　張711, 學4·272
噌氣　學4·270
殷勤　王358
慇懃　王358
陰人　學4·268, 黃336
　陰哂　陸415
　陰陽人　陸415,
　　　　　學4·270
　陰騭　學4·269

yín

吟邊　王11
銀蟾　陸542
銀海　陸542
銀盆水罐　陸542,
　　　　　學3·397
銀樣鑞鎗頭　陸542
寅賓館　陸383
夤緣　黃263

yǐn

隱　王363, 學3·557,
　　蔣220
　隱淪　學4·271
　隱審　蔣338
　隱秀　陸626, 學3·558
　隱袖　學3·558
　隱影　蔣332
　隱映　王364
引控　陸88
引調　陸88
飲氣　陸512, 學4·270

yìn

印板兒　陸156, 學4·272,
　　　　黃290
印堂　陸156
飲氣　見 yìn
窨服　張711, 學4·272,
　　　黃118
窨付　張711, 陸527,
　　　學4·272, 黃118
窨附　張711, 學4·272,
　　　黃118
窨腹　張711, 陸527,
　　　學4·272, 黃118
窨約　張710, 陸527,
　　　學4·273, 黃118
窨子裏秋月　陸527,
　　　　　　黃264

yīng

應　張384, 蔣499
　另見 yìng
　應時　蔣499
　應是　蔣499
　應係　蔣499
　應有　蔣499
鷹心鴈爪　陸665
嬰兒　學4·275
瓔珞　學4·276
纓拂　學4·278
纓絡　學4·276
鶯花　陸656
　鶯花市　陸656
　鶯花寨　陸656
　鶯市陣　陸656

yíng

迎風把火　陸270
迎風簸　陸270

迎風兒簸簸箕　陸270
迎門兒　陸270
迎頭兒　陸270
營勾　張697, 陸617,
　　　學4·277, 黃130
營構　學4·277
營亂　蔣84
營生　陸617
營運　陸618
蠅拂子　學4·278
贏勾　張697, 陸649,
　　　學4·277
贏姦賣俏　陸649
瞢　蔣286

yǐng

影壁　陸552, 學4·280
　影兒裏　陸552
　影樓　學4·280
　影人樓兒　陸552
　影响　蔣337
　影身圖兒　陸552
　影神　陸552, 學4·279,
　　　　黃118
　影神樓兒　學4·280
　影響　蔣336
　影向　蔣336, 337
　影像　陸552
　影占　陸552, 學4·279

yìng

映　王365
　映及　學4·172
硬揣　陸452
　硬打揣　陸452
　硬打掙　陸452
　硬掙掙　黃165
應　另見 yīng
　應昂　張716, 陸614,

yìng－yù

	學4·283, 黃130	油水	陸259		學4·287		
應付	陸614, 學4·272	油鬏髻	學4·285		yú		
應舉	陸614	油頭	陸259, 學4·284				
應口	學4·281	油瓮裏捉鮎魚	陸260	余濫	學4·291		
		油嘴	陸259	餘	王369		

yo

		怞忡	學4·283	餘濫	陸611, 學4·291	
喋	陸628, 黃300	尤	張669, 陸87	餘閏	學4·291, 黃339	
		尤嬭	張669	餘諸	蔣504	

yōng

		尤兀自	學4·285	於	蔣275
慵讒	蔣305	肶唇	蔣559	於濟	陸254, 學4·288,
懦曦	蔣305	郵亭	陸413		蔣275
		猶	張242, 王366	於施	蔣275

yǒng

		猶古自	陸447,	魚封	學4·289
勇伊	蔣332		學4·285	漁鼓	陸523, 學4·289
踴移	蔣332	猶兀自	學4·285	漁濫	學4·291
踊悅	蔣313	猶閒	陸447, 學4·287	虞候	陸502, 黃247
		猶閒可	陸447	愚鼓	陸475, 學4·289

yōu

		猶自	學4·285	愚濫	王443, 陸476,
悠揚	王365	蝤蠐	見 qiú		學4·291, 黃109
憂泰	蔣365	游泥	蔣559	愚濁	學4·290
優泰	蔣365			與	張440

yǒu

	另見 yǔ

yóu

		有	張441, 陸172	yǔ
由	張242	有的	張100	
由來	王369	有底	張100	與	張431, 學4·292
由然	陸148	有得	張100		另見 yú
由頭	陸148	有底	張99	與把	張434
由兀自	學4·285	有酒膽沒飯膽	陸172	與麼	張383
由閒	陸148, 黃48	有氣分	陸172	雨雲鄉	陸274
由由忡忡	學4·283	有情誰怕隔年期	陸172	語刺刺	黃157
由子	學4·285	有甚麼不緊	陸172	語剌剌	黃157
由自	學4·285	有甚麼多了處	陸172		
油燈錢	學1·432	有疼熱	陸172	yù	
油鬏髻	學4·285	有相	蔣68	玉東西	張853
油鬏髻上封官	陸260	有行止	陸172	玉粳	陸143
油果兒	陸260			玉馬(兒)	學4·298
油麵	學4·284	yòu		玉納	學4·296
油木梳	陸259,	又喫魚兒又嫌腥	陸31	玉納子	學4·296
	學4·284	又道是	張552,	玉山	學4·295

玉束納　學4·296	**yuán**	越越的　陸461, 學4·308
玉筍　學4·297	員就　學4·303	月愛　蔣103
玉筍班　學4·297	員外　陸327, 學4·302, 黃246, 徐247	樂牀　陸567, 學4·310
玉堂金馬三學士　黃207	圓成　學4·303	樂戶　學4·309
玉天仙　陸143	圓光　陸473, 學4·304	樂籍　陸567, 學4·311
玉兔胡　學3·514	圓和　學4·304	樂名　陸567
玉兔鶻　學3·514	圓寂　學4·305	樂人　陸567
玉西東　張853	圓就　學4·303	樂探　陸567, 學4·310
玉纖　陸143	圓融　蔣157	**yūn**
玉鴈　學1·81	緣房　陸575, 蔣90	氳　陸522
玉葉金枝　陸143	**yuǎn**	暈　見　yùn
欲　王371, 蔣520	遠打週遭　王181, 陸540	**yún**
欲如　蔣520	遠鄉牌　陸540, 學4·306	雲璈　學4·314
欲似　蔣520	**yuàn**	雲板　學4·312
喻　蔣438	院本　陸363, 學4·307	雲滾滾　陸467
喻如　蔣438	院公　陸362, 學4·307	雲陽　張856, 陸467, 學4·313, 黃262
喻若　蔣438	院子　學4·307	雲陽板　學4·312
喻似　蔣438	怨暢　陸291, 學4·306	雲楊　學4·313
愈如　蔣438	怨親不怨疎　陸291	雲腴　學4·313
諭　蔣438	**yuē**	**yùn**
諭若　蔣438	約　張651	運計鋪謀　陸508, 學3·77
遇大難不死必有後程　黃200	約兒赤　陸305, 方248	運智　陸508
預若　蔣438	約兒只　方248, 214	運智鋪謀　學3·77
與　見　yú, yǔ	約略　王374	暈　陸483
獄不通風　陸525	**yuè**	
蔚帖　陸576	越　王374	**Z**
鬱巍巍　黃181	越寂寂　陸461	
yuān	越饒着越逞　陸462	**zā**
冤楚楚　黃173	越樣　王374	扎　見　zhā, zǎ
冤家　張812, 陸322, 學4·299, 黃246	越越　學4·308	紮詐　陸351
冤苦錢　陸322, 學4·301	越越地　陸461, 學4·308	
鴛鴦客　陸611, 學4·301, 黃340		
鵷班　學4·301		

zá

咱	張759，陸284，學4·318，黃296, 304，蔣535 另見 ză, zán
咱家	學4·315
喒	另見 ză, zán
喒家	學4·315
雜	學4·316
雜不剌	張744，陸635
雜當	陸635，學4·316
雜犯	學4·317
雜噍	陸635，學4·317
攤	陸652

ză

咋呀	見 zhā
咱	林25 另見 zá, zán
喒	林25 另見 zá, zán
囃	林25

zāi

栽	王375
栽排	陸341
栽下的科	學4·320，黃85
栽子	學4·319
災障	學4·318

zài

在	張326，王376，學4·320
在城	王377，林77，學4·323
在處	張803
在前	學4·321
在思	蔣280
在下	陸161
在先	學4·321
在衙	王377
在于	學4·322
在於	學4·322

zān

簪簪	陸631，學4·324

zán

咱	陸284，學4·324 另見 zá, ză
咱彼各	張764，學4·325
咱各	張764，學4·325
喒	學4·324，徐250 另見 zá, ză
喒人	陸426

zǎn

儹	陸651，學2·101
儹積	學2·101
攢	見 cuán
趲步	學4·327
趲路	學4·327
趲行	學4·327
趲運	學4·327
拶	見 枠
枠指	學4·326
枠子	學4·326
昝	林25，陸297，學4·324

zàn

嶄	陸514
暫	張185，黃339
蹔	見 暫
鏨口兒	陸641，學4·328
囋唅	蔣302

zāng

贓埋	陸654，學4·329，黃108
贓誣	陸505, 654，學4·504，黃108
贓仗	陸505, 654，學4·328，黃135
賍	見 贓

zàng

葬送	陸501
藏匿	見 cáng

zāo

糟丘	學4·329
糟頭	陸619，學4·330
醩丘	學4·329

záo

鑿	學4·330

zǎo

早	張272，陸170，學4·331，黃302
早來	張272，學4·331
早難道	王378，陸171，學4·340
早起	王381，林13，陸170
早牆	陸171
早是	張272，陸170，學4·331，黃56
早死遲托生	陸171
早晚	張797，林75，陸170，學4·334，黃56，蔣367

早晚衙 學4·339	則劇 張25, 陸281	憎 學4·424
早爲 張272	則落 陸281	**zhā**
早衙 學4·339	則落的 陸281	
早則 張275, 陸170, 學4·333	則麼 張381, 陸281	扎撒 方342
	則麼耶 學4·351	扎煞 陸91, 學1·245
蚤 見早	則情 陸280	扎眼 見 zhǎ
棗穰金 陸438	則甚 張25, 陸280	扎作 陸90
澡豆 陸597	則甚麼 陸280	紮詐 見 zā
zào	則聲 陸281, 學4·350	查 另見 chá
	則索 陸280, 學4·348	查果 陸298
皁白 學4·341	則爭 陸280	查裏 陸298
皁雕 學4·344	則著人 陸281	查胡勢 陸298
皁雕旗 學4·344	咋呀 見 zhā	查梨 見 chá
皁蓋 學4·342	責斷 陸409	查梨相 陸298
皁角 陸218	**zè**	查沙 林142, 陸298, 學1·245
皁隸 學4·343	側 另見 cè, zhāi	
皁 見皁	側塞 蔣356	查哇 陸298
造此 蔣362	捌 蔣240	渣沙 陸441, 學1·245
造次 王382, 蔣362	**zéi**	鬡鬠 學4·497
造合 王132		鬡鬠 學1·245
造化 張808, 陸411, 學4·344	賊丑生 學4·353	咋呀 蔣244
	賊醜生 陸505, 學4·353	艖沙 林142
造物 張808, 陸411, 學4·344, 黃95	**zěn**	艖沙 林142
燥暴 學4·346	怎末 陸289	**zhá**
躁暴 王381, 學4·346	怎麼 王383	札的 陸140
竈祖 蔣237	怎摸 陸290	札手風 陸140
zé	怎奈向 張402	札手舞脚 陸140
則 張19, 陸279, 學4·347, 黃75	怎生 張292, 陸289, 學4·353	**zhǎ**
	怎生向 張402	扎 另見 zhā
則不 張22, 陸280	怎向 張402	扎眼 陸90, 學4·355
則大 學4·548	怎許 張341	厏厊 蔣244
則箇 張373, 陸280, 學4·349, 黃296	**zēng**	眨眼 學4·355
則故 陸280	曾 張248, 學4·424	**zhà**
則管裏 王396, 學4·352	曾哀 學1·431	乍 張73, 75, 林4, 陸105, 學4·356, 黃48, 蔣411
則合 陸280		

乍地 陸106	**zhān**	占表子 陸111
乍可 張73, 蔣411	占 學3·288, 蔣256	占場兒 陸111, 學4·377
乍能 張73	另見 zhàn	占斷 學4·376
乍熟兒 陸106, 學4·363	占不 蔣422	占房子 陸111
詐 張589, 陸459, 學4·361, 黃325, 蔣411	占粘 學4·369	占奸 王384, 學4·376
	占色 蔣256	占姦 王384, 學4·376, 黃54
詐打扮 陸459	占相 蔣256	占猱兒 陸112
詐熟 陸459, 學4·363	沾泥絮 學4·370	占排場 陸111, 學4·377
詐眼兒 陸459, 學4·355	沾拈 學4·369	佔俖 學1·466
	沾粘 學4·369	佔排場 學4·377
諀諀 蔣244	沾灑 學4·369	站 方20
奓沙 陸286, 學1·245	沾污 學4·368	站赤 方20
zhāi	粘竿 陸405, 學4·372	站戶 學4·378
摘 許53	粘漢 見 nián	湛盧槍 學2·392
摘棃 學4·364	粘拈 學4·369	綻口兒 陸534
摘離 張702, 陸520, 學4·364, 黃116	詀 學4·372	戰掉 蔣151
	詀 學3·112	戰都速 陸593, 學4·379
摘厭 陸520, 學4·364, 黃116	旃檀 學4·371	戰篤速 陸593, 學4·379, 黃127
側 另見 cè, zè	氈上拖毛 陸616	
側憿憿 學4·363	瞻相 蔣256	戰篤索 陸593
齋七 陸627	**zhǎn**	戰汗 學4·378
虀 蔣137	展 學4·372, 374	戰兢兢 黃179
zhái	展草 林123	戰撲速 學4·379
宅舍 蔣63	展賴 陸333, 學4·373	戰欽欽 陸593, 黃167
宅院 王383	展浼 學4·368	戰簌簌 學4·379, 黃167
zhǎi	展汗 陸333, 學4·368	
窄 學4·361	展污 學4·368	戰桃 蔣151
窄窄別別 學4·363	展眼舒眉 陸333	驔 蔣131
zhài	展爪 陸333	顫 見 chàn
債負 學4·366	斬眉 陸395, 學4·374	蘸 王384, 學4·372
寨兒 學4·367	斬眼 陸395, 學4·355	**zhāng**
	嶄 學2·231	張 學4·380
	嶄眼 學4·355	張本 陸385, 學4·381
	颭 學4·374	
	zhàn	
	占 另見 zhān	

zhāng — zhé

張荒	學4·382	
張狂	陸385, 學4·382	
張羅	陸386, 學4·383	
張千	學4·380	
張三李四	學4·385	
張舌騙口	學3·44	
張牙賣嘴	陸386	
張志	陸385	
張智	陸386	
章臺	陸404	
獐狂	陸525, 661, 學4·382	
麞	見 獐	

zhǎng

長　　另見 cháng
　長節概　陸272
　長進　　學4·387
　長俊　　陸272, 學4·387
　長老　　陸272, 學4·386
　長者　　蔣49
掌把　　陸433
掌記　　陸433
掌上觀紋　陸434
掌事　　徐249
掌條法正天心順治國
　官清民自安　黃214

zhàng

丈丈　　陸32
仗斷　　陸209
　仗子頭　陸210

zhāo

招安　　陸252, 學4·388
　招成　學4·389
　招承　學4·389
　招兒　陸252
　招伏　陸252, 學4·389

招伏狀　學4·389
招嫁　　陸252
招商打火店　學4·392
招商店　學4·392
招商舍　學4·392
招提　　學4·390
招颭　　學4·391
招折　　學4·391
招狀　　學4·389
招攧　　學4·392
喎嗻　　蔣334
朝　　另見 cháo
　朝趁暮食　陸438
　朝聞道　學4·394
　朝朝寒食夜夜元宵
　　　　　陸438
着　　見 zháo, zhe, zhuó
著　　見 着

zháo

着　　張315
　　　另見 zhe, zhuó
　着道兒　陸451
　着惱　　學4·394
著　　見 着

zhǎo

爪　　方396
　爪老(兒)　陸101, 學4·396
　爪尋　陸101, 學4·395
　爪子　陸101, 學4·395

zhào

照壁　　學4·280
照覷　　陸486, 學4·398
照臺兒　陸486
照證　　陸486, 學4·399

笊篱　學4·397
笊籬　學4·397
啅噪　陸381
罩笙　學4·397
趙大王二　學4·397
趙二　學4·397
趙二王大　學4·397
趙呆送燈臺　陸539
趙呆送曾哀　陸539
趙藁送曾哀　孫633
趙土襪脚　蔣559

zhē

遮　　張140, 蔣192
遮不　蔣422
遮迭　陸586
遮刺　王444, 學4·399
遮攔　陸586, 學4·404
遮莫　張135, 陸586, 學4·400, 徐248, 蔣422
遮渠　張140

zhé

折　　張648
折白道字　學1·218
折辨　王385
折辯　學4·410
折剉　學4·405
折挫　陸201, 學4·405
折當　陸202, 學4·408
折到　學4·407
折倒　陸201, 學4·407
折對　王385, 陸201, 學4·410, 黃64
折乏　陸201, 學4·409
折罰　學4·409
折桂枝　學4·411
折合　王133

zhé — zhēng

折摸	張135		學4·418	鍼鐅	學4·423
折麼	張135, 陸202, 學4·400	這苔兒	學4·418	楨	蔣148
		這答兒	學4·418	斟酌	蔣214
折末	張135, 陸201, 學4·400	這打	學4·418		zhěn
		這的	王386		
折莫	張135, 陸202, 學4·400	這等	學4·418	眕眕的	陸348
		這的喚	王387		zhèn
折牌道字	學1·218	這的是	王387		
折算	陸202, 學4·409	這回家	陸411	振色	陸337
折證	張836, 王385, 陸202, 學4·410, 黃64	這每	陸411	鎮	張145, 陸634, 蔣466
		這塌兒	陸412, 學4·418		zhēng
折綴	陸201	這塔兒	學4·418		
折准	學4·513	這榻	學4·418	爭	張246, 學4·424
朦朧	蔣560	這坨兒	陸412	爭叉	陸261
	zhě	這些兒	陸411	爭差	陸262
		鷓鴣	學4·416	爭得	徐249
者	張141, 王386, 學4·412, 黃296, 方421, 472, 蔣535	鷓鴣班	學4·419	爭風	學4·430
		鷓鴣斑	學4·419	爭鋒	學4·430
			zhe	爭交	學4·427
				爭兢	學4·431
者波	黃297, 301	着	蔣535	爭競	學4·431
者剌	王444, 學4·399		另見 zháo, zhuó	爭羅	學4·383
者剌古	學4·416	著	見 着	爭奈	陸261, 學4·428
者剌骨	學4·416		zhēn	爭奈向	張402
者麼	張135, 陸306, 學4·400	眞成	王388	爭那	學4·428
		眞加	王444	爭甚	陸262
者磨	張135, 學4·400	眞容	陸347, 學4·422	爭甚的	陸262
者末	張138, 陸306, 學4·400	眞如	學4·420	爭頭鼓腦	陸262
		眞武	學4·421	爭向	張402
者莫	張135, 陸306, 學4·400	眞言	學4·421	爭些(兒)	陸261, 學4·429, 黃70
褶袴	陸622	珍重	張779		
	zhè	珎	蔣553	爭些個	學4·429
		針關	陸362	爭知	陸261
這	張747, 學4·417	針喇	王444	崢	學1·254
這搭(兒)	陸412, 學4·418	針指	學4·423	睜察	陸491
		針鐅	學4·423	睜眼	陸491
這搭裏	陸412,	鍼指	學4·423	睜眼苫眉	陸491

睜着眼跳黃河	陸491	正腔錢	陸142,		zhī
睜着眼做合着眼受			學4·446		
	陸492	正身	學4·442	支	學4·458
箏	學4·437	正使	蔣414	支撥	陸92
錚	學4·433	政	王389, 林99	支持	王391
正	見 zhèng	政爾	王390	支當	陸91, 學4·456
蒸作	陸525, 學4·437	症候	學4·450	支調	陸92
徵本	張836, 陸553,	掙	張718, 840,	支對	陸92, 學4·456,
	學4·440		陸388,		黃64
			學1·254, 4·433,	支分	林62, 陸91,
zhěng			黃121, 133		學4·451, 蔣169
整	王389, 學1·254	掙本	張836, 陸388,	支花子	陸93
整扮	陸595, 學4·438		學4·440, 黃54	支劃	陸92, 學4·457
整備	學4·439	掙側	學4·447, 黃126	支刺	陸91, 黃308
整頓	王389	掙揣	陸389, 學4·447,	支刺刺	黃169
整理	王389, 陸595,		黃126	支楞	黃181
	黃328	掙圉	陸388, 學4·447,	支楞楞	黃148
整捌	陸595, 學4·439		黃126	支楞楞爭	黃185
掟	蔣148	掙挫	陸388, 學4·447	支離	王391
		掙達	陸389, 學1·254	支遣	陸92
zhèng		掙羅	學4·383	支散	陸91
正本	張836, 陸142,	掙棗	學4·436	支沙	學4·454
	學4·440, 黃54	怔	學4·450	支殺	學4·454, 黃308
正旦	學4·441	悸	學4·450	支煞	學4·454, 黃308
正點背畫	陸142,	鬧鬧	陸606, 學4·447,	支生生	陸93, 黃169
	學4·446,		黃126	支吾	陸91, 學4·452,
	黃54	幀	學4·450		黃38, 徐249
正端端	王98	鄭孔目	黃276	支揖	王393, 陸91,
正爾	王390	證本	張836, 陸640,		學4·455, 黃87
正果	學4·442		學4·440, 黃54	支應	陸92
正經	學4·444	證果	學4·442	支轉	陸93, 學4·458
正軍	學4·443	證候	學4·450, 黃132	枝分	蔣169
正令	蔣414	證明師	陸640,	枝羅	蔣34
正名師	陸142,		學4·445	枝頭乾	學4·459
	學4·445	證盟師	陸640,	枝吾	學4·452
正明師	陸142,		學4·445	之	蔣504, 527
	學4·445	幢	學4·450	之箇	張373, 陸75,
正末	學4·441				學4·349
正錢	學4·445			之者	蔣7

只	見 zhǐ		直饒	張130		指脚夫妻	陸294
知	張628, 蔣527		直爭爭	黃161		指山賣磨	陸294
知會	學4·460		拓	蔣513		衹	張90, 王392, 395
知客	學4·459		執袋	陸382, 學4·470		衹今	張787
知識	張626, 學4·462		執柯人	學4·471		衹園	見 qí
知委	蔣223		執料	陸382, 學4·469		紙褙子	陸351, 學4·475
知聞	張626		摭攔	學4·404		紙筆	蔣87
知重	陸265, 學4·460, 黃73					紙馬	學4·473
知賺	學4·462			**zhǐ**		紙撚	陸351
衹	見 qí, zhǐ		只	張28, 王394, 陸114, 學4·347, 黃303, 蔣514		紙錢	學4·474
祗	另見 衹					紙湯瓶	陸351
祗從	學4·466					紙提條	學4·476
祗候	陸349, 學4·464, 黃249		只當	學4·471		紙題條	學4·476
			只個	張373, 陸114, 學4·349			**zhì**
祗候公人	學4·464						
祗候人	學4·464		只古裏	王396, 陸114		至暗	蔣561
祗揖	王393, 陸349, 學4·455, 黃87		只管	王396		至誠	學4·476
			只管裏	王396, 學4·352		至公樓	陸181, 學4·477
脂油點燈	陸354					至竟	張414
擲杯珓	陸629		只今	張787		至如	張279, 陸181, 黃60
擲果	見 zhì		只竟	蔣460			
織袋	學4·470		只留支刺	陸114, 學4·468, 黃186		至於	張279
	zhí					径	學4·478, 黃92
直	張132, 王392, 林90, 陸264, 黃71		只麼	張382		志誠	學4·476
			只磨	蔣515		志酬	學1·276
			只俊	蔣515		志公樓	學4·477
			只沒	蔣515		志量	學4·478
直當	學4·471		只手	蔣461		治薬離	方479
直到	蔣427		只首	蔣461		智短	陸438
直得	蔣427, 430		只說獐過鹿過不說麂過	陸114		智量	陸438, 學4·478
直釣缺丁	陸264, 學4·469					智識	學4·462
			只索	陸114, 學4·348		智賺	學4·462, 黃95
直掇	陸264, 學4·467		只在	張417		觝子孩兒	張826, 學1·449
直褶	學4·467		止竟	張414			
直鈎缺丁	學4·469		址道	學3·264		置得	蔣427
直料	學4·469		旨撥	蔣553		置言	蔣212
直留支刺	陸265, 學4·468		指尺鑾輦	學4·472		質	蔣61
			指斥鑾輿	學4·472		質對	學4·410

質證	學4·410		zhōu		陸418, 學4·491
擲杯珓	見 zhī			惆悵悵	張596, 陸419
擲果	學4·479	周方	陸235, 學4·486, 黃73	惆擾	陸419
	zhōng	周給	學4·489	惆	張596, 陸476, 學4·491
中	張458, 學4·480, 黃41	周急	學4·489	惆悵	張596, 陸476, 黃326
	另見 zhòng	周濟	學4·489		
中人	學4·481, 黃41	周橋	學4·485	惆悵悵	陸476, 黃176
中使	陸75	周全	學4·487	咒願	陸236
中珠模樣	陸75, 學4·481	周星	王398	紂村	學1·324
		周旋	蔣71	驟面相會	陸665
中注模樣	陸75, 學4·481, 黃331	周遭	王397, 陸235		zhū
		周張	王444		
終	張111	周章	王444	諸	王399, 蔣504
終不成	張498, 陸405	周遮	王397, 蔣334	諸處	張805
終不道	學4·482	周折	學4·488	諸宮調	陸603
終不然	張499, 陸406, 學4·482	啁嗻	見 zhāo	諸天	學4·492
		週濟	學4·489	諸問	蔣214
終然	張111	週全	學4·487	諸余	學4·493
鐘鼓司	陸649, 學4·483	週遭	王397	諸餘	張420, 陸602, 學4·493, 蔣504, 510
	zhǒng	週遮	蔣334		
種火	學4·484	週折	學4·488	朱顏子	陸172
種五生	見 zhòng	週摺	陸463, 學4·488		zhú
	zhòng	州橋	學4·485	竹林寺	學4·494
重	張158	嘟	陸473	竹馬(兒)	學4·493
重羅麵	見 chóng	謅	陸623	竹溪六逸	學4·496
重意	陸315	謅謊	陸623	逐趁	學1·253
種火	見 zhǒng	謅扎	陸623	逐日	學3·209
種五生	學4·485	謅札	陸623, 學1·273	逐朝	學3·209
中	另見 zhōng	謅吒	張596, 林87, 陸623, 學1·273	逐朝每日	學3·209
中倒	陸75				zhǔ
中酒	陸75		zhóu	主公	陸105
中雀	學4·484	軸頭兒廝抹着	陸463, 學4·490, 黃291	主留	學3·540
				主腰	陸105
			zhòu	主意	王400
		惆	張595, 596,	主則	陸105

主張　許71	專顗　蔣75	粧喝　黃100
拄拂子　學4·278	**zhuǎn**	粧謊　學4·507
屬　王279, 400	轉　王402	粧謊子　陸454, 學4·507
zhù	另見 zhuàn	粧局　徐248
住持　學4·496	轉動　陸633	粧蠻　學4·506
住洛格　方468, 479	轉關（兒）　王404, 陸634, 學4·500, 黃131, 320, 蔣188	粧模作勢　陸455
住坐　林18, 陸188, 學4·496		粧唔　陸197
注倚　王401		粧誣　陸454, 學4·504, 黃108
注意　王401		粧假　陸454, 學4·504
助　蔣264	轉過隅頭抹過裏角　陸634	粧嚴　學4·505
助材　陸192	轉過隅頭抹過屋角　陸634	粧幺　陸453, 學4·501, 黃262, 徐248
竚凝　張662		
著　見 着	轉世　王405	粧幺做勢　陸453
zhuā	轉廳　陸634	粧夭　學4·501
抓攬　陸203	轉頭　陸633	粧腰　學4·501
抓掀　陸203	**zhuàn**	粧助　陸454
撾　陸594	篆餅　學2·83	妝　見 粧
撾鈔　陸594	傳　見 chuán	莊家　陸407
撾打　學1·675	轉　另見 zhuǎn	莊科　陸407
撾鼓奪旗　陸594	轉燈兒　陸634	裝　王406
撾撓　陸594	轉疃尋村　陸634	裝標垛　陸502
髽髻　學4·497	賺　見 zuàn	裝裏　陸502
zhuāi	**zhuāng**	裝蹺　學4·501
拽　另見 yè	庄科　陸167	裝麼做大　陸502
拽大拳　陸292, 學4·499	粧　王406	**zhuàng**
	粧辦　陸454	壯　陸196
拽大權　學4·499	粧旦　學4·506	壯臉　陸197
拽拳　陸292, 學4·499	粧旦色　學4·506	壯乳　陸196
拽拳手跌　陸293	粧孤　陸454, 學4·502, 黃107	壯士　陸196
zhuài		狀　蔣436
拽　見 yè, zhuāi	粧孤苫表　陸454	狀本（兒）　學4·509
zhuān	粧孤學俊　陸454	狀若　蔣436
專房　陸383	粧裏　陸454	狀頭　陸262, 學4·508
	粧哈　黃100	跩　學4·510
		撞釘子　陸562, 學4·511
		撞酒沖席　學4·510

zhuàng－zì

撞亮　　陸562
撞門羊　陸562,
　　　　學4·511
撞席(兒)　學4·510

zhuī
追風馬　學4·512
　追風騎　學4·512
錐刀　　學1·404

zhūn
迍邅　　學4·512
　迍迍　　陸270
衠　　　張146, 陸602,
　　　　黃127, 蔣466

zhǔn
准　　　陸323, 486,
　　　　學4·513, 黃323
　准成　　學4·515
　准承　　蔣171
　准程　　學4·515
　准誠　　學4·515
　准伏　　陸323, 學4·514,
　　　　黃90
　准擬　　王406, 蔣171
　准贖　　學4·513
　准望　　蔣171
　准折　　學4·513
準　　　見 准

zhuō
卓午　　陸233, 學4·515
桌面　　學4·515
拙婦巧舌頭　陸253
捉　　　蔣479

zhuó
着　　　張293, 陸450,
　　　　黃99, 蔣282, 471
　　　　另見 zháo, zhe
着處　　張804
着昏　　學4·393
着科　　王445
着落　　學4·518
着摸　　張730, 陸450
着麼　　張730, 陸451,
　　　　學4·516
着抹　　張730, 學4·516
着末　　張730, 陸502,
　　　　學4·516
着莫　　張730,
　　　　陸450, 502,
　　　　學4·516
着人　　陸450
着甚　　陸450
着甚達摩　陸451
着甚的　陸450
着甚來　陸450
着甚來由　陸451
着甚麼來由　陸451
着實　　學4·519
着手　　陸450
着數　　王408, 陸451
着意　　王409, 學4·519
着志　　王410, 陸450,
　　　　學4·519
著　　　見 着
濁才　　陸597
繳纏　　見 jiǎo

zī
孜孜　　王410, 陸207,
　　　　學4·520
咨咨　　王410, 學4·520
姿姿　　學4·520
孳孳　　學4·520
髭髯　　黃123

zǐ
子　　　張27, 王101, 396,
　　　　陸53,
　　　　學4·347, 522
子待　　陸54
子得　　陸54
子弟　　張824, 陸53,
　　　　學4·525, 黃35
子箇　　張373, 陸54,
　　　　學4·349
子管裏　王396, 陸54,
　　　　學4·352
子麼　　張381, 陸54
子妹　　學4·526
子怕　　陸54
子甚麼　張381, 陸54
子聲　　陸55, 學4·350
子索　　陸54, 學4·348
子童　　陸54, 學4·527
子息　　學4·527
子姓　　陸53
姊妹　　學4·526
梓童　　陸397, 學4·527
紫金梁　學4·529
紫駝　　學4·528, 黃100
紫駞　　學4·528

zì
自　　　王396, 411,
　　　　學4·347
自道　　陸180
自己貪杯惜醉人　陸180
自家　　學4·315, 黃241
自來　　王411
自撲魂捵　蔣123
自然　　王413
自是　　王411
自心喜腹　陸180

自隱	蔣220		學4·535,	嘴舌	陸546
自專	王415		黃150		
自做師婆自跳神	陸180	卒	見 cù	**zuì**	
恣恣	王410, 學4·520	崒嵂	黃310	最	王417
		崒律律	黃174	罪過	張775, 陸495
zǒng				罪愆	陸495
總	張110	**zǔ**			
總成	王415, 陸619,	祖貫	陸349	**zūn**	
	學4·531, 黃129			尊君	陸427
總承	王415, 陸619,	**zuān**		尊堂	陸428
	學4·531	鑽刺	陸668	尊子	黃247
總甲	學4·530	鑽懶幫閒	陸668		
總曆	陸619	鑽頭就鎖	陸668	**zuō**	
總鋪	學4·532, 黃129			作	另 uó, zuò
總饒	學4·533	**zuǎn**		作死	學4·538
總有	陸619	纂作	陸648	作揖	學4·455
zòng		**zuàn**		**zuó**	
縱饒	張130, 學4·533	賺	陸624, 黃129	作	另見 zuō, zuò
縱心兒	陸619	賺啜	陸624, 學4·462	作踐	陸187, 學4·540
		揝	陸435	作賤	學4·540
zōu		鑚	見 zuān	作塌	陸187, 學4·540
鄒搜	張595, 596,			作祖	蔣237
	陸510, 學1·273	**zuǐ**		昨夜	張793, 陸297
zǒu		嘴巴巴	黃158		
走衰	學4·533	嘴不剌	張744, 陸546	**zuǒ**	
走滾	學4·533	嘴孤梆	學4·537	左	張618, 陸123
走輥	陸222	嘴古邦	學4·537	左猜	張618, 陸123,
走智	王416, 陸222,	嘴古都	學4·537		學4·542, 黃54
	學4·534	嘴古楞	學4·537	左慈	黃272
		嘴骨邦	學4·537	左道術	學4·544
zú		嘴骨都	學4·537	左科	王445
足	王416	嘴臉	學4·536	左來右去	陸123
足丟沒亂	黃193	嘴盧都	陸546,	左遷	陸123
足呂呂	學4·535		學4·537,	左使	張618, 陸123,
足律即留	陸222,		黃266		學4·542, 黃53
	黃193	嘴盧突	學4·537	左司家	學4·543
足律律	陸222,	嘴碌都	學4·537	左右	張489, 陸123,
		嘴抹兒	學4·536		黃53

zuǒ — zuò

左右是左右	陸124	
佐 張618		
撮 見 cuō		

zuò

作　王419, 446
　　另見 zuō, zuó
　作伴　學4·545
　作場　學4·549, 黃90
　作成　陸186, 學4·531
　作箇　王445
　作耗　陸187
　作急　學4·546
　作家　陸186, 學4·546, 蔣47
　作麼　張381
　作麼生　張381
　作念　王421, 陸186, 學4·538
　作排　陸187
　作誦　學4·538
　作速　學4·546
　作養　王422
　作意　王409
　作者　蔣47
怍保　學1·79
坐　張445, 林16
　坐存　學1·326
　坐地　陸195
　坐斷　張457
　坐關　陸195
　坐化　學4·544
　坐間　張454
　坐來　張453
　坐錢眼中間轉　陸605
　坐中　張453
做　張107, 王420, 446
　做悲科　學1·363
　做猜　學4·542
　做場　學4·549, 黃90
　做出　學4·550
　做處　王423, 學4·550
　做大　陸369, 學4·548
　做道　黃90
　做的個　王423, 學4·552
　做得箇　王423, 學4·552
　做公的　陸370, 學4·552
　做好事　陸370
　做虎豹　陸370
　做家　陸369, 學4·546
　做美　陸369
　做面皮　陸370
　做弄　陸369
　做排場　黃90
　做人　張865, 陸369, 學3·546, 黃334
　做人家　陸369, 學4·546
　做死　學4·538
　做頭敵　陸370
　做頭抵　陸370
　做我不着　陸371, 學4·554
　做下　學4·548, 黃90
　做小　王424
　做小伏低　王424, 陸371
　做一場　學4·551
　做揖　學4·455
　做意(兒)　王424, 陸370, 學4·551, 黃90
　做張致　陸370
　做椿兒　學4·553

音未詳

枀念	蔣561
唒𪰂	蔣556
飢	蔣556
㚒	蔣557
嚌	蔣559
𩍿鞣	蔣553
鞗鞣	蔣553
礜砳	蔣555

附　錄

三種舊版詞典輔助索引

A

ā

阿叱　　黃134
　阿堵兀赤　方231
　阿各綽　王1
　阿哈　方212, 201
　阿斤堆　方134
　阿磕綽　王1
　阿可赤　王1
　阿可綽　王1
　阿蘭　黃152
　阿媽　黃152
　阿媽薩　方141
　阿馬　黃152
　阿撲　見 ē
　阿嚏　黃134
呵　　另見 a
　呵媽薩　方141
腌　　黃196

a

阿　　見 ā, ē
呵　　黃168
　呵媽薩　見 ā

āi

哎喲　　黃167

ān

腤膰　　黃59

ǎn

俺答　　方110
唵付　　黃64

àn

岸答　　方110
暗昏昏　黃128
　暗約　黃64
黯約　　黃64

áo

鏊糟　　黃74

ǎo

拗連臺　王360
襖剌　　方120

ào

拗連臺　見 ǎo

B

bā

八陽經　　黃83
巴阿禿兒　黃151
　巴巴急急　王1
　巴鼻　黃27
　巴避　黃27
　巴臂　黃27
　巴都兒　方2
　巴劫　王1
　巴結　王1
　巴圖魯　黃151
把　　另見 bǎ
　把背　黃27
笆壁　　黃27

bá

拔短籌　黃86
　拔突　黃151

跋藍　　王16

bǎ

把背　　見 bā
　把都（兒）黃151, 方2
　把撒　方239, 201
　把勢　方335
　把似　黃38
　把酥　方177
　把蘇　方177

bà

把　　見 bā, bǎ
罷　　王3
　另見 ba

ba

罷　　黃164
　另見 bà

bái

白　　王3
　白鄧鄧　黃114
　白墮　王4
　白麵　黃85
　白破　王3
　白森森　黃123
　白甚　黃180

bài

敗破　　王3

bǎn

板闥　　黃43
　板障　黃87

bàn

半合兒　王5, 黃27
　半招　黃28

半霎兒　黃27	**bèn**	便做道　黃51
伴當　黃36	夯　見 hāng	**biē**
伴哥　黃23	奔　見 bēn	憋憋焦焦　王124
扮道　黃71	**bèng**	憋古　黃32, 77
辦道　黃71	迸　王13	憋支支　黃120
bāng	**bī**	憋　見 憋
邦老　黃36	逼綽　黃60	**bìng**
幫閒　黃78	逼綽刀子　黃61	並　王13
bàng	逼綽子　黃61	併　王13, 355
傍州例　見 páng	**bǐ**	**bō**
bāo	比　王6	波　黃163, 178
包彈　黃31	比及　黃24	波波　王14
báo	比來　王6	波波劫劫　王1
薄　見 bó	比丘　黃151	波波漉漉　王14
bǎo	比先　王6	波波碌碌　王14
保兒赤　方52	剝剝　黃134	波濤　王14
bào	**bì**	波查　黃193
抱官囚　王5	必　方236, 201	撥必只　方193
bēi	必赤赤　方42	**bó**
杯　方250	必答　方122	薄藍　王16
背　見 bèi	必答奴　方122	薄籃　黃73
bèi	必丟不搭　黃137	薄劣　王15
背槽拋糞　黃88	必力不剌　黃137	薄相　王17
背悔　黃46	必留不剌　黃137	孛籃　王16, 黃73
背晦　黃46	必律律　黃104	孛老　黃38
備　方250, 201	畢徹赤　方42	孛知　方243, 201
憊賴　黃70	壁廂　黃197	勃騰騰　黃125
bēn	**biān**	**bǔ**
奔　王239	邊　王8	卜兒　黃19
犇　王239	**biàn**	卜兒赤　方52
	便　王11	**bù**
	便好道　黃44	不錯　黃180
		不答　黃174

不當　黃 25	**cǎi**	**chà**
不到　黃 26	采　　黃 36	差　　見 chā, cī
不倒　黃 179	**cān**	**chāi**
不道　黃 25, 179	參差　見 cēn	拆白道字　黃 40
不登登　黃 114	參的　王 206	差　　見 chā, cī
不鄧鄧　黃 114	參譚　王 22	**chān**
不覷事　黃 25	趁趂　王 22	攙　　王 355, 黃 187
不妨　王 18	驂驔　王 22	**chán**
不放　王 18	**cán**	㑒㑒　黃 63
不伏燒埋　黃 24	慚愧　黃 187	**chǎn**
不甫能　黃 36	慚媿　黃 187	剗　　黃 47
不怾　黃 25	憯　　見 慚	剗的　黃 47
不剌　黃 174, 177	**cǎn**	剗地　黃 47
不剌剌　黃 104	慘　　王 23	**chàn**
不俫　黃 177	**cǎo**	顫巍巍　黃 132
不劣方頭　黃 23	草草　王 25	**cháng**
不論　王 17	草次　王 309	常　　王 30
不氣長　黃 25	懆暴　王 308	常好道　黃 62
不然　黃 179	**cēn**	常好是　黃 62
不戲　黃 180	參　　另見 cān	常年　王 31
不爭　黃 26	參差　王 27	常日　王 31
不中　黃 24	**chā**	常時　王 31
布線行針　黃 84	差　　黃 183	常歲　王 31
步線行針　黃 84	另見 cī	長　　王 30
	插一筒（兒）　黃 54	長攙攙　黃 124
C	**chá**	長錢　黃 43
	茶茶　黃 153	長行　黃 43
cā	茶合　方 195	倘兀歹　見 tǎng
擦摺兒　方 182	**chǎ**	**chàng**
擦者兒　方 182	蹅踏　黃 70	唱道　黃 61
cāi		暢道　黃 61
猜　　王 19		
cái		
裁　　王 21		

chàng–chūn

暢好道　黃62
暢好是　黃62
悵　　　王39

chē
唓嗻　　黃58

chè
徹　　　王32

chēn
嗔忿忿　黃128

chén
沉吟　　王33

chěn
磣　　　王23
　磣磕磕　黃121
　磣可可　黃121

chèn
趁　　　王34
　趁熟　　黃64
　趁逐　　黃57
稱　　　見 chēng

chēng
撐　　　黃65
　撐達　　黃65
　撐犁　　方113
　撐黎　　方113
撑　　　見 撐
稱　　　王35
搶　　　黃65
　　　　另見 qiàng

chéng
承搭　　王36
承答　　王36
承塌　　王36
承頭　　王36
承望　　黃43
成頭　　王36
盛　　　見 shèng

chī
吃緊的　黃38
吃敲材　黃55
吃喜　　黃29
喫　　　見 吃
癡挣　　黃75

chǐ
哆侈　　王355
哆嗻　　王355

chì
赤　　　方145, 144
　赤津津　黃124
　赤緊的　黃38
　赤力力　黃106
　赤歷歷　黃124
　赤留出律　黃142
　赤留兀剌　黃142
　赤律律　黃106
　赤瓦不剌海　黃151
　赤五色石　方104
　赤資資　黃115

chōng
春容　　王50

chóng
蟲蟲　　王37
　蟲兒　　王37
　蟲娘　　王37

chōu
抽頭　　王38
搊搜　　黃186
　搊扎　　黃186

chóu
惆悵　　王39
惆懶　　王38
躊躇　　王38

chū
出來的　黃180
　出留出律　黃142
　出落　　黃191
　出脫　　黃31
初　　　王40

chǔ
處　　　另見 chù
　處分　　王45

chù
處　　　王41
　處分　　見 chǔ
觸　　　王46

chuán
船到江心補漏遲　黃89

chuáng
㕧　　　黃66
噇　　　黃66

chuí
垂蓮盞　王128

chūn
春盛擔子　黃45

chuò

啜狗尾 　王 228
啜賺 　黃 53

cī

差 　另見 chā
　差參 　王 29
　差池 　王 30
刺麅 　見 qì

cí

詞因 　黃 57
茨臘 　黃 174

cì

刺麅 　見 qì

cōng

蔥蒨 　王 46
從 　另見 cóng
　從容 　王 50

cóng

從 　王 47
　從來 　王 48
　從容 　見 cōng

cū

麤滾滾 　黃 130

cù

促招 　黃 44
　促恰 　黃 44
卒律 　黃 176
醋滴滴 　黃 120
蹙促 　王 187

cuān

攛斷 　黃 76
　攛掇 　黃 76
　攛廂 　黃 76
　攛箱 　黃 76

cuàn

爨弄 　王 351

cuì

翠巍巍 　黃 129
脆促 　王 187

cūn

村 　黃 192

cún

存濟 　黃 34

cuō

撮哺 　王 51
　撮補 　王 51
　撮合山 　黃 66
　撮弄 　王 351
蹉跎 　方 242

D

dā

搭護 　方 15
　搭連 　方 178
　搭褳 　方 178
嗒辣酥 　方 220
　嗒辣蘇 　方 220
褡褳 　方 178
答 　另見 dá

答納 　方 124

dá

答答 　方 226
　答達 　方 226
　答喇 　方 157
　答刺蘇 　方 220
　答刺孫 　方 220
　答連 　方 178
　答納 　見 dā
達達 　方 226
　達干 　方 160
韃 　方 226

dǎ

打當 　黃 28
　打疊 　黃 28
　打乾淨毬兒 　黃 157
　打雞窩 　黃 85
　打緊 　黃 28
　打睃 　黃 40
　打頦 　黃 175
　打剌不花 　方 115
　打剌酥 　方 220
　打剌蘇 　黃 153, 方 220, 201
　打剌孫 　方 220
　打辣酥 　方 220
　打醴酥 　方 220
　打令 　王 356
　打落 　王 53
　打夢 　王 52
　打勤勞 　王 54
　打十三 　黃 85
　打牙 　王 54
　打一棒快毬子 　黃 84
　打着 　王 52
　打掙 　王 53

dà

大抵　王55
　大底　王55
　大剛嗏　黃21
　大綱　黃21
　大哥　黃78
　大古　黃21
　大姐　黃78
　大嫂　黃78
　大廝八　黃21
　大廝併　黃21
　大四八　黃21

dāi

呆鄧鄧　黃124

dài

待　黃44, 167
　待古　黃21
大　見 dà
帶　王55
　帶酒　黃193

dān

擔　王56
　擔待　王56
　擔帶　王56
　擔戴　王56
耽　見 躭
躭　王56
　躭待　王56, 黃54
　躭戴　王56

dàn

但　王58
　但是　黃181
　但知　王58
淡　黃193

淡屄　黃193
淡昏昏　黃127
擔　見 dān

dāng

當　黃171
　　另見 dàng
　當待　王56
　當堵　黃68
　當覩　黃68
　當賭　黃68
　當家　黃59
　當來　黃196
　當面　黃59
　當年　黃196
　當頭　王60

dàng

蕩　黃186
當　王58
　　另見 dāng
　當本　王58

dǎo

倒　黃183
　　另見 dào
　倒喇　方70
　倒剌　方70

dào

倒　另見 dǎo
　倒大　黃184
　倒斷　黃184
道　王60, 黃58

de

的的　見 dì
的這　黃177
地　見 dì

děng

等　王61
　等頭　王62

dī

低答　王356
滴滴　王62
　滴滴鄧鄧　黃139
　滴溜溜　黃120
　滴溜撲活　黃139
　滴羞跌屑　黃144
　滴羞蹀躞　黃144
　滴羞都蘇　黃144
　滴羞篤速　黃144

dí

的　見 de, dì

dǐ

抵死　黃40
　抵死謾生　黃40

dì

地　黃170
弟子　黃81
的的　王62
　的這　見 de

diān

㩆題　黃53
顛不剌　黃175
　顛答　王356
　顛倒　王65
撅窨　黃77

diǎn

點茶　黃70
　點燈　黃71

點湯　黃70	**dòng**	端正　王74
diāo	凍剝剝　黃117	**duàn**
刁蹬　黃20	凍剌剌　黃117	斷送　黃73
刁鐙　黃20	動　　王68	**dūn**
diào	動便　王69	敦葫蘆摔馬杓　黃90
挑　　另見 tiāo	**dōu**	**dùn**
挑脣料嘴　黃45	兜搭　黃195	鈍　　王75
調　　見 tiáo	兜羅　黃54	**duō**
diē	嘟　　黃167	多兒　王76
跌了彈的斑鳩　黃90	**dǒu**	多羅　黃152
dié	斗子　黃23	多嗏　黃35
迭　　黃46	**dòu**	多嗏是　黃35
迭辦　黃46	逗　　黃52	多則是　黃35
迭配　黃46	**dú**	多子　王76
dīng	獨磨　黃64	哆　　見 chǐ
丁寧　王65	毒　　王134	**duó**
叮嚀　王65	**dǔ**	度　　見 dù
玎玎璫璫　黃138	堵當　黃68	
玎珍　黃134	賭鱉　黃77	**E**
dǐng	賭彆　黃77	
頂缸　黃51	賭當　黃68	**ē**
頂眞續麻　黃51	篤篤末末　黃64	阿　　另見 ā
dìng	篤麼　黃64	阿撲　黃33
定　　黃166	篤耨　王357	**é**
定當　王67	篤速速　黃110	哦　　見 ò
定害　黃42	篤簌簌　黃110	額多額　方201
定交　王66	**dù**	額薛　方251, 201
定擬　王171	度　　王70	**ě**
diū	**duān**	惡　　見 è
丟抹　王67, 黃35	端　　王71	
颩抹　王67, 黃35	端居　王73	

è

惡叉白賴　黃58
　惡荼白賴　黃58
惡發　王356
惡哏哏　黃128
惡狠狠　黃128
惡噉噉　黃119

ér

兒　　王77
　兒夫　黃81
　兒男　黃81

èr

二四　黃20

F

fā

發付　黃57

fān

番　　王79
翻　　王78
　翻然　王78
　翻騰　王80

fàn

犯由牌　黃28

fāng

方　　王80
　方便　王83
　方來　王82
　方頭不劣　黃23
　方頭不律　黃23

fǎng

彷彿　王84
髣髴　王84

fàng

放解　王125
　放心　王85

fēi

非論　王17

fèi

沸滾滾　黃124

fēn

分　　王86
　　另見 fèn
　分攛　王126
氛氳　王87

fèn

分　　王85
　　另見 fèn

fēng

風風勢　黃46
　風團　黃88
酆都　黃70

fū

夫人　黃80

fú

伏低　王349
　伏低做小　王349
　伏以　方274
　伏狀　王35
夫人　見 fú

fǔ

甫能　黃36

fù

付能　黃36
覆盆不照太陽暉　黃92

G

gān

甘剝剝　黃114
乾　　王88, 黃195
　乾剝剝　黃118
　乾紅　王88
　乾鵲　王88
　乾支支　黃118

gǎn

趕熟　黃64

gāng

剛　　黃183
　剛剛　王89
綱紀　王114
扛幫　王359

gāo

高　　王357
　高處　王89

gào

告　　黃181

gē

扢搭幫　黃86
　扢剌剌　黃105

扢挣挣 黃105	**gū**	**guǎn**
屹蹬蹬 黃106	孤 黃41	管 王93
屹剌剌 黃105	孤撮 黃41	管勾 王93
疙蹅蹅 黃107, 116	孤堆 黃49	管領 王93
紇支支 黃116	孤另另 黃124	
gé	姑娘 黃41	**guāng**
閣 王91	骨 另見 gǔ	光塌塌 黃115
閣 王91	骨都都 黃108	光隱隱 黃123
閣皂 見 hé	骨剌剌 黃107	
gě	骨嚕嚕 黃108	**guǐ**
合 見 hé	骨碌碌 黃108, 125	鬼門道 黃84
gè	**gǔ**	**guì**
各白世人 黃32	古憨 黃32	貴 王94
各剌剌 黃105	古都都 黃104	貴欲 王94
各瑯瑯 黃105	古裏聒絮 黃136	
各扎邦 黃86	古魯魯 黃104	**guō**
各支 黃175	古門道 黃84	過 見 guò
各支支 黃105	古自 黃22	
个 見 個	罟罟 方296	**guó**
個 黃178	骨 另見 gū	國家祥瑞 黃194
箇 見 個	骨堆 黃49	
虼蜋皮 黃87	骨岩岩 黃117	**guò**
	骨子 黃49	過 王95
gēn	骨自 黃49	
根底 黃50		
根芽 黃193	**guā**	# H
跟底 黃50	刮刮匝匝 黃138	
	刮馬兒 王358	**hā**
gēng	括罟 方296	哈茶兒 方140, 137
更 見 gèng	**guān**	哈搽兒 方140
	官不容針 王357	哈敦 方66
gèng	官防 王92	哈喇(兒) 黃152, 方157
更 王92	官房 王92	哈剌 方146, 144
更做道 黃51	關防 王92	哈剌(兒) 方157
		哈剌赤 方267

哈刺撲哈　方184	**hē**	**hū**
哈蘭　方157		忽喇喇　黃107
哈哩　方244, 201	呵　見 ā, a	忽刺　黃174
哈撒　方237, 201	喝嘍嘍　見 hè	忽刺八　黃135
哈嗷　方66	**hé**	忽刺孩　黃151, 方12
哈豚　方66	合口　黃32	忽刺海　黃151, 方12
hǎ	合刺刺　黃105	忽嘍嘍　黃107
哈　見 hā	合里烏　方148	忽魯魯　黃107
hāi	合撲地　黃33	糊突　見 hú
嗨　黃167	合氣　黃33	**hú**
另見 hēi	合皂　王99	胡洞　方322
hái	合造　王99	胡㗐　王106
還　王106	合燥　王99	胡伶　黃197
hǎi	合子錢兒　黃32	胡厮脛　王106
海馬兒　王358	閤　另見 gé	胡厮踁　王106
hāng	閤皂　王99	胡厮㗐　王106
夯　黃85	和　黃66	胡同　方322
háng	何處　王100	胡突　黃62
行　黃191	何許　王100	湖洞　方322
另見 xíng	紇支支　見 gē	葫蘆提　黃58
行貨　黃35	**hè**	衚衕　方322
行首　黃35	喝嘍嘍　黃108	糊突　黃62
術衙　黃50	和　見 hé	鶻鴒　黃197
hǎo	**hēi**	**hǔ**
好　王96	黑嘍嘍　黃112	虎兒赤　方11
好打　黃192	黑甜甜　黃127	虎喇孩　方12
好歹　黃192	黑突突　黃119	虎刺　方150, 148
好沒生　王99	黑鬒鬒　黃127	虎刺孩　黃151, 方12
hào	嗨　黃167	虎辣孩　方12
好　見 hǎo	另見 hāi	**hù**
	hóng	戶　王132
	紅溜溜　黃116	糊突　見 hú
	hōu	護臂　黃78
	齁嘍嘍　黃110	

huā

花白	黃 43
花花太歲	黃 41
花木瓜	黃 87

huái

懷軷	黃 74

huán

還	見 hái

huàn

喚做	黃 185

huāng

荒冗冗	黃 125
荒唐	王 108
慌速速	黃 129

huáng

黃甘甘	黃 127
黃穰穰	黃 127
黃芽	黃 57

huǎng

謊徹梢虛	黃 71

huí

回倒	黃 33
回話	黃 181

huǐ

悔氣	黃 48

hūn

昏鄧鄧	黃 115

hún

渾家	黃 196

huó

活脫	王 109
和	見 hé

huǒ

火不思	方 284
火敦惱兒	方 180
火敦腦兒	方 180
火里赤	方 90
火牙兒	方 139, 137
火院	王 109
火匣匣	黃 123
火宅	王 109

huò

和	見 hé
鑊鐸	黃 77

J

jī

積世	王 111
幾	見 jǐ
咭噔	黃 46
唧嚠	黃 49
唧溜	黃 49
嗟落	王 254
絹林林	黃 109

jí

急巴巴	王 1
急留骨磷	黃 139
急留古魯	黃 139
急騰騰	黃 125
急旋旋	黃 125
急張拘諸	黃 143
急張拒遂	黃 143
吉當當	黃 104
吉丁丁璫	黃 138
吉丟古堆	黃 138
琞叮璫	黃 135
即	王 110
即溜	黃 38, 49
即留	黃 38
即世	王 111, 黃 37
㳠嚠	黃 49

jǐ

幾	王 112, 黃 185
幾般	黃 185

jì

紀綱	王 114
際	王 113

jiā

家	黃 171
	另見 jie
家懷	王 358
家生	王 115, 黃 48
家生哨	王 115, 黃 48
家長	黃 82

jiǎ

假	王 116
假如	王 117
假若	王 117
假使	王 118
假是	王 118
暇	王 116

jià					
假	見 jiǎ	蕉葉	王130		jie
價	見 jie	憍怯	王195	家	黃178
		嬌滴滴	黃120		另見 jiā
	jiān	嬌怯	王195	價	黃178
尖擔兩頭脫	黃85		jiǎo		jīn
兼	王119	脚稍	王209	金荷	王128
間	見 jiàn	脚踏着腦杓	黃89	金蕉	王130
閒	見 xián, 間	脚頭妻	王52	金蕉葉	王130
		攪蛆扒	黃93	金蓮	王128
	jiǎn		jiào	金葉	王130
溄	黃75	叫喳喳	黃111	禁持	黃60
	jiàn	覺	王135		jǐn
見識	黃38		另見 jué	緊	王131
健倒	王121		jiē	緊邦邦	黃131
間迭	王120	接脚	黃82		jìn
間諜	王120	結結巴巴	見 jié	近謗	王123
間疊	王120		jié	浸	王196
閒	見 xián, 間	結結巴巴	王1	禁持	見 jīn
賤降	黃67	劫劫巴巴	王1		jīng
	jiāng	劫劫波波	王1	經板兒	黃158
將	王121, 黃184		jiě	經年	王130
將並	王123	解	黃185	經時	王130
將傍	王123		另見 jiè	精赤條條	黃61
將來	黃184	解攜	王126	精細	黃187
將爲	王121		jiè	荆棘律	王135
將謂	王121	界	王128		jìng
將息	黃194	解	王125	淨辦	王131, 黃71
	jiàng		另見 jiě	靜扮	王131
強	見 qiáng	解典庫	黃60	靜辦	王131, 黃71
彊	見 強	解庫	黃60	靜巉巉	黃121
將	見 jiāng	借	王127	徑	王276
	jiāo	借使	王118		
焦懆	王124				

jiǔ

九百	黃 20
九伯	黃 20
九陌	黃 20
酒戶	王 132
酒蓮	王 128
酒務兒	黃 48

jiù

就親	黃 57
就中	王 133

jū

拘箝	黃 40
拘刷	黃 40

jǔ

舉意	王 326

jù

巨毒	王 134

juān

圈	見 quān

juàn

圈	見 quān

jué

決撒	黃 39
脚	見 jiǎo
覺	王 135
	另見 jiào

K

kān

看	見 kàn

kàn

看	王 136

káng

扛幫	見 gāng

kē

呵	見 ā, a
磕擦	黃 134
磕擦擦	黃 109
磕叉	黃 134
磕槎	黃 134
磕撲	黃 135
磕撲撲	黃 109
磕牙料嘴	黃 66
頦下瘦	黃 91

kě

可	黃 28, 164, 169
	另見 kè
可便	黃 30
可擦	黃 134
可擦擦	黃 104
可叉	黃 134
可丕丕	黃 104
可撲撲	黃 104
可人憎	黃 30
可喜	黃 29
可戲	黃 29
可憎	黃 30
可知	黃 29, 181

kè

克汗	方 57
克剌張	方 291
克匨匨	黃 106
可	另見 kě
可汗	方 57
可汗敦	方 66
可罕	方 57
客勒	方 251, 201

kěn

肯分	黃 41
肯酒	黃 193

kēng

坑	黃 192

kōng

空	王 137
空自	王 138

kòng

空	見 kōng

kū

枯塗	方 188
仡蹬蹬	黃 107
哭吖吖	黃 112

kǔ

苦滴滴	黃 116
苦溫	方 245, 201
苦孜孜	黃 116

kù

庫魯干	方 326

kuān
寬綽綽　黃129
　寬打周遭　王139

kuī
虧圖　黃72

kuí
睽攜　王126

kùn
困騰騰　黃115

kuò
括罟　見 guā
闊亦墳　方205, 201

L

là
落　見 luò
鑞鎗頭　黃93

lái
來　王139, 黃165, 171, 177
倈　黃177
　倈兒　黃52

lài
賴　王143
唻　黃167

lán
㑎　王150
婪　見 lìn

lǎn
懶設設　黃121

làn
濫包婁　黃48
爛　王144
　爛漫　王144
　爛熳　王144

làng
浪包婁　黃48

láo
牢成　黃56
牢誠　黃56
勞成　黃56
勞承　黃56
勞合重　王146
勞藍　王359
勞台候　王146
勞台重　王146
勞重　王146
勞尊重　王146

lǎo
老　黃170
　老的　黃80
　老身　黃80

lè
勒　王274

le
了　見 liǎo

lēi
勒　見 lè

lèi
肋底插柴自穩　黃159

lěng
冷丁丁　黃115
　冷化化　黃115

lī
哩　見 li

lí
離摘　黃62

li
哩　黃164, 166

lián
連　王147
　連臺拗倒　王360
蓮花盃　王128
　蓮花落　黃91

liǎng
兩事家　黃40
　兩頭白麵　黃85

liàng
亮槅　黃51

liáo
料口　見 liào
　料嘴　黃45, 66

liǎo
了　王148
　了當　王149
　了然　王148
　了也　黃164, 165

了者	黃163	籠	王359		luò	
	liào		lōu	落後	王156	
料口	黃49	摟羅	黃63	落解粥	黃58	
料嘴	見 liáo		lóu		luo	
	liè	婁羅	黃63	囉	黃166	
劣蹶	王149	僂儸	黃63			
劣缺	王149	嘍囉	黃63		**M**	
劣相	王17		lǒu			
劣卒	王149	摟羅	見 lōu		mā	
	lín		lou	抹	見 mǒ	
林侵	黃176	嘍囉	見 lóu	嬤嬤	黃83	
啉	見 lìn		lù		má	
臨侵	黃176	碌碌波波	王14	麻查	王156	
	lìn	轆軸退皮	黃92	麻茶	王156	
啉	王150		lǚ	麻撒撒	黃119	
婪	王150	呂太后的筵席	黃86	麻喳	王156	
痳	王150	僂儸	見 lóu		mǎ	
	líng		lüè	馬扁	黃50	
伶俐	黃182	略	王151	馬失	方204, 201	
	lìng		lùn		mán	
令器	黃30	論	王153	瞞	見 mén	
另巍巍	黃123	論告	王155	謾	見 màn	
	liǔ		luō		mǎn	
柳青	黃156	囉	見 luo	滿	另見 mèn	
	liù		luó	滿心	王157	
六問三推	黃83	羅剎女	黃152	滿意	王157	
六陽魁首	黃158	羅惹	王359		màn	
	lóng	囉	見 luo	漫	王158	
龍	王359	邏惹	王359	慢張	王159	
龓	王359			慢帳	王159	

謾　　王 158	沒是哏　黃 37	夢撒撩丁　黃 91
謾憸憸　黃 132	沒撞煞　王 361	**mí**
máng	沒幸　王 162	迷丟答都　黃 144
忙古　方 226	沒興　王 162	迷丟沒鄧　黃 143
忙劫劫　黃 123	**měi**	迷颩沒騰　黃 144
芒神　黃 181	每　黃 73, 171	迷留沒亂　黃 144
mǎng	美孜孜　黃 117	**mǐ**
莽　王 360	**mēn**	米哈　方 69
莽古　方 226	悶　見 mèn	米罕　方 69
máo	**mén**	米訥　方 224, 201
毛　方 246	門　黃 73	**mì**
毛團　黃 191	門首　黃 43	密濛濛　黃 127
茅柴　王 160	門桯　黃 43	密匝匝　黃 126
mǎo	瞞　黃 73	密臻臻　黃 118
卯兒姑　方 342	**mèn**	**mián**
卯兀　方 246, 201	悶葫蘆　黃 89	眠眩　見 miàn
mào	悶懨懨　黃 127	**miàn**
帽兒光光　黃 156	滿　黃 73	面磨羅　黃 45
me	另見 mǎn	面沒羅　黃 45
麼　見 幺	懣　黃 73	眠眩　黃 63
末　見 mò	**mēng**	麪糊盆裏尋磨鏡　黃 159
méi	蒙　見 měng	**miē**
沒揣地　黃 37	**méng**	乜斜　黃 20
沒揣的　黃 37	蒙　見 měng	**miè**
沒據三　黃 37	**měng**	篾迭　方 37
沒店三　黃 37	猛　王 160	**mín**
沒肚皮攬瀉藥　黃 159	蒙古　方 226	民安　方 137
沒梁桶兒　黃 89	蒙古兒　方 196	**míng**
沒亂煞　見 mò	蒙豁　方 226, 201	明丟丟　黃 115
沒事哏　黃 37	**mèng**	明颩颩　黃 124
沒事狠　黃 37	孟古兒　方 196	
沒是處　黃 55		

明降 黃156	牧林 方55	**nàn**
冥子裏 黃58	慕古 黃68	難 見 nán
mǐng		**nāng**
酩子裏 黃58	**N**	囊揣 黃77
mó		**náng**
摩睺羅 黃152	**ná**	囊揣 見 nāng
摩弄 黃67	拿 王163	**nǎo**
摩娑 王156	拏 見 拿	惱躁 黃56
摩挲 王156	**nǎ**	腦箍 黃61
磨喝樂 黃152	那 王165	**nào**
磨滅 黃187	另見 nà, na, nuó	鬧 王169
磨扇墜着手 見 mò	那的 王314	鬧炒炒 黃130
魔合羅 黃152	另見 nà	鬧垓垓 黃112
魔障 黃197	那得 王165	鬧荒荒 黃120
mǒ	那裏也 王168	鬧火火 黃112
抹搭 王361	那些兒 王167	鬧啾啾 黃112
抹丟 王67	另見 nà	鬧籃 王359
抹颩 王67	**nà**	鬧攘攘 黃131
抹鄰 方55	那 王163	鬧茸茸 黃131
mò	另見 nǎ, na, nuó	**nèn**
末浪 黃32	那的 王314	恁的 黃49
末尾三梢 王209	另見 nǎ	**néng**
抹 見 mǒ	那些(兒) 王163	能 黃165
沒 另見 méi	另見 nǎ	**nǐ**
沒亂煞 黃37	**na**	擬 王171
莫 王161	那 黃166, 168	擬定 王171
磨 另見 mó	另見 nǎ, nà, nuó	**nián**
磨扇墜着手 黃92	**nán**	年來 王173
mǔ	男兒 黃81	粘漢 方258
母騍 方55	難當 黃197	
mù	難道 王307	
木古 黃68	難爲 王168	
木驢 黃27		

niǎn

撚　　王172, 黃65

niàn

念　　王361, 黃193

niē

捏恓排科　黃47

nín

恁的　見 nèn

níng

寧奈　　黃62
　寧寧　　王362

nìng

寧　　見 níng

niú

牛表　　黃23
　牛觔　　黃23

niù

拗連臺　見 ǎo

nú

奴海赤　方272, 267
　奴未赤　方267
鴑蘇門　方99

nǔ

弩杜花遲　方93
　弩門　方99

nù

怒嗺嗺　黃111
　怒吽吽　黃111
怒吽吽　黃111
怒齁齁　黃111

nuǎn

煖溶溶　黃129

nuó

那　　另見 nǎ, nà, na
那可兒　方194
那顏　方35

nuò

搦沙　黃159
　搦殺不成團　黃55

O

ó

哦　　見 ò

ò

哦　　黃167

ǒu

偶　　王174
　偶斗　王362
　偶陡　王362

P

pà

怕　　黃182
　怕做甚麼　黃182

pāi

拍　　王175
　拍滿　王175
　拍拍　王175
　拍塞　王175

pái

排　　王177(2)
　排備　王177
　排比　王177

pān

攀話　黃75

pán

槃礴　王179
盤泊　王179
　盤薄　王179
　盤礴　王179
　盤纏　黃67

pàn

畔　　王180

páng

彷彿　見 fǎng
傍州例　黃61
龐兒　黃76

pēi

呸　　黃167

péi

陪話　黃52

pī

劈丟撲搭　黃136
　劈丟撲鼕　黃140

pí
琵琶　　　方 193
脾愍　　　黃 77

pǐ
疋丟撲搭　黃 136
劈　　　　見 pī

piān
偏　　　　王 181

piàn
片口張舌　王 185
　片雲遮頂　黃 158
騙　　　　王 185
　騙口張舌　王 185
　騙馬　　　黃 192
　騙嘴　　　王 185

piē
撇罷　　　王 3

piě
撇罷　　　見 piē

píng
評跋　　　黃 57
　評泊　　　黃 57
　評詙　　　黃 57
　評薄　　　黃 57
憑　　　　王 186

pō
潑　　　　黃 65
　潑天也似家私　黃 65

pó
婆娑沒索　黃 144

pò
破破碌碌　王 14
　破殺殺　　黃 117
　破題兒　　黃 88

pū
撲咚咚　　黃 110
　撲鼕鼕　　黃 110
　撲刺刺　　黃 109
　撲碌碌　　黃 109
　撲簌簌　　黃 130
　撲騰騰　　黃 110, 130
　撲通　　　黃 135
　撲通通多　黃 140

pú
蒲藍　　　黃 73

Q

qī
七擦　　　黃 133
　七代先靈　黃 19
　七林林　　黃 103
　七留七力　黃 142
　七事兒　　王 187
　七事家　　王 187
　七事子　　王 187
戚草　　　王 187
　戚促　　　王 187
期程　　　黃 42
緝林林　　見 jī
蹊蹺　　　王 196

qí
其　　　　王 188
　其程　　　黃 42
　其高　　　黃 182
　其間　　　黃 42
　其實　　　黃 183
　其餘　　　黃 182
齊臻臻　　黃 119

qǐ
乞抽扢叉　黃 136
　乞丟磕塔　黃 136
　乞量曲律　黃 142
　乞留惡濫　黃 136
　乞留乞良　黃 142
　乞留曲律　黃 142
　乞紐忽濃　黃 136
　乞塔　　　方 206, 201
起動　　　王 189

qì
氣勃勃　　黃 125
　氣分　　　黃 49
　氣不忿　　黃 117
忔戲　　　黃 29
　忔憎　　　黃 30
刺麅　　　王 187

qià
恰　　　　王 189
　恰纔　　　王 189
　恰則　　　王 189, 192

qiān
千年調　　王 193
簽次　　　王 192
遷次　　　王 192

qián
乾　　　　見 gān

qiàn

欠　　黃 23

qiāng

搶　　見 chēng, qiàng

qiáng

強　　王 194
　強會　黃 195
彊　　見 強

qiǎng

強　　見 qiáng
彊　　見 強
搶　　見 chēng, qiàng

qiàng

搶　　黃 186
　另見 chēng

qiāo

敲鏝兒　黃 90
蹺蹊　王 196, 黃 74

qiáo

喬　　黃 55
　喬才　黃 56
　喬怯　王 195
憔憔懨懨　王 124

qiǎo

悄促促　黃 117

qiào

俏簇　黃 44

qiè

怯烈司　方 288
怯烈思　方 288
怯怯喬喬　王 195
怯薛　方 80

qīn

侵　　王 196

qīng

青滲滲　黃 115
清耿耿　黃 126
清湛湛　黃 126

qíng

情脈脈　黃 126
情取　黃 52
情受　黃 53
請　　王 201
　請受　王 201, 黃 67
擎　　王 200

qǐng

頃　　王 200
頃來　王 200
請　　見 qíng

qióng

窮滴滴　黃 120

qiú

求樓　黃 51
求竈頭不如求竈尾　黃 86
球　　見 毬
毬樓　黃 51
虬樓　黃 51
虬鏤　黃 51
虬　　見 虬

qū

曲躬躬　黃 123
　曲彎彎　黃 123
區處　黃 195

qǔ

取　　王 202
　取應　黃 183
曲　　見 qū

qù

去　　王 203
　去就　王 203
　去秋　王 203
覷當　黃 75
　覷天遠入地近　黃 92
覰　　見 覷

quān

圈圚　黃 194
　圈繢　黃 194

què

却略　王 362
卻　　見 却

R

ráng

穰　　見 rǎng

rǎng

穰　　黃 188

rè

熱烘烘　黃 126

熱剌剌　黃121

rén
人情　黃190

rèn
恁的　見 nèn
認　王205

réng
仍　王205

ròu
肉弔窗兒放下來　黃86

rǔ
乳　黃182

rù
入馬　黃19

ruán
撋就　黃66

ruǎn
軟設設　黃118
　軟歎歎　黃118
偄　見 軟

rùn
潤濛濛　黃131

ruó
撋就　見 ruán

S

sā
撒　另見 sǎ
　撒八　方183
　撒叭赤　方274
　撒沁　王207
　撒訫　王207
　撒吞　王75
　撒唔　王75
　撒倍　王75
　撒滯殢　黃65

sǎ
洒銀　方215
洒瀴　方215
洒纓　方215
撒　另見 sā
　撒袋　方102
　撒的　王206
　撒地　王206
　撒敦　黃152, 方23
　撒和　黃66, 方29
　撒鏝　黃66
　撒然　王206
　撒撒的　王206
　撒因　方215
　撒銀　方215, 201
　撒嬴　方215
灑然　王206

sāi
塞因　見 sài

sài
塞因　方215

賽艮　方215
　賽色　王364
　賽音　方215
　賽銀　方215

sān
三不歸　黃21
　三不知　黃20
　三梢末尾　王209
　三思臺　王208, 黃190
　三推六問　黃83
　三衙家　黃21

sāng
桑琅琅　黃108
　桑新婦　黃48

sǎo
掃兀　方239, 201

sè
澀道　黃65
　澀的　王206
濇　見 澀

shā
沙　黃175
　沙三　黃23
煞　見 shà

shà
煞　黃169
篩子喂驢漏豆了　黃157

shān
山間滾磨旗　黃158
　山人　黃22

苫眼鋪眉 黃45	設若 王210	失留疎剌 黃137
shǎn	設使 王210	失留屑歷 黃137
閃 黃183	**shéi**	失鸞 方314
shàn	誰有閒錢補笊籬 王256, 黃91	獅蠻 方314
善與人交 王210		濕津津 黃132
善知識 黃56	**shēn**	濕浸浸 黃132
苫眼鋪眉 見 shān	身凜凜 黃124	濕淋淋 黃132
shàng	參 見 cān, cēn	濕肉伴乾柴 黃72
上 王233	**shěn**	溼 見 濕
上解 王125	嗲可可 黃121	**shí**
上稍 黃190	**shèn**	石包五赤 方104
shāo	滲 王23	時候 王212
捎 黃47	**shēng**	時節 王212
稍 黃47, 186	生 黃169	時時 王212
shǎo	生分 黃180	實㔷㔷 黃120
少甚麼 黃191	生忿 黃180	實丕丕 黃130
少歇 王262	生扢扎 黃84	**shǐ**
shào	生扢支 黃84	使不的 王213
哨子 王115	生各擦 黃84	使不着 王213
捎 見 shāo	生各查 黃84	使數 黃39
少 見 shǎo	生各札 黃84	使長 黃81
shé	生各支 黃84	使作 黃39
舌刺刺 黃111	生跂支 黃84	**shì**
舌刺刺 黃111	生磕擦 黃84	是 王213
折 見 zhé	生剌剌 黃114	侍長 黃81
shě	生受 黃30	**shōu**
舍人 見 shè	聲剌剌 黃113	收撮 王216
shè	**shèng**	**shǒu**
舍人 黃81	聖人 黃60	手帕 王216
設如 王210	盛 王211	手稍 王209
	shī	首思 方280
	失剌溫 方152	**shòu**
		受用 黃183

瘦色　　王364	**shuò**	**suī**
瘦岩岩　黃130	數　　見 shǔ	雖　　　王224
瘦嵓嵓　黃130	**sī**	**suí**
shū	廝　　　黃67	隨計　　王363
疏　　見 疎	廝琅琅　黃109	隨事　　王363
疎剌剌　黃108	廝琅琅湯　黃139	隨邪　　王219
疎剌剌沙　黃139	廝耨　　王363	隨邪水性　王219
shú	廝挺　　王221	隨斜　　王219
贖解　　王125	**sǐ**	隨在　　王303
shǔ	死沒騰　黃34	**sǔn**
數　　　王217	**sì**	筍條　　黃90
屬　　見 zhǔ	四堵牆　黃27	**suō**
shù	四行　　王364	莎搭八　方242
束杖　　黃86	四星　　黃191	莎可　　方255, 201
數　　見 shǔ	**sōng**	莎塔八　方242
shuā	鬆寬　　黃74	**suǒ**
刷卷　　黃39	**sū**	所事　　黃42
刷選　黃40	窣　　　王222	所圖　黃42
shuǎ	窣地　王364	索放　　黃184
耍馬兒　王358	**sù**	索是　黃48
shuǐ	素放　　黃184	鎖忽塌把　方242
水底納瓜　黃158	速胡赤　方271, 267	鎖胡塌八　方242
水晶塔　黃158	速碌碌　黃108	鎖陀八　方242, 201
水性隨邪　王219	速門　方99	
shui	速木赤　方267	# T
說兵機　見 shuō	蔌　　　王222	
shuō	簌　　　王222	**tā**
說兵機　王221	**suān**	他　　　王225
	酸丁　　黃64	他那　王225
	酸溜溜　黃120	他年　王227
		他日　王227
		他誰　黃30

他時　王227	特地　王228	**tiǎo**
他這　王225	特古裏　黃21	挑茶斡刺　黃87
他這個　王225	特故　黃21	挑唇料嘴　見 diào
tà	忒楞楞　黃106	挑泛　王231, 黃45
踏狗尾　王228	忒楞楞騰　黃138	**tiē**
嗒　見 dā	**téng**	帖兒各　方187
輽輽　方226	騰屹里　方113	帖各　方233, 201
闥獅蠻　方314	騰克里　方113	**tiě**
tāi	騰騰　王229	鐵里溫　方40
胎孩　黃30	騰騰兀兀　王230	鐵力溫　方40
tái	**tī**	鐵落　黃76
台孩　黃30	剔抽禿揣　黃144	鐵掙掙　黃122
台吉　方175	剔抽禿刷　黃144	帖　見 tiē
擡舉　黃73	剔騰　黃50	**tiè**
擡頦　黃30	踢騰　黃50	帖　見 tiē
tài	梯氣話　黃51	**tīng**
太僕　黃80	**tǐ**	聽沉　黃75
tāng	體面　黃77	**tíng**
湯　見 tàng	**tiān**	停　王232
táng	天甲經　黃22	停停　王232
唐兀歹　方320	**tián**	停頭　王364
tǎng	甜　黃194	**tóng**
倘兀歹　方320	塡還　黃59	銅斗兒家緣　黃91
tàng	**tiāo**	銅駝陌　黃91
湯　黃186	挑　見 diào, tiǎo	**tǒng**
tǎo	**tiáo**	統鏝　黃56
討　黃47	調發　王231	**tòng**
tè	調犯　王231	痛殺殺　黃128
特　王228	調泛　王231	痛煞煞　黃128
	調販　王231	
	調三斡四　黃67	

tóu

投至	黃36
投至得	黃36
頭	王233
頭敵	黃68
頭抵	黃68
頭口	黃71
頭面	黃196
頭上	王233
頭梢自領	王234
頭稍(兒)	王209, 234
頭稍自領	王234
頭踏	黃71

tòu

透	王235

tū

禿喇哈	方190
禿魯赤	方267
禿魯哥	方154
突磨	黃64

tú

徒要	王236
圖	王236
圖得	王236
圖要	王236

tǔ

土魯魯	黃103
土實	方123
吐實	方123
吐下鮮紅血當做蘇木水	
	黃85

tù

兔鶻	黃44

吐　　見　tǔ	

tuán

團標	黃62

tuí

頹	黃69
頹氣	黃69

tuì

退怯怯	黃126
煺	黃167
褪　　見　tùn	

tǔn

啍	王75

tùn

褪	王237

tuō

迤逗	黃52
迱　　見　迤(tuō)	
脫空	黃53
脫皮兒裏劑	黃88

tuó

迤逗　見　tuō	
迱　　見　迤(tuō)	

W

wā

窪勃辣駭	黃151
窪辣駭	黃151

wǎ

瓦刺姑	方275
瓦市	黃27

wà

瓦　　見　wǎ	

wāi

歪剌	方275
歪剌骨	黃45, 方275

wài

外	王238

wān

彎犇	王239
灣犇	王239

wán

頑犇	王239
頑涎	王241

wǎn

晚西	王243
婉娩	王242
婉晚	王242
畹晚	王242

wáng

王留	黃23
王母	黃23

wǎng

往常時	王31

wàng

望子	黃52
往常時　見　wǎng	

wéi

爲	王 244
爲復	王 243
爲人	黃 193
爲是	王 243
唯	王 365
唯復	王 243
惟	王 365

wèi

未論	王 17
爲	見 wéi
謂	王 121, 244

wēn

溫都赤	方 269, 267

wén

文傷傷	黃 122
聞	黃 187

wěn

穩便	黃 75
穩拍拍	黃 121
穩丕丕	黃 132

wèn

問事	黃 194

wō

窩脫	方 24
窩脫銀	方 61

wū

兀	另見 wù
兀兀禿禿	黃 21

wú

無處	王 252
無處所	王 252
無存濟	黃 34
無倒斷	黃 186
無端	王 245
無乾淨	黃 196
無籍	王 249
無據	王 250
無賴	王 249
無梁斗	黃 89
無梁桶	黃 89
無論	王 17
無憑據	王 250
無事處	黃 55
無事哏	黃 37
無事狠	黃 37
無是處	黃 55
無數	王 218
無所	王 252
無徒	黃 55

wǔ

五代史	黃 83
五都魂	方 147
五隔	方 234
五裂	方 37
五裂簸迸	方 37
五酥	方 118
五速	方 118
舞翩翩	黃 130
舞旋旋	黃 129

wù

兀的	黃 173
兀堵兒	方 203, 201
兀該	方 234, 201
兀剌	黃 174, 方 156
兀剌赤	方 46
兀辣赤	方 46
兀良	黃 173
兀伶	黃 197
兀那	黃 173
兀誰	黃 173
兀兀騰騰	王 230
兀兀禿禿	見 wū
兀自	黃 22
悟	方 225, 201
愻	方 225, 201
惡	見 è

X

xī

吸哩哩	黃 106
吸里忽剌	黃 138
吸力力	黃 106
吸溜	王 365
吸留	王 365
希飈胡都	黃 143
希留合剌	黃 143
希留急了	黃 138
稀剌剌	黃 119
奚落	王 254
傒落	王 254
傒倖	黃 54
徯	見 傒
息颯	黃 134
淅零零	黃 107
惜	王 252

xǐ

喜都都	黃 119
喜收希和	黃 139
喜孜孜	黃 119

xiā	xiǎng	xiě
蝦吞　　方66	想　　　王257	寫　　　王262
xiá	想像　王258	**xiè**
暇　　　見 jiǎ	響擦擦　黃113	解　　　見 jiě, jiè
xià	響珊珊　黃113	瀉　　　王262
下　　　王255	**xiàng**	**xīn**
下次孩兒　黃79	向　　　王259，黃33	心切切　黃123
下次小的　黃79	向令　王260	**xín**
下稍　黃190	向若　王260	尋　　　另見 xún
xiān	向使　王260	尋思　黃55
先生　　黃80	相次　見 xiāng	
掀騰　　黃54	相公　黃82	**xìn**
	xiāo	信　　　王264
xián	消耗　黃183	顖子　黃74
閑　　　另見 間	消詳　王365	
閑錢補笊籬　王256，	**xiǎo**	**xīng**
黃91	小大哥　黃79	惺惺　　黃56
閑搖搖　黃128	小姐　黃79	**xíng**
閑　　　見 閒(xián)	小可　黃79	行　　　另見 háng
涎鄧鄧　黃118	小可如　黃190	行動些　黃34
擤　　　黃187	**xiào**	行唐　黃35
賢家　　黃83	笑呷呷　黃112	行者　黃80
賢每　黃83	笑哈哈　黃112	**xǐng**
xiàn	笑吟吟　黃117	醒睡　　黃69
見識　　見 jiàn		**xiū**
現世生苗　黃52	**xiē**	羞答答　黃118
xiāng	些兒　　黃169	**xiù**
相次　　王256	些　　　見 些	秀才　　黃82
相公　見 xiàng	歇　　　王262	**xū**
香馥馥　黃125	歇子　王262	虛脾　　黃53
香噴噴　黃116	**xié**	
	協羅廝鑽尾毛廝結　黃87	
	脇肢裏扎一指頭　黃88	

xuān

宣魯干　方326
　宣魯甘　方326
　宣虜干　方326

xuán

懸麻　　黃92

xún

尋　　　王265
　尋常　　王265, 266
　尋趁　　王34
　尋思　　見 xín

Y

yā

呀　　　黃166
壓　　　王267
　壓着　　王267

yá

牙不　　方256
　牙步　　方256
　牙椎　　黃79
　牙搥　　黃79
　牙槌　　黃79
　牙推　　黃79
崖蜜　　王267

yǎ

啞不　　方256
　啞步　　方256

yà

亞卜　　方256

亞不　　方256
搯把　　王266
　搯靶　　王266
　搯擶　　王266

yān

淹潤　　黃194
腌　　　見 ā
懕漸漸　黃131

yán

嚴　　　王268
　嚴惡　　王268
言　　　王268

yǎn

眼中疔　黃88
　眼中釘　黃88

yàn

厭　　　王269
燕喜　　黃70
焰　　　見 爓
爓騰騰　黃131
艷亭亭　黃132
　艷曳　　王270
　艷逸　　王270
　艷裔　　王270
　艷爓　　王270
豔　　　見 艷

yáng

羊羔利　黃34
陽艷　　王270
楊柳細　黃157

yǎng

仰刺擦　黃34
仰刺叉　黃34

仰刺擦　黃34
仰刺叉　黃34

yàng

怏　　　黃42

yāo

幺篇　　黃22
么　　　見 幺
要　　　王274
　另見 yào
　要勒　　王274
邀勒　　王274

yáo

堯婆　　黃58
搖艷　　王270
　搖裝　　黃58
遙曳　　王270
　遙裔　　王270

yào

要　　　王272
　另見 yāo
　要且　　王272
　要自　　王272

yē

耶步　　方256

yé

耶步　　見 yē
爺老　　黃151

yě

也　　　黃165, 166,
　　　　168, 176
　也波　　黃177
　也呵　　黃166

也囉　　黃 164	**yí**	**yìn**
也麥　　方 144	迤逗　　見 tuō	印板兒　　黃 158
也麼　　黃 177	疑　　王 170	窨服　　黃 64
也麼哥　黃 177	**yǐ**	窨付　　黃 64
也那　　黃 176	矣　　黃 165	窨附　　黃 64
yè	迤逗　　見 tuō	窨腹　　黃 64
曳白　　王 284	倚的　　方 200	窨約　　黃 64
曳剌　　黃 151	倚閣　　王 279	窨子裏秋月　黃 90
曳落河　黃 151	**yì**	**yīng**
葉蕉　　王 130	亦　　王 280	應昂　　見 yìng
yī	亦來　　方 143	**yíng**
一划　　黃 19	屹　　見 gē	營勾　　黃 73
一成　　王 278	意慌慌　黃 129	**yǐng**
一攢攢　黃 122	意欣欣　黃 129	影神　　黃 64
一搭兒　黃 18	意掙　　黃 75	**yìng**
一等　　黃 18	意孜孜　黃 129	映　　王 292
一遞裏　黃 18	癔掙　　黃 75	硬掙掙　黃 119
一發　　王 275	懿掙　　黃 75	應昂　　黃 72
一番　　王 278	**yīn**	**yo**
一房一臥　黃 190	因循　　王 287	喲　　黃 168
一徑　　王 276	因伊　　王 289	**yóu**
一就　　王 277	因依　　王 289	由來　　王 296
一來　　方 143, 141	暗付　　黃 64	猶　　王 293
一了　　黃 18	暗約　　黃 64	**yú**
一謎裏　黃 18	殷勤　　王 285	餘　　王 296
一陌兒　黃 19	慇懃　　王 285	虞候　　黃 82
一弄兒　黃 18	陰人　　黃 195	**yǔ**
一拳兒　黃 189	**yín**	語刺刺　黃 112
一時　　王 276	吟邊　　王 8	語剌剌　黃 112
一投　　黃 36	**yǐn**	
一星星　黃 189	隱　　王 290	
壹留兀淥　黃 139	隱映　　王 291	
伊　　黃 81		
伊哩烏蘆　黃 137		
依柔乞煞　黃 143		
依約　　王 279		

yù			zāi			zěn	
欲	王 298		栽	王 302		怎麼	王 310
鬱巍巍	黃 133			zài			zhā
	yuān		在	王 303		扎撒	方 329
冤楚楚	黃 125		在城	王 304			zhà
冤家	黃 82		在衙	王 304		乍	黃 28
鴛鴦客	黃 197			zán		詐	黃 186
	yuán		咱	見 zá			zhāi
員外	黃 82			zàn		摘離	黃 62
	yuǎn		暫	黃 196		摘厭	黃 62
遠打週遭	王 139		蹔	見 暫			zhái
	yuē			zāng		宅院	王 311
約兒赤	方 235		贓埋	黃 59			zhān
約兒只	方 235, 201		贓諙	黃 59		占	見 zhàn
約略	王 301		贓仗	黃 76		粘漢	見 nián
	yuè		臢	見 贓			zhàn
越	王 301			zǎo		占奸	王 312
越樣	王 301		早	黃 169		占姦	王 312, 黃 32
	yún		早難道	王 305		站	方 16
雲陽	黃 90		早是	黃 33		站赤	方 16
			早晚	黃 33		戰篤速	黃 69

Z

			蚤	見 早		戰兢兢	黃 131
	zā			zào		戰欽欽	黃 121
扎撒	見 zhā		造次	王 309		戰簌簌	黃 121
	zá		造合	王 99		顫巍巍	見 chàn
咱	黃 164, 171		造物	黃 54		蘸	王 311
			躁暴	王 308			zhǎng
				zé		長	見 cháng
			則	黃 44			zhāo
			則箇	黃 164			
			則管裏	王 323		着	見 zhuó

著　　見 着	**zhèng**	只古裏　王323
zháo	正本　黃31	只管　王323
着　　見 zhuó	正端端　王74	只管裏　王323
著　　見 着	政　　王317	只留支剌　黃137
zhē	掙　　黃65, 75	祇　　王319, 321
遮剌　王366	掙本　黃31	**zhì**
zhé	掙側　黃68	至如　黃35
折辨　王312	掙揣　黃68	智賺　黃53
折對　王312, 黃38	掙圖　黃68	**zhōng**
折證　王312, 黃38	閗閗　黃68	中　　黃26
zhě	證本　黃31	中人　黃26
	證候　黃74	中注模樣　黃191
者　　黃163	**zhī**	**zhòng**
者波　黃165, 168	支持　王317	中　　見 zhōng
者剌　王366	支對　黃38	**zhōu**
zhè	支刺　黃174	周方　黃48
	支剌剌　黃122	周張　王367
這的　王314	支楞　黃133	周章　王367
這的喚　王315	支楞楞　黃103	周遮　王324
這的是　王315	支楞楞爭　黃136	週遭　王324
zhe	支離　王318	**zhóu**
着　　見 zhuó	支殺　黃174	軸頭兒廝抹着　黃159
著　　見 着	支煞　黃174	**zhòu**
zhēn	支生生　黃122	惆愴　黃186
	支吾　黃24	惆愴愴　黃128
眞成　王315	只　　見 zhǐ	**zhū**
針喇　王366	知重　黃43	諸　　王325
zhēng	祇　　見 zhǐ	**zhǔ**
正　　見 zhèng	祇　　另見 衹 (zhǐ)	主意　王326
zhěng	祇候　黃47	屬　　王216
	zhí	
整　　王316	直　　王318, 黃41	
整頓　王316	直爭爭　黃116	
整理　王316, 黃187	**zhǐ**	
	只　　王320, 黃170	

zhù
注倚	王 327
注意	王 327
著	見 着

zhuǎn
轉	王 327
轉關(兒)	王 330

zhuàn
賺	見 zuàn
轉	見 zhuǎn

zhuāng
粧	王 330
粧孤	黃 60
粧誣	黃 59
粧幺	黃 90
妝	見 粧
裝	王 330

zhūn
衠	黃 69

zhǔn
准	黃 184
准伏	黃 50
准擬	王 331
準	見 准

zhuó
着數	王 335
着意	王 334
着志	王 333
著	見 着

zī
孜孜	王 335
咨咨	王 335
髭髩	黃 70

zǐ
子	王 76, 322
子弟	黃 22
子管裏	王 323

zì
自	王 322, 336
自家	黃 80
自來	王 336
自然	王 338
自是	王 336
自專	王 341
恣恣	王 335

zǒng
總成	王 310, 黃 72
總承	王 310

zǒu
走智	王 324

zú
足	王 341
足丟沒亂	黃 143
足律即留	黃 143
足律律	黃 106
卒律	見 cù
崒嵂	黃 53
崒律律	黃 126

zuàn
賺	黃 72

zuǐ
嘴巴巴	黃 113
嘴盧都	黃 92

zuì
最	王 342

zuō
作	另見 zuò

zuó
作	另見 zuò

zuǒ
左猜	黃 31
左使	黃 31
左右	黃 31
撮	見 cuō

zuò
作	王 344, 367
作箇	王 367
作念	王 347
作意	王 334
做	王 345, 367
做處	王 348
做道	黃 51
做的個	王 349
做的箇	王 349
做人	黃 193
做小	王 349
做小伏低	王 349
做意(兒)	王 348

# 六種文言虛字著作綜合索引

A

ā
阿　文 346 上，劉 283
　　　另見 ē

āi
唉　文 325 下，
　　　劉 58，22，
　　　王 103，吳 71
欸　劉 22

ān
安　文 258 上，301 下，
　　　劉 65，73，
　　　王 45，吳 29，
　　　詩 200 上，推 369 上
安得　文 260 下，
　　　詩 200 上，推 370 上
安能　文 254 上
安宜　劉 28
安用　詩 229 下，推 399 上
安猶　文 247 上，劉 112
安在　詩 200 上
安知　詩 229 下，200 上，
　　　推 398 下，370 上
安直　劉 273

àn
按　王 48，吳 29
案　劉 65，
　　　王 45，吳 29
暗　詩 224 上，推 393 上

áng
卬　文 343 下

B

bǎ
把　詩 225 下，推 381 上

bà
罷　詩 228 上，推 396 下

bǎi
百　文 273 上，吳 204

bàn
半　推 383 下
半段　推 383 下
拌　見 pān

bàng
傍　見 旁

bào
暴　文 334 下，劉 222

bēi
卑　見 bǐ

bèi
被　文 289 下，劉 191，
　　　詩 222 下，推 391 下
倍　詩 212 上，推 381 上
備　劉 185

běn
本　文 330 下，劉 154，
　　　詩 179 上，推 355 下
本嘗　文 330 下
本故　文 330 下
本來　詩 179 下，推 355 上
本是　詩 179 下，推 355 上
本自　詩 178 下，推 355 上

bēng
伻　文 264 上

bǐ
比　文 342 上(2)，
　　　333 上，
　　　劉 186，133，60，
　　　王 217，吳 188，
　　　詩 195 下，推 380 上
比比　劉 187
比爾　劉 186
比及　文 342 上，劉 187
比來　詩 196 上，推 380 上
比每　劉 147
比年　劉 187，
　　　詩 196 上，推 380 上
比如　劉 134
比物　劉 187
比于　劉 186
彼　文 317 下，劉 123，
　　　王 215，吳 187
彼之　文 306 上
卑　劉 125
俾　文 264 上，劉 125
俾令　文 264 上

bì
必　文 249 下，劉 248，
　　　吳 201，
　　　詩 183 下，推 358 上
必將　文 286 上
必且　文 285 下
必是　推 358 上
必也　文 249 下，劉 248
必則　文 250 上

畢	文 320 下, 劉 248, 詩 228 上, 推 396 下		**bó**	不禁	詩 197 下, 推 368 下
				不堪	文 337 上, 劉 118, 詩 197 上, 推 368 上
畢竟	文 324 上, 劉 228, 詩 216 下, 推 386 上	薄	劉 269, 王 217, 吳 188	不可	詩 202 上, 推 371 下
				不可不	劉 243, 158
	biàn	薄言	劉 269	不肯	詩 201 下, 推 371 下
便	文 293 下, 268 下, 劉 219, 詩 220 下, 推 389 下		**bù**	不勞	詩 229 下, 推 399 上
				不奈	詩 199 下, 推 370 上
		不	文 246 上, 劉 242, 王 218, 260, 262, 吳 188	不奈何	推 370 上
				不耐	詩 197 下, 推 368 上
便乃	文 294 上		另見 fǒu	不能不	劉 243, 108
便是	詩 220 下, 推 389 下	不必	詩 183 下, 推 358 上	不寧	劉 104
便須	詩 220 下, 推 390 上	不必然	劉 71	不寧唯是	劉 19, 104
便應	詩 220 下, 推 389 上	不曾	詩 185 上, 推 359 下	不然	劉 70, 詩 221 下, 推 390 下
便則	文 295 下	不嘗	文 246 上, 劉 243		
便輒	文 294 下	不成	劉 103, 詩 220 上, 推 389 下	不忍	詩 197 下, 推 368 上
徧	劉 219	不翅	文 299 上, 劉 183, 詩 188 上, 推 362 下	不任	文 337 上, 劉 117
	bié			不容	文 314 下, 劉 2
別	文 275 上, 劉 260, 詩 185 下, 推 359 下	不啻	文 299 上, 劉 183, 詩 188 上, 推 362 下	不如	文 265 下, 劉 44, 詩 208 上, 推 375 下
別有	詩 185 下, 推 359 下	不但	詩 188 上, 推 361 上	不若	文 265 下
別作	詩 185 下, 219 下, 推 359 下, 389 上	不當	文 313 下, 劉 92	不尚	劉 226
		不道	劉 244	不勝	文 337 上, 劉 109, 詩 197 上, 推 368 下
	bìng	不得	文 315 上, 劉 276		
並	文 321 下, 劉 172, 詩 216 上, 234 下, 推 385 下	不獨	詩 187 下, 推 360 下	不使	詩 193 上
		不爾	文 311 下, 劉 125	不是	詩 218 上, 推 387 上
		不妨	詩 230 上, 推 399 上	不似	詩 208 上, 推 374 下
並皆	文 321 下	不恣	詩 230 上, 推 399 上	不唯	推 360 下
并	文 321 下, 劉 103, 詩 216 上, 推 385 上	不憤	推 399 下	不惟	劉 20
		不復	詩 181 上, 推 356 上	不為之	劉 26
併	文 321 下, 劉 171, 103, 詩 216 上, 推 385 上	不敢	王 226, 詩 201 下	不為	詩 196 下, 推 367 下
		不敢不	劉 243	不謂	詩 229 下, 推 398 上
		不共	詩 216 上	不瑕	文 257 下, 劉 89
		不過	劉 243	不遐	文 257 下
併覺	詩 216 上, 推 385 上	不會得	劉 212	不下	劉 243
併如	詩 216 上, 推 385 上	不幾	劉 32	不省	詩 223 上, 推 392 下
併在	詩 216 上, 推 385 下	不及	詩 187 上, 推 360 上	不須	文 314 下, 詩 229 上, 推 399 上
		不教	詩 193 上	不言	詩 229 下, 推 398 下

不以	文 327 下		**cè**		**chǎn**
不亦	文 246 上, 劉 271, 王 83	側	文 341 上, 推 399 下	剗	詩 224 下, 推 395 下
不意	劉 190, 詩 229 下, 推 398 下	側見	文 341 上, 詩 230 下, 推 399 下	剗地	詩 224 下, 推 395 下
不應	推 372 上	側聽	文 341 上, 詩 230 下, 推 399 下	剗却	詩 224 下, 推 395 下
不用	詩 229 下, 推 399 上	側聞	文 341 上, 詩 230 下, 推 399 下		**cháng**
不有	劉 172	側想	推 399 下	常	文 339 下, 251 上, 劉 97, 詩 224 上, 推 393 下
不緣	詩 196 上, 推 367 上		**céng**		
不曰	文 246 下, 劉 242	曾	文 251 上, 262 下, 劉 107, 王 182, 吳 151, 詩 185 上, 推 359 上 另見 zēng	嘗	文 251 上, 262 下, 劉 98, 詩 185 下, 推 359 上
不知	詩 229 下, 推 398 下			嘗不	文 262 下
不至	劉 183			嘗無	文 262 下, 詩 185 下, 推 359 上
不足	劉 241			嘗已	劉 98, 132
不作	詩 220 上	曾不	詩 185 下, 推 359 上 另見 zēng	長	文 339 下, 劉 98, 詩 224 上, 推 393 下 另見 zhàng
	C	曾此	詩 185 上		
		曾非	文 262 下	長是	詩 224 下, 推 393 下
	cái	曾經	文 252 上, 詩 185 上, 推 359 上	長在	詩 224 下, 推 393 下
纔	文 340 下, 劉 58, 詩 191 上, 推 363 下	曾來	詩 185 下, 推 359 上		**chéng**
纔是	詩 191 上	曾是	詩 185 下, 推 359 上 另見 zēng	成	文 303 下, 劉 102, 詩 220 上, 推 389 上
才	劉 58 另見 zāi			盛	見 shèng
財	文 340 下, 劉 58	曾未	文 262 下	誠	文 329 下, 268 下, 劉 101, 吳 203, 詩 197 下, 推 368 下
裁	文 340 下, 劉 58	曾無	文 262 下, 詩 185 下, 推 359 上	誠即	文 268 下
	cán	曾緣	詩 196 下	誠實	劉 102
慙			**chā**	誠知	詩 198 上, 推 368 下
慙愧	詩 233 上, 推 402 上	差	文 271 下, 劉 213, 詩 207 下, 推 374 下		**chí**
	cǎn	差可	詩 207 下, 推 374 下	遲	見 zhì
督	王 183, 吳 151		**chà**		**chì**
憯	王 183, 吳 151				
憯	文 262 下, 劉 180, 王 183, 吳 151	差	見 chā	啻	文 299 上, 劉 183,
慘	王 183, 吳 151				

	王205，吳179，詩188上	除非	文299上，劉49，詩225上，推395上	此時 此是	詩217下，推387上 推387上
翅	文299上，劉183，王205，吳179，詩188上	除卻	詩225上，推395上，396上	此外 此唯 此行	詩231下，推403上 劉20 詩217下，推387上
叱		除是	文299上，劉49	此焉	文347下
叱嗟	文326上，劉89，王191	除有	詩225上，推395上	此夜 此以	詩217下，推387上 劉124
赤			**chù**	此則	文307下
赤憎	詩230下，推399下	處	文312上，詩227上，推395下	此者 此之	文345上 文306上
	chóng	處所 觸	詩227上，推395下 劉239	此中	詩231下，推403上，387上
重	文339上，劉182，詩183上，推357下另見 zhòng	觸處	劉239		**cì**
重來	詩183上，推357下		**chuán**	次	文320上，312下，劉190
	chóu	遄	文335上		
惆			**chuí**		**cóng**
惆悵	詩233上，推402上	垂	文327上，劉30，詩193上，推364下	從	文276下，319上，320上，劉3，吳199，詩194上，234上，推366上，367下另見 zòng
疇	文261下，劉115，30，王142，吳109，詩234上	垂當 垂老 垂死	文327上 詩193上，推365上 詩193上，推365上		
疇昔	文342上，劉31		**chún**	從此	詩194上，217下，推367下，387上
疇咨	文261下，劉20	純	劉60	從何	詩194上，推367下
噳	王142，吳109		**cǐ**	從教	文319上，詩229上，推398上
歟	王142，吳109	此	文307下，劉124，吳214，詩217下，推387上	從今	詩231下，194上，推402下，367下
	chū	此地	詩217下，推387上	從來	文277上，劉4，詩194上
初	文332上，劉35，詩187上，推360上	此蓋 此際	劉210 詩231下，推403上	從令	文319上，詩229上，推398上
初不	劉36	此來	詩217下，推387上		
初先是往	文332上，劉67	此乃 此去	文293上 詩217下，推387上	從遣	文319上，詩229上，推398上
	chú	此日	詩217下，推387上		
除	文299上，劉49，詩225上，推395上	此若	王155，335	從渠	文319上，推398上

從他	文319上		**D**		**dān**	
從它	文319上,			單	文320下, 劉64	
	詩229上, 推398上			殫	文320下	
從頭	推401上					
從茲	詩194上, 218上,		**dà**		**dǎn**	
	推367下, 387下	大	劉206, 205	亶	文330下, 劉154	
從自	文277上, 推367下	大氐	文273下, 劉206		另見 dàn	
	cū	大氐無慮	文273下, 劉206, 203	亶侯	劉116	
粗	文272下, 劉56, 詩207下, 推374下	大抵	文273下, 劉206, 詩229上, 推398上		**dàn**	
觕	文272下, 劉56	大抵率	文273上, 劉249	但	文296上, 269下, 劉155, 154, 吳199, 詩187下, 推361上	
麁	劉56					
麤	劉56	大底	文273下, 劉206	但看	詩187下, 推361上	
	cú	大都	文274上, 劉207, 詩229上, 190上, 推398上, 362下	但可	劉155	
徂	王180, 177, 255, 267, 吳150, 148			但恐	詩226上, 推394上	
	cù	大凡	文273下, 劉118	但令	文269下, 詩188上, 推361上	
卒	文335上, 劉251	大歸	文273下, 劉206			
	另見 zú	大較	文274上, 劉207	但能	詩188上, 222下, 推361上, 391下	
卒遽	文335上	大略	文273下, 劉207			
卒然	文335上	大率	文273下, 劉206, 249	但取	詩187下	
猝	劉251			但使	文269下, 劉155, 詩188上	
猝嗟	王191	大體	劉207			
促	劉241	大要	文273下, 劉206	但知	詩223上, 推392下	
趣	文335下, 劉241	大約	文273下, 劉267	亶	文296下, 劉154, 吳199	
簇	劉237	大致	劉207			
簇新	劉237		**dài**		另見 dǎn	
	cún	殆	文253下(2), 劉148, 王139, 吳107	誕	劉155, 王139, 251, 270, 吳107	
存	文242下					
	cuò	殆將	文253下(2), 285下		**dāng**	
錯	詩225下, 推394上	迨	文323下, 劉149	當	文313上, 劉92, 王137, 138, 吳106, 107, 詩205下, 推372上, 364上	
錯疑	詩225下, 推394上	逮	文323下, 劉204			
		代	文339上			

	另見 dàng	傳道	詩217下，推386下			dí
當爾	文311下	說道	詩217上，推386下			
當復	劉93	想道	詩217下，推386下	的		文287上，劉273，
當令	詩205下，推372上		dé			詩191下，推364上
當時	劉93	得	文290下，260下，	的當		推364上
當頭	詩205下，推364上		315上，劉276，	的是		詩191下，推364上
當下	劉93		詩223上，推392上	的應		詩234下，推364上
當須	詩205下，推372下	得不	劉276	的有		詩191下，推364上
當宜	文313下	得非	詩223上，推392上	的知		推364上
當應	文313下，劉92	得能	劉109	迪		劉273，
	dǎng	得似	詩208上，推374下			王139, 252, 266,
黨	劉171	得微	劉34			277，吳108
	另見 tǎng	得亡	劉47	適		劉273
	dàng	得無	文260下，劉47，			另見 shì
			詩223上，推392上			dǐ
當	劉225			底		文260上，劉128，
	另見 dāng	怪得	詩223上，推392上			詩200上，推370上
當日	劉225	記得	詩223上，推392上	底處		詩200下，推370下
	dāo	濾得	推392上	底恁		推370下，388上
叨	見 tāo	乞得	推392上	底事		詩200上，推370下
	dǎo	醫得	推392上	底是		推370下
倒	見 dào	憶得	推392上	底爲		文260上
	dào	占得	推392上	底樣		推370下
		登	劉106	抵		劉128
到	劉222		另見 dēng	抵死		詩232下，推400下
			dēng			dì
到處	詩227上，推396上	登	文294上，劉106	弟		文297下
到此	詩217下，推387上		另見 dé	第		文297下，269下，
到來	詩228上，推396下	登即	文294上			劉203，吳200，
到日	詩232上，推403上	登來	劉106			詩189上，推361上
到時	詩232上，推403上	登時	文294上，劉106	第幾		詩198下，推369上
到頭	詩232上，推403上		děng	第令		文269下，劉203
倒	文276上	等	文260上，劉173	第一		推402下
道	詩217上，推386上	等頭	劉173，推401上	第應		詩205下
道是	詩217上，推386下	等閒	劉173，	地		文297下，劉189
			詩189上，推362上	的		見 dí
報道	詩217下，推386下			遞		文339上，

diǎn

詩 213 上，推 382 上

點
- 點檢　推 402 上

dié
- 迭　文 339 上，劉 258
- 軼　文 339 上，劉 258

dǐng
- 鼎　文 287 上，劉 171

dìng
- 定　文 250 上，劉 232，詩 184 上，推 358 上
  - 定何　詩 184 上，推 358 上
  - 定幾　詩 184 上，推 358 上
  - 定是　詩 184 上，推 358 上
  - 定知　詩 184 上，推 358 上

dòng
- 動　文 250 下，劉 120，詩 211 下，推 380 上
  - 動必　文 250 下
  - 動而　文 250 下
  - 動即　文 251 上，劉 120，詩 211 下，推 380 上
  - 動使　文 251 上
  - 動輒　文 251 上

dǒu
- 斗　文 334 下，劉 178，詩 210 下，推 379 上
  - 斗覺　詩 210 下，推 379 上
- 陡　文 334 下，劉 178，詩 210 下，推 379 上
  - 陡然　詩 234 上，推 379 上

dòu
- 逗　詩 195 下，234 上，推 366 下

dū
- 都　文 321 上，280 上，325 上，劉 56，王 137，吳 106，詩 190 上，推 362 下
  - 都大　劉 56
  - 都來　推 362 下
  - 都盧　詩 234 上，推 362 下
  - 都已　詩 190 上

dú
- 獨　文 297 上，260 下，劉 237，王 135，吳 103，詩 187 上，推 360 下
  - 獨安　文 260 下
  - 獨何　文 260 下
  - 獨奈何　文 260 下
  - 獨誰　文 260 下
  - 獨唯　文 297 上，劉 20
  - 獨有　詩 187 上，推 360 下
  - 獨自　文 297 上，詩 187 上，178 下，推 360 下，355 上
  - 獨作　詩 220 上，推 389 上

duān
- 端　文 287 上，劉 65，詩 191 下，231 上，推 364 上，399 下
  - 端不　詩 234 上，推 364 上
  - 端的　劉 65，詩 234 下
  - 端合　詩 191 上，234 下，推 364 上
  - 端能　推 364 上
  - 端知　詩 191 下

duàn
- 斷　劉 155
  - 斷當　推 401 下
  - 斷定　推 401 下
  - 斷送　推 401 下

dùn
- 頓　文 334 下，劉 216，詩 210 下，推 379 上
  - 頓教　詩 210 下，推 379 上
  - 頓覺　詩 210 下，推 379 上
  - 頓使　詩 210 下，推 379 上

duō
- 多　文 298 下，劉 85，15，王 207，257，吳 179，詩 185 上，188 上，推 358 下，383 下，384 上，373 上，361 上
  - 多被　詩 222 下，推 391 下
  - 多恐　詩 188 下，推 361 上
  - 多少　詩 215 上
  - 多是　詩 185 上，推 358 下，383 下
  - 多謝　詩 230 上
  - 多應　詩 188 下
- 咄　劉 256
  - 咄咄　劉 256

E

ē

阿	另見 ā
阿堵	劉284
阿那	文259下，劉223，
	詩199下，推370上
阿誰	文261下，劉283，
	推370下

é

俄	劉86，
	詩211上，推379上
俄頃	劉172，
	詩211上，推379下
蛾	劉86

è

惡	見 wū

ei

誒	見 xī

ér

而	文310下，344上，
	劉10，王142，305，
	吳110，
	詩221上，推390下
而夫	劉12
而後	劉11，13，176，
	王311
而後乃	劉150
而今	文311上，341下，
	劉11，
	詩231下，推402下
而況	文255下
而往	劉11
而爲	劉24
而已	文311上，345下，
	劉131
而已矣	文345下，
	劉137
而以	文328下
而曰	吳117
兒	劉29

ěr

耳	文345下，劉127，
	王165，290，
	吳134，
	詩228上，推396下
耳乎	劉52
耳矣	劉127，王166
爾	文311上，316下，
	345下，343下，
	劉125，
	王163，290，
	吳133，
	詩221上，推390上
爾來	劉127
爾乃	文311下，292下，
	劉126
爾其	劉126，9
爾日	文311下
爾時	文311下，劉125，
	詩221上，推390下
爾所	文311下
爾馨	文346上，劉105
爾許	劉125，142
爾則	文311下
尒	劉125，
	王163，吳133

F

fān

翻	文275下，282下，
	劉63，
	詩182上，推356下
翻然	詩182上
翻爲	詩182上，推356下

fán

凡	文273上，劉118
凡幾	詩198下，推369上
凡今	詩231下，推402下
煩	詩212上，推381上

fǎn

反	文275上，劉154，
	詩182上，推356下

fàn

汎	文283上
泛	文283上

fāng

方	文286下，劉90，
	吳212，
	詩191下，推364上
方當	文286下
方復	文286下，劉91
方將	文286下，285下，
	劉91
方今	劉91，
	詩231下，推402下
方乃	文286下，劉91
方且	文286下，
	劉91，168

方興	文287上		王228, 263, 吳191	咈 伏	劉251 劉252 劉237
	fáng		**fēn**		**fǔ**
妨	詩230上, 推399上	分	劉214, 詩234上	甫	文332上, 劉146
	fǎng		**féng**	甫乃	劉146
昉	文332下	逢	文290上, 詩222下, 推391下	甫欲	劉146
	fàng		**fǒu**		**fù**
放	文264下, 詩193下, 推365上	不	文246下, 劉244, 詩228下, 推397下	復	文281上, 劉238, 詩181下, 推356上
放教	文319上, 264下, 詩229上, 推398上		另見 bù	復此 復還	詩181下, 推356上 文281下
	fēi	不者	文344下	復何	文281下, 詩181下, 推356下, 369上
非	文247上, 劉32, 王228, 301, 吳191	否	文247上, 劉176, 王218, 262, 吳188,	復見 復恐 復令	詩181下, 推356上 推394下 詩181上
非不	劉33		詩228上, 234下, 推397下	復遣 復誰	詩193下 詩181下
非但	文296下, 劉155, 詩188上, 推361上		**fū**	復已 復亦	詩181上, 推356上 文281下
非獨	詩187下, 推360下	夫	見 fú	復有	文281下, 詩181上
非夫	劉51		**fú**	覆	文276上
非復	文281下, 詩181上, 推356上	夫	文316下, 326上, 280上, 劉50,		**G**
非關	詩231上, 推400上		王237, 吳195, 詩221下, 推390下		
非莫	文243下, 劉267	夫何	文256下, 劉80		**gǎi**
非乃	劉33	夫君	劉51		
非是	詩218上, 推387上	夫其	文317上	改	文284上
非特	文297下	夫然	劉70		**gài**
非徒	文297下, 詩189上, 推361上	夫人 夫日	文317上, 劉51 劉51	蓋	文252上(2), 劉207,
非唯	詩187下, 推360下	夫庸	文258下		王112, 吳78,
非有	文247上, 劉32	弗	文246下,		詩190下,
非緣	詩196下, 推367上		劉251, 242		推363上, 373下
非直	文298上, 劉273	弗如	文246下, 265上,		
	fěi				
匪	文247上, 劉138,				

蓋	另見 hé		gè		gòng
蓋嘗	文252上	各	劉268	共	文322上, 劉182,
蓋夫	文317上	各各	劉268		詩215下, 推385上
蓋將	文253下	各自	詩178下, 推355上	共誰	詩216上, 推385上
蓋乃	劉151	個	推388上	共是	詩216上, 推385上
蓋亦	王83	個個	文309下	共說	詩216上, 推385上
gǎn		箇	文309下, 劉222,	共言	詩216上, 推385上
敢	文312下, 劉179,		詩219上, 推388上	共知	詩216上
	詩201下, 推371上	箇裡	詩231下, 推403上	**gǒu**	
敢論	詩201下, 推371上	箇時	推403上	苟	文268上, 334上,
敢同	詩215下, 推385上	个	劉222		劉176,
敢謂	詩201下, 推371上	**gēng**			王126, 吳95
gāng		更	文339上, 劉100,	苟不	王226
剛	文287下, 劉100,		詩213上, 推382上	**gòu**	
	詩192上, 推364下		另見 gèng	遘	文290上
剛道	文287下,	**gèng**		覯	文290上
	詩192上, 217下,	更	文284上, 劉228,	**gū**	
	推364下, 386下		詩182下, 推357上	姑	文333下, 劉54
剛地	文287下,		另見 gēng	姑少	文334上
	詩192上, 推364下	更不	文284上, 劉228,	辜	
剛有	詩192上, 推364下		詩183上, 推357下	辜負	詩233上, 推402上
gāo		更此	詩217下, 推387上	**gù**	
皋	劉76,	更將	詩192下, 推380上	固	文331上, 劉199,
	王126, 吳95	更禁	推368下		王123, 124, 吳91
gào		更堪	詩197上, 推368上	固當	文331下, 劉92
告	劉222	更恐	詩226上, 推394下	固合	詩205下
gé		更無	文284上,	固且	劉200
格	劉270, 推363上		詩182下, 推357上	固也	劉200
格是	推363下	更有	詩182下, 推357上	固已	劉200
隔	劉270	更與	詩215下, 推384下	固以	文331上, 劉199
gě		更欲	詩182下, 推357上	故	文300上, 331上,
哿	劉159	**gōng**			331下, 284上,
		公	吳211		248下,
		公然	劉72		劉197, 202,

	王124, 123, 吳92, 91, 詩179下, 推355上	果	guǒ 文250上, 劉159, 吳201, 詩184上, 推358上	害	hài 見 hé	
故嘗	文331上				háo	
故夫	文317上	果得	詩184上, 推358上	號	劉54,	
故乃	王124	果爾	詩184上, 推358上		王90, 吳65	
故憑	詩226下, 推393上	果何	詩184上, 推358上		hǎo	
故因	文300下	果是	詩184上, 推358上	好	文314下, 劉157,	
故作	詩220上, 推389上, 355上		guò		詩206上, 推373上 另見 hào	
顧	文275下, 劉201, 王125, 123, 124, 吳95, 91	過 過了	推384上 劉157	好來 好去 好誰	詩206上, 推373上 詩206上, 推373上 詩206上, 推373上	
顧而	文275下		H	好是	文255下,	
顧反	文275下, 劉202, 王125				詩206上, 推373上	
顧乃	文275下		hái	好在	詩206上, 推373上	
	guān	還	文282上, 248上,		hào	
關	文304下, 詩231上, 推400上		275下, 250下, 295下, 劉66, 詩180上, 推355下	好 好取	文255上 另見 hǎo 詩225下, 推381上	
	guàn		另見 xuán	號	見 háo	
慣	詩226下, 推394下	還從	詩180上, 推355下		hé	
慣得	詩226下, 推394下	還復	文281下, 劉66,	何	文256上,	
慣識	詩226下, 推394下		詩181上, 推356上		劉77, 167, 吳213,	
慣是	詩226下, 推394下	還共	詩180下, 216上, 推356上, 385上	何必	詩198下, 推369上 劉248,	
	guī	還將	詩180上, 192下, 推355下, 365上	何必然	詩183下, 推358上 劉248	
佹	劉124	還來	詩180上, 推355下	何不	劉83	
佹佹	劉124	還容	詩193下, 推365下	何曾	詩185上, 推359上	
歸	劉33	還如	詩180下	何嘗	文251下,	
	guǐ	還是	詩180上, 推355下		詩185下, 推359上	
佹	見 guī	還似	詩180上	何翅	詩188上, 推362上	
	guì	還須 還應	詩206上, 推372下 詩205下, 推372上	何啻 何處	文299下, 詩188上 詩199上, 227上,	
貴	劉191	還欲	詩180下			

		推369下，395下	何若	詩199上，推369下	何與	劉140
何但	文296下	何若	劉262，265	何緣	詩198下，推369下
何當	文256上，劉92，	何時	詩199上，推369下	何哉	文256上，劉77
	詩199上，推369下	何事	文257上，	何在	詩199上，推369下
何等	文257上，260上，		詩199上，推369下	何則	文256上，劉83，
	劉173	何似	文257上，劉133，		王187
何等不可	文260上，		詩199上，推369下	何曾	文293下，劉107，
	劉173	何歲	推369下		王182
何地	詩199上，推369下	何所	詩227上，推396下	何者	文256上，344下，
何煩	詩229下，推399上	何太	詩198下，212下，		劉83，165
何妨	詩230上，推399上		推369上，381下	何知	詩229上，推398下
何故	文257上	何為	文256上，劉26，	何至	劉84
何居	劉35		詩199上，推369下	何自	文257上，276上，
何假	推399上	何爲	文257上，劉26		劉187，
何禁	詩197下	何謂	文302下，劉83，		詩198下，179上，
何渠	文260上，劉195，		詩229上，		推369下，368下
	王122		推398下，386下	合	文313下，321下，
何遽	文324下，劉194，	何物	文257上，劉78，		劉281，吳206，
	王122		詩199上，推369下		詩205下，推372上
何苦	詩213上，推382上	何限	詩230上，推399上	和	文322下，劉87，
何況	文255下，	何幸	文223下		詩215上，推385上
	詩223下，推392下	何須	文314上，	曷	文257下，劉256，
何來	詩199上，推369下		詩229下，推399上		王90，吳65，
何勞	詩229下，推399上	何許	劉141，		詩199上，推369下
何聊	劉76		詩219上，推388下	曷不	劉256，257
何乃	文255下，293上，	何言	詩229上，推398下	曷嘗	劉98
	劉151	何也	文256上	曷非	劉257
何奈	詩199上，推369下	何已	文256上，劉131	曷其	劉257
何恁	推388上	何以	文257上，劉78，	曷其奈何	文259下，
何能	文254上，		詩198下，212上，		劉257，210
	詩222下，198下，		推369上，380下	曷若	劉262，
	推391下	何以為	劉26		詩200上，推370上
何年	推369上	何因	文257上，劉60，	曷爲	文257下
何其	劉80		詩198下，	曷維	劉256
何人	文256上，劉84，		推369下，367上	曷由	詩200上，推370上
	詩199上，推369下	何用	文257上，劉181，	害	文257下，劉257，
何忍	詩197下，推368下		詩229下，推399上		王90，吳65
何日	詩199上，推369下	何由	詩196下，推367下	盍	文258上，
何如	文257上，劉80，	何有	文242上，劉78		劉281，259，

蓋	王90，吳66 文253上， 王90，吳66 另見 gài	忽地 忽爾 忽見	劉257， 詩210下，推378下 詩210下，推378下 詩210下	會當 會見 會是	文250上，劉212， 詩184下，推358下 詩184下，推358下 詩184下，推358下
闔	文257下，劉282， 王90，吳66, 206	忽漫	文283上，劉217， 詩222上，推391上	會須	文250上，劉212， 詩184下，推358下
闔胡	劉54	忽然 忽已	詩210下，推378下 詩210上，推378下		**hún**
	hè		**hú**	渾	文321上，劉64， 詩190下，推362下
呼	文325上，王104 另見 xū	胡	文257下，劉53， 詩199下，推369上	渾箇 渾如	劉222，推363上 詩190下，推362下
嚇	劉270	胡不 胡嘗	文257下，劉54 劉54	渾舍 渾身	推363上 推363上
	héng	胡寧 胡然	文259上 文310上，	渾是	推362下
恆	文339下，劉109， 詩224上，推393下		劉53, 68， 詩200上，推370上		**huǒ**
	hóng	胡如	文257下	夥	劉163
洪	王85, 249，吳62	胡爲 胡謂	詩200上，推370上 文302下		**huò**
	hóu		**hù**	或	文242下，劉279， 王75，吳55，
侯	文309下，258上， 劉116， 王89，吳64	互	文339上， 詩213上，推382上	或恐 或是 或想	詩208下，推375下 詩208下，推376上 詩208下，推376上 文336下
	hòu		**huà**	或有 或者	詩208下，推376上 文242下，劉279
後 后	劉176 劉176	劃	詩234上，推395下	嚯 獲	劉269 文290下
	hū		**huán**		
乎	文326上，278下， 劉52， 王101，吳70	還	見 hái, xuán **huáng**		**J**
乎爾 乎哉	文311下 文326上，劉59	皇	見 kuàng **huì**		**jī**
呼 虖 忽	見 hè, xū 劉52 文334上，劉257， 詩210上，推378下	會	文250上，287下， 劉211，吳207， 詩184下，推358下	幾	文253下，劉32， 王110，吳77， 詩198下，推379下

	另見 jǐ, jì, qí	及此	詩186下，推360上		詩190下，推363上
幾將	劉94	及到	詩186下，推360上	既而	文248下
其	劉9，	及其	劉281	既乃	文248下，292下
	王120，吳90	及若	文266上	既然	劉193
	另見 jì, qí	及與	文322上	既無	詩191上
期	王120，吳90	及至	劉281	既已	文249上，劉193
居	劉35, 41，	亟	文335下，劉275	既又	文248下
	王121, 120, 251，		另見 qì	既終	劉193
	吳90(2)	亟便	文294上	暨	文323上，劉185
	另見 jū	極	劉274	暨及	文323上
積		疾	文335上，劉248	暨臻	劉186
積漸	推374上			洎	文323下，劉185
			jǐ	息	劉186
	jí	幾	文261上，劉135，	其	劉9，
即	文290下, 268下，		詩198上，推369上		王120，吳90
	劉275，		另見 jī, jì, qí		另見 jī, qí
	王188, 184，	幾曾	劉136，推369上	忌	劉9，
	吳162, 152，	幾度	詩198下，推369上		王120，吳90
	詩220下，推389下	幾多	劉136，	記	劉9，
即便	文294上，		詩198下，推369上		王120，吳90
	詩220下，推390上	幾箇	詩198下，推369上	迹	
即此	詩220下，217下，	幾過	詩198下，推369上	計	文336上
	推389下，387上	幾何	文261上，	寄	
即當	推372上		劉135, 84	寄聲	詩230下，推399下
即教	詩220下，推389下	幾回	詩198上，推369上	寄謝	詩230下，推399下
即今	詩231下，	幾人	詩198上，推369上	寄言	詩230下，推399下
	推402下，389下	幾時	詩198上，推369上	寄語	詩230下，推399下
即看	詩220下，推389下	幾所	文312下，劉145	冀	文318下
即令	詩220下，推389下	幾許	劉141，	幾	文318下
即實	劉245		詩198下，219下，		另見 jī, jǐ, qí
即使	文268下		推369上，388下	繼	劉204
即是	詩220下，推389下				
即雖	文268下	度幾	詩198下，推369上		**jiā**
即為	詩220下，219下，	已	劉9，	加	文318上，282下，
	推389下，388下		王120，吳90		劉88
即有如	劉42			加以	文282下
及	文323上，劉280，		**jì**	加之	文282下
	王113，吳80，	既	文248下，劉193，		
	詩186下，推360上		吳208，		

jiǎ

假	文267下, 劉166, 推395上
假令	文268上, 劉42
假饒	劉77
假如	文268上
假設	文267下
假使	文268上
假之	文268上, 劉166

jiān

兼	文282下, 322下, 劉118, 詩215上, 推384下
兼加	文282下
兼將	詩215上, 推384下
兼無	詩215上, 推385上
兼亦	詩215上, 推385上
間	文342上
	另見 jiàn
間者	文342上, 345上, 劉217

jiǎn

檢	
檢校	推402上
謇	劉156

jiàn

見	文288下, 劉217, 詩209上, 推376上, 391下
	另見 xiàn
見慣	詩226下, 推394下
見受	文289上, 推391下
見說	文341上, 劉218, 詩209上, 推376上, 399下
荐	劉218
間	劉217
	另見 jiān
間歲	劉217

漸

漸	文272上, 劉179, 詩207上, 推374上
漸次	文272上, 詩207上, 推374上
漸漸	文272上, 劉179
漸看	詩209上, 推376上

jiāng

將	文285下, 327上, 287下, 315上, 253上, 261上, 280下, 322下, 329下, 劉94, 90, 王176, 294, 吳143, 詩192下, 推364下, 384下, 380下
	另見 qiāng
將不	劉242
將次	劉96
將非	劉33
將何	文257上, 詩198下, 推380下
將來	文286上, 詩192下, 推365上, 380下
將謂	文286上, 劉96
將妄	王232, 吳193
將無	文286上, 劉47
將向	文327上, 劉225
將焉	詩200上, 推370上
將欲	文285下, 327上

jiāo

交	文322下, 339上, 264下, 劉77, 詩216上, 推385下
交更	劉77
交相	劉99

jiào

教	文264上, 詩193上, 推365上
教令	文264上
較	文271下, 劉221, 詩207下, 推374上
覺	劉221

jiē

皆	文320下, 劉57, 詩189下, 推362上
皆共	詩189下, 推362上
皆是	詩189下, 推362下, 387下
皆說	詩189下, 推362下
皆通	劉1
皆悉	文320下
皆言	詩189下
皆已	詩189下, 推362上
嗟	文326上, 劉88, 王191, 256, 吳163
嗟夫	文326上, 317上
嗟乎	文326上, 吳164
嗟嗟	文326上, 劉89
嗟兹呼	劉18
嗟嗞	文326上, 劉20
嗟	王191, 吳163
善	王191, 吳163

jiě

解	文254下, 詩222下, 推392上
解道	詩217下, 推386下, 392上

jiè

借	文 268 上, 劉 224, 詩 230 上, 推 395 上
借取	推 395 上
借如	劉 224
借使	文 268 上
借問	詩 230 上, 推 395 上
借言	推 395 上
藉	文 268 上, 劉 224, 詩 197 上, 推 367 上
藉令	文 268 上
藉使	文 268 上

jīn

今	文 341 下, 劉 117, 王 105, 249, 吳 73
今夫	文 341 下, 317 上, 吳 74
今復	詩 181 下
今來	詩 231 下, 228 上, 推 402 下, 396 下
今其	文 341 下
今也	文 341 下
今有	文 341 下
今者	文 341 下
禁	詩 197 下, 推 368 上

jǐn

堇	劉 214
堇堇	劉 214
僅	文 340 下, 劉 214, 詩 191 上, 推 363 下 另見 jìn
厪	劉 214
勤	劉 214
盡	文 269 上, 劉 152, 詩 193 下, 推 365 下 另見 jìn

jìn

儘	文 318 下, 269 上, 劉 153, 詩 193 下, 推 365 下
儘道	文 194 上, 217 下, 推 365 下, 386 下
儘放	文 319 上
儘教	文 319 上, 劉 153, 詩 229 上, 推 398 上

jìn

近	文 342 上, 劉 153, 詩 196 上, 推 380 上
近來	詩 196 上, 推 380 上
近者	文 342 上, 345 上
浸	文 272 上, 劉 178
浸假	劉 167
浸浸	文 272 上
寖	文 272 上, 劉 178
寖益	文 272 上
濅	劉 178
漫	劉 178
瀀	劉 178
禁	見 jīn
僅	文 340 下 另見 jǐn
僅將	文 340 下
盡	文 320 上, 劉 152, 詩 189 下, 推 362 下 另見 jǐn
盡日	詩 189 下, 推 362 下
盡是	詩 189 下, 推 362 下
盡夕	詩 189 下, 推 362 下

jīng

經	文 252 上

jing

徑	文 299 下, 劉 232, 詩 188 下, 推 361 下
徑須	詩 189 上
竟	文 324 上, 劉 228, 詩 216 上, 推 386 上
竟日	詩 216 上, 推 386 上
竟歲	詩 216 上, 推 386 上
競	詩 201 上, 推 370 下

jiǒng

迥	詩 213 下, 推 382 下

jiǔ

久	文 340 上
久如	文 340 上
久矣	詩 228 下, 推 397 上

jiù

就	文 294 上, 269 上, 劉 234, 詩 220 上, 推 389 上
就令	文 269 上
就使	文 269 上
就中	詩 231 上, 推 403 上
舊	文 331 上, 詩 179 下, 推 355 上
舊曾	詩 179 下, 推 355 上
舊來	詩 179 下, 推 355 上
舊時	詩 179 下, 推 355 上
舊是	推 355 上

jū

居	文 333 下, 劉 34, 吳 90 另見 jī
居常	文 333 下
居多	劉 35
居恆	文 333 下
居頃	文 333 下
居然	文 333 下, 劉 34, 詩 231 上, 推 400 上

且	劉44, 王180, 吳150 另見 qiě	遽	文324下, 335上, 劉194, 195, 王122, 吳91, 詩210下, 推379上	**kàn**	
				看	詩209上, 推376上
				看漸	詩209上, 推376上, 374上
jǔ		屨	劉197		
舉	文321上, 劉145, 吳204	懼	文336下	**kě**	
舉皆	文321上	**jué**		可	文313上, 315上, 261上, 劉157, 王109, 吳77, 詩202上, 推371下
jù		決	文250上, 劉258, 詩183下, 推358上		
巨	文260上, 劉195, 王122, 吳91	決然	詩184上, 推358上		
		厥	文316下, 劉252, 王113, 吳80	可不	劉158
巨奚	文260上			可但	詩188上, 推361上, 372上
拒	劉196	厥之	文306上		
詎	文260上, 317下, 劉195, 王122, 吳91, 詩200上, 推369上	絕	文275上, 336上, 263上, 劉259, 詩186上, 推359下	可道	詩202上, 217下, 推371下, 386下
				可得	詩202上, 推372上
		絕莫	詩186上, 推359下	可即	詩202上, 220下, 推371下, 389下
詎幾	文260上, 劉196, 詩200上, 推370上	絕無	文263上, 詩186上, 推359下	可假	詩229下, 推399上
詎假	詩229下, 推399上	絕須	詩186上, 推359下	可堪	詩197上, 推368上
詎可	詩200上, 推370上	覺	見 jiào	可憐	詩202上, 推371下
詎能	詩200上, 推370上			可奈	詩199下, 推370上
詎是	劉195	**jūn**		可奈何	劉211
詎有	詩200上, 推370上	均	文341上, 劉60	可能	文261上, 劉108, 詩202下, 推371下
距	劉195, 王122, 吳91	鈞	文341上, 劉60		
				可忍	劉152, 詩197下, 推368下
鉅	劉195, 王122, 吳91	**K**			
渠	文260上, 劉195(2), 王122, 吳91 另見 qú			可若何	劉81
		kān		可勝	推368下
				可是	文313上, 劉159, 詩202下, 推371下
具	劉196	堪	文337上, 劉118, 詩197上, 推368上	可謂	文261上
俱	文322下, 劉52, 詩215下, 推385上			可亡	劉45
		堪耐	文337下	可惜	詩202上, 推371下
		堪任	文337上	可須	文313上, 詩202下, 推371下
俱是	詩216上, 推385上	堪是	詩197上, 推368上		
劇	劉270, 詩212下, 推381上			可要	劉159, 220
				可宜	文313上,

可以	詩202下，推371下 文327上，劉157， 詩212上，推380下	苦	**kǔ** 文336上， 詩213上，推382上	來自	詩179上
可應	文313上， 推371下，372上	苦死 苦遭	詩232上，推400下 詩222下，推391下	別來 春來 怪來	詩228上，推396下 詩228上，推396下 詩228上，推396下
可在 可曾 可知	劉159 詩202下，推371下 詩202上，推371下	酷	**kù** 文336上，劉239， 詩213上，推382上	寒來 老來 亂來 年來	詩228上，推396下 推396下 詩228上，推396下 詩228上，推396下
可中	文313上，劉1， 詩231下，推403上		**kuàng**	情來 夕來	詩228上，推396下 詩228上，推396下
	kè	兄	劉227， 王92，吳67	夜來 憂來	詩228上，推396下 詩228上，推396下
克 克能 剋	文254下，劉278 文254下，劉108 劉278	況	文255下，318上， 劉226， 王92，吳67，	賴	**lài** 文340上， 詩223下，推393上
	kěn		詩223上，推392下	賴是	詩223下，推393上
肯	文312下，劉173， 詩201下，推371上	況逢 況復	詩223上，推392下 詩223下，181下，		**lǎn**
肯放 肯容	詩193下 詩193下，推365下	況乎	推392下，356下 文255下	懶 嬾 嬾說	詩226下，推394下 詩226下，推394下 詩226下，推394下
	kōng	況乃	文293上， 詩223下，220上，		**làn**
空	文300上，劉2， 詩189下，推362上	況是	推392下，389下 詩223下，推392下	濫	文336下， 詩226下，推394上
空復 空自	詩189下，推362上 詩189下，178下， 推362上，355上	況於 況值 況屬	文255下，劉227 詩223下，推392下 詩223下，推392下	濫陪	詩226下，推394上 **làng**
	kǒng	皇	王92，吳67	浪	文337上，劉227， 詩222上，推391上
孔	文335下，劉120， 王104，吳73		**L**		**láo**
恐	文336下， 詩226上，推394上		**lái**	勞	詩212上，推381上
恐逢 恐或 恐令	詩222下，推391下 文336下 詩226上，推394上	來	劉58，王167，254， 吳134， 詩227下，推396下	累	**lěi** 詩210上，推378下

lèi

類	文266下, 273上, 劉185
累	見 lěi

lí

犂	劉31
黎	劉31
黎	文342下

lǐ

里	劉133
裡	
裡許	詩233下, 推403下
裏	
裏許	詩233下, 推403下

lì

立	文299下, 劉281
立地	推401上

lián

連	文333上, 劉76

liáng

良	文330上, 劉90, 吳207, 詩198上, 推368下
良久	詩198上, 推369上
良可	詩198上, 推368下

liǎng

兩	文321下, 詩216上, 推385下
兩回	詩216下, 推385下
兩相	詩216下, 推385下

liàng

諒	文330上, 劉224, 詩198上, 推368下
亮	劉224

liáo

聊	文334上, 劉76, 王166, 吳134, 詩206下, 推373下
聊復	推373下
聊且	詩206下
聊用	詩212上, 推380下
聊暫	詩206下, 推373下
憀	王166, 吳134

liǎo

了	文263上, 324下, 劉157, 詩217上, 推386上, 396下
了不	詩217上, 推386上
了無	詩217上, 推386上
了自	詩217上, 推386上

liào

料	文336上, 劉222
料理	推401下

liè

劣	文340下, 劉259, 推363下
埒	推400上
埒地	推400上

lín

臨	劉117

lìng

令	文263下, 劉231, 詩193上, 推365上
令人	詩193上, 推365上

lóu

婁	見 lǚ

lǚ

婁	劉197
屢	文332下, 劉197, 詩210上, 推378下

lǜ

慮	劉203
慮率	劉203
率	見 shuài

luàn

亂	王260, 268

lüè

略	文272上, 劉260, 詩207下, 推374下
略不	文272下, 劉261
略略	文272上
略頗稍	文271下(2), 劉161
略無	文272下

luò

落	推366下

M

ma

麼	劉87, 223, 詩228下, 推397下
	另見 me

	màn			**méng**		莫愁	詩213下，推382下
曼	文245下	蒙	文290上			莫愁	詩214上，推383上
漫	文283上，337上，		**mí**			莫辭	詩214上，推383上
	劉216，					莫當	文313下
	詩222上，推391上	彌	文318上，劉29，			莫道	詩213下，217上，
漫道	文337上，劉216，		詩212下，推381下				推383上，386下
	推386下	彌更	劉29			莫放	詩193下，推365下
漫勞	文337上，劉216，	彌彌	劉29			莫非	劉33
	詩212上，推381上	彌益	劉29			莫弗	劉251
漫著	推396上	彌滋	劉29			莫敢	文243下，劉267
謾	文337上，劉216，	靡	見 mǐ			莫怪	詩214上，推383上
	詩222上，推391上			**mǐ**		莫過	劉268
謾嗟	詩222上，推391上					莫恨	詩214上，推383上
謾勞	詩222上，推391上	靡	文244下，劉26			莫話	詩214上，推383上
謾意	詩222上，推391上	靡有	文244下，劉27			莫教	詩214上，193上，
							推383上
	máo			**miǎn**		莫嗟	詩214上，推382下
毛	劉48	緬	詩230上			莫近	劉153
		緬懷	詩230上			莫浪	詩222上，推391上
	me	緬想	詩230上			莫令	詩193上
麼	劉87, 223，			**miè**		莫論	詩214上，推383上
	詩228下，推397下					莫謾	詩222上，推391上
	另見 ma	蔑	文244下，劉259，			莫遣	詩214上，193下，
麼事	劉87		王216，吳187				推383上，365上
						莫如	文243下，265上
	méi			**míng**		莫使	詩214上，193上，
沒	文245上，劉256，	明					推383上，365上
	推383上	明到	詩232上，推403上			莫是	劉268，
							詩213下，推382下
	měi			**miù**		莫受	詩222上，推391下
每	文339下，劉147，	謬	詩225下，推394上			莫說	詩213下，推383上
	王218，吳188，	謬爲	詩226上，推394上			莫謂	詩213下，推383上
	詩211下，推379下			**mó**		莫問	詩213下，推383上
每簡	詩211下，推380上					莫嫌	詩214上，推382下
每人	劉147	麼	見 ma, me			莫向	詩214上，推382下
每日	詩211下，推380上			**mò**		莫須	劉268
每事	劉147					莫學	詩214上，推382下
每有	劉147	莫	文243下，劉267，			莫訝	詩214上，推383上
						莫言	詩213下，推386下

莫厭	詩214上, 推382下		**nà**			劉210, 223,
莫云	推386下					王136, 吳105,
驀	劉270	那	文259下, 劉223,	奈何		詩199下, 推369上
末	文245上, 劉258,		詩199下, 推369上			文259下,
	王216, 吳187		另見 nǎ, nuó, nuò			劉210, 81, 王136,
末不亦	劉258	那邊	劉223, 推403上			詩199下, 推369上
沒	見 méi		另見 nǎ	奈若		王331
				耐		文337下, 259下,
mǒu		**nǎi**				劉108, 211,
某	劉177	乃	文291下, 344上,			詩197下, 推368上
			316下, 342上,	耐何		文259下
			劉149,	耐可		劉211,
N			王127, 285, 吳96,			詩197下, 推368上
			詩220上, 推389上	能		文254下, 337下,
		乃纔	王287			劉108,
nǎ		乃反	文292下			詩222下, 推392上
那	文259上,	乃方	文286下			另見 néng
	劉86, 223,	乃後	劉150, 176			
	詩199下, 推369上	乃即	文293上	**nán**		
	另見 nà, nuó, nuò	乃降	劉150	難		文337下
那邊	推370上	乃況	文293上			另見 nuó
	另見 nà	乃其	王118	難道		文337下,
那道	詩199下, 217下,	乃且	文284下			詩232上, 推400下
	推369下, 386下	乃如	王130	難可		文337下
那得	文259上, 劉86,	乃若	文292下,	難為		文337下,
	詩199下, 推370上		劉149, 264,			詩232上, 推400下
那箇	詩199下, 219上,		王130, 289			
	推370上, 388上	乃遂	文292下	**nǎng**		
那教	詩193上	乃昔	文293上, 342上	曩		文342上
那堪	詩199下, 197上,	乃言	詩217上, 推386下	曩者		文342上, 345上,
	推369下, 368上	乃者	文293上, 342上,			吳68
那看	詩229下, 推398下		345上, 劉149			
那能	詩199下, 推369下	乃至	文292下	**nèn**		
那須	詩229下, 推399下	迺	文291上, 344上,	恁		文309下,
那意	詩229下, 推398下		342上, 劉149,			劉179, 105, 109,
那用	劉181		王127, 吳96			詩219上, 推388上
那知	詩229下, 推398下					
		nài		**néng**		
		奈	文259下,	能		文254上, 260下,

	劉107,	寧爲	推370下		
	王133, 251, 292,	寧須	詩229下, 200下,	**P**	
	吳101,		推399上, 370下		
	詩222下, 推391下	寧知	詩229下, 200下,		
	另見 nài		推398下, 371上	pà	
能底	推392上			怕	文336下,
能箇	推392上	**nóng**			詩226上, 推394上
能乎	劉107	儂	文343下	怕有	文336下,
能解	詩222下, 推392上				詩226下, 推394下
能克	文254下, 劉108	**nǚ**			
能剋	劉278	女	見 rǔ	pān	
能令	詩222下, 推391下			拌	劉66,
能無	劉108, 47	**nuó**			詩225上, 推395下
能樣	推392上	那	劉86,		
			王136, 吳106	pàn	
nǐ			另見 nǎ, nà, nuò	判	劉66,
擬	詩192下, 推364下	難	劉66		詩225上, 推395上
擬欲	推364下		另見 nán	判取	詩225上, 推395下
				判無	詩234上, 推395下
níng		**nuò**		捹	劉66
寧	另見 nìng	那	文259下, 劉223,		
寧底	劉105		王136, 吳106,	páng	
寧馨	文346上, 劉105		詩199下, 推369上	旁	
			另見 nǎ, nà, nuó	旁邊	詩233下, 推403下
nìng		那此	詩199下, 推370上	傍	見 旁
寧	文258下, 劉103,	諾	劉262		
	王130, 吳100,			pēng	
	詩200下, 推370下			荓	文264上
	另見 níng	**O**			
寧不	劉103			pī	
寧當	文259上,			丕	劉22,
	劉105, 94	ǒu			王218, 262, 261,
寧復	詩200下, 181上,	偶	文288上, 劉176,		吳188
	推370下, 356上		詩184下, 推358下		
寧詎	文260上	偶爾	詩184下, 推358下	pǐ	
寧渠	劉195, 王123	偶然	詩184下, 推358下	匹	見 pì
寧堪	詩197上, 推368上	遇	文288上		
寧可	詩200下, 推370下		另見 yù		
寧尚	文248上				

pì

匹	詩 232 下, 推 400 下
匹如	詩 232 下, 推 400 下
匹似	推 401 上

pì

譬	文 270 上
譬使	文 270 上, 劉 134
譬由	劉 115

piān

偏	文 338 下, 劉 74, 詩 186 下, 推 360 上
偏自	詩 186 下, 推 360 上, 355 上

piē

瞥	詩 234 上, 推 379 上

pín

頻	文 333 上, 劉 60, 詩 210 上, 推 378 下
頻年	詩 210 上, 推 378 下

píng

憑	詩 226 下, 推 393 上
憑君	詩 226 下, 推 393 上
憑誰	詩 226 下, 200 下, 推 393 上
憑杖	推 393 上
平	劉 102
平時	劉 102
平頭	推 401 上

pō

頗	文 271 上, 劉 160, 詩 207 上, 推 374 上

pǒ

叵	文 337 下, 324 下, 劉 160
叵耐	推 368 下

pū

撲	推 400 上
撲地	推 400 上

Q

qī

期	見 jī

qí

其	文 315 下, 261 上, 322 下, 劉 7, 王 114, 276, 吳 82, 推 390 下
	另見 jī, jì
其殆	王 115
其或	文 316 上, 242 下, 劉 279
其將	文 316 上, 劉 95
其奈	詩 199 下, 推 370 上
其然	文 316 上, 劉 8, 71
其如	文 265 上, 劉 44, 推 370 上
其他	劉 86
其於	劉 40
其餘	劉 36
其與	文 316 上, 劉 37
其者	文 316 上, 345 上, 劉 9
其諸	文 316 上, 劉 41, 王 120, 301

綦	劉 28
奇	文 336 上, 劉 29
祈	劉 30, 王 111, 276, 吳 77
祗	見 zhǐ
齊	文 322 下, 劉 57
齊頭	劉 57

qǐ

豈	文 259 下, 劉 137, 王 111, 吳 77, 詩 201 上, 推 371 上
豈不	文 246 上, 劉 137, 242, 王 226, 推 371 上
豈曾	劉 107
豈獨	詩 187 下, 推 360 下
豈復	詩 181 上, 推 356 上
豈合	詩 201 上, 推 371 上
豈渠	王 122
豈鉅	劉 195, 王 122
豈遽	王 122
豈堪	詩 201 上, 197 上, 推 371 上, 368 上
豈況	文 255 下, 劉 138
豈料	詩 229 下, 推 398 下
豈奈	劉 211, 詩 199 下, 201 下, 推 370 上
豈能	推 371 上
豈其	文 316 上, 劉 137, 詩 201 上, 推 371 上
豈容	詩 193 下, 推 373 上
豈如	劉 137
豈若	劉 137, 262, 詩 201 上, 推 371 上
豈少	詩 215 上, 推 383 下
豈是	詩 201 上, 推 371 上
豈特	文 297 下

豈徒	詩 189 上		qià	強半	劉 99，推 383 下
豈惟	詩 187 下，推 360 下	恰	文 287 下，劉 282，		qiǎng
豈謂	詩 229 下，		詩 191 下，推 364 上	強	詩 224 下，推 393 下
	推 398 下，386 下	恰爾	詩 192 上，推 364 上		另見 qiáng
豈無	推 371 上	恰好	詩 192 上，推 364 上	強來	詩 224 下，推 393 下
豈須	詩 201 上，推 371 上	恰是	詩 192 上，推 364 上		qiǎo
豈伊	文 309 下，劉 27，	恰似	詩 192 上，208 上，	巧	文 255 上，
	詩 219 上，推 388 上		推 364 上，374 下		詩 217 下，推 392 上
豈伊不	劉 27	恰喜	詩 192 上		qiē
豈繄	文 309 下，劉 57	恰則	推 390 上	切	見 qiè
豈宜	劉 28，		qiān		qiě
	詩 206 上，推 372 下	僉	文 321 上，劉 118	且	文 284 上，327 上，
豈意	詩 229 下，推 398 下	慳	推 384 上		劉 167，
豈應	詩 201 上，推 371 上		qián		王 177，吳 148，
豈有	詩 201 上，推 371 上	前	文 249 下，劉 67		詩 206 下，推 373 下
豈知	詩 201 上，推 371 上	前者	文 345 上		另見 jū
豈直	文 298 上，		qiǎn	且必	文 285 下
	詩 188 下，推 361 下	遣	文 264 上，	且誠	文 285 上
起	文 284 上，		詩 193 上，推 365 上	且得	詩 206 下，推 373 下
	詩 183 上，推 357 上		qiàn	且夫	文 285 下，317 上，
幾	文 261 上，劉 136，	倪	劉 156		劉 167，王 179
	王 111，吳 77	倩	推 395 上	且復	文 285 下，281 下，
	另見 jī, jǐ, jì		qiāng		詩 206 上，181 下，
幾是乎	劉 136	羌	文 325 下，劉 100，		推 373 下，356 下
	qì		王 106，吳 75	且將	文 285 下，
亟	文 332 下，劉 189	將	劉 96		詩 206 下，192 下，
	另見 jí		另見 jiāng		推 373 下，380 下
汔	文 254 上，318 下，	慶	文 325 下，劉 100，	且看	詩 206 下，推 373 下
	劉 252，		王 106	且恐	推 394 下
	王 93，吳 69		qiáng	且如	文 285 上，劉 170
迄	文 324 下，	強	劉 99，推 384 上	且未	詩 206 下，推 373 下
	劉 252, 254		另見 qiǎng	且為	詩 196 下，推 367 下
迄乃	劉 252			且喜	詩 206 下，推 373 下
迄已	劉 252			且須	詩 206 下
迄至	劉 252			且以	劉 167
訖	文 263 上，324 下，				
	320 下，劉 253，				
	詩 189 下，推 386 上				

且猶	文247下, 劉168			却後	文276上
且欲	文285下,		qú	却回	詩181下, 推356下
	詩206下, 推373下	渠	文317下	却將	詩192下
且則	推390上		另見 jù	却來	詩181下, 推356下
且自	詩206下, 推373下			却去	文276上
			qǔ	却是	詩182上, 推356下
qiè		取	文290上, 劉146,	却望	詩181下, 推356下
切			詩225上, 推380下	却與	詩215上, 推384下
切莫	劉268	取次	文320上, 劉190,		
朅	劉259		詩225下, 推381上	吹却	推396上
朅來	劉259,			減却	詩227下,
	詩231上, 推400下	待取	詩225下, 推381上		推396上, 356下
竊	劉258,	副取	推381上	看却	詩227下, 推396上
	詩226上, 推394上	呼取	詩225下, 推381上	老却	詩227下, 推396上
		看取	詩225下, 推381上	賽却	詩227下, 推396上
qīn		留取	詩225下, 推381上	忘却	詩227下, 推396上
親	文343上	收取	詩225下, 推381上	開却	詩227下, 推396上
				遣却	詩227下, 推396上
qíng			**qù**	卻	見 却
情	文330上, 劉102,	去	詩227下, 推396下		
	詩197下, 推368下	去矣	詩228下, 推397上	**R**	
情知	文330上, 劉102,				
	詩198上, 推368下	歸去	詩228上, 推396下		
		老去	詩228上, 推396下	**rán**	
qǐng		醉去	詩228上, 推396下	然	文310上,
頃	文342上, 劉172,	趣	見 cù		劉67, 73,
	詩195下, 推380上				王159, 338,
頃來	詩196上, 推380上		**quán**		吳127,
頃之	文342上	全	文321下, 劉74,		詩221上, 推390下
請	文315上, 劉171,		詩190上, 推362下	然而	文310下(2),
	詩225上, 推394上				劉13,
請君	詩225上, 推394上		**quàn**		王160, 339, 305,
請看	詩225上, 推394上	勸	詩233下, 推402上		309, 吳127
		勸君	詩233下, 推402上	然故	王159, 吳127
qìng				然後	文310上,
慶	見 qiāng		**què**		劉69, 176,
磬	劉156	却	文275下, 劉261,		王162, 吳132,
			詩181下, 227下,		詩221上, 推390下
			推356下, 396上		

然後乃	劉 150		**réng**	如許	劉 142
然乃	王 344, 吳 132	仍	文 248 上, 283 上,	如台	王 87
然且	文 285 上, 劉 168,		301 上, 333 上,	如之何	文 257 上,
	王 162, 342,		劉 106,		劉 81, 82
	吳 130		王 166, 吳 134,		**rǔ**
然則	劉 70, 吳 129		詩 214 下, 推 384 上	女	吳 133
然者	文 310 下, 344 下	仍未	詩 214 下, 推 384 上	汝	文 344 上,
	ráo		**rì**		吳 133, 134
饒	文 269 上, 319 上,	日	文 342 上		**ruǎn**
	劉 77,	日也	文 342 上	軟	
	推 373 上, 365 下	日以	詩 212 上, 推 380 下	軟半	推 383 下
饒渠	推 398 上		**róng**		**ruò**
	rén	戎	文 344 上	若	文 265 下, 267 上,
人	文 343 下	容	文 265 上, 314 下,		344 上, 劉 262,
	rěn		劉 2, 吳 63,		王 153, 253, 267,
忍	劉 152,		詩 193 下,		331, 吳 123,
	詩 197 下, 推 368 上		推 365 上, 372 上		詩 208 上, 推 375 上
	rèn	容或	劉 2	若誠	文 268 下
任	文 319 上, 269 上,	容易	詩 193 下, 推 401 上	若此	王 155, 335
	337 上,		**rú**	若道	詩 208 上, 217 下,
	劉 235, 117,	如	文 265 上, 266 下,		推 375 下, 386 下
	詩 193 下, 推 365 下		315 下, 劉 42,	若而	文 266 上, 劉 266,
任從	文 319 上		王 148, 253, 327,		王 157
任教	文 319 上,		吳 119,	若夫	劉 264,
	詩 229 上, 推 398 上		詩 208 上, 推 375 上		王 156, 332
任饒	推 365 下	如誠	文 268 下	若干	文 266 下, 劉 265,
任使	詩 234 上, 推 365 下	如此	詩 217 下, 推 387 下		王 157, 333
任是	文 269 上,	如何	文 257 上, 劉 80,	若箇	文 309 下, 劉 223,
	詩 194 上, 推 365 下		詩 199 上, 推 369 下		詩 219 上, 推 388 上
任他	文 319 上	如今	文 341 下,	若何	劉 81,
任意	詩 229 上, 193 下,		詩 231 上, 推 402 下		詩 199 上, 推 369 下
	推 398 上, 365 下	如類	文 265 下, 266 下	若將	文 286 上, 劉 265
恁	見 nèn	如令	文 263 下	若教	詩 208 上, 193 上,
		如同	詩 208 上, 推 375 上		推 375 下
		如馨	文 346 上, 劉 105	若乃	文 292 下,
					劉 265, 151,

	王 157, 331		**shà**			**shǎo**
若然	文 267 上, 310 上,	舍	劉 164, 吳 200	少	文 245 下, 劉 157,
	劉 68		另見 shě, shè		詩 214 下,
若如	王 331	煞	劉 260, 推 381 下		推 383 下, 373 下
若時	文 309 上,		**shàn**	少焉	劉 157
	劉 263, 265	善	文 255 上	少則	劉 157
若使	詩 208 上, 推 375 下		**shàng**		**shě**
若儻	文 267 上	尚	文 318 上, 247 下,	舍	劉 163
若爲	劉 266,		劉 225,		另見 shà, shè
	詩 208 下, 推 375 下		王 213, 138,		**shè**
若曰	劉 264		吳 185, 107,	舍	劉 164, 吳 200
若云	劉 61		詩 214 上, 推 384 上		另見 shà, shě
若之何	文 257 上, 劉 81	尚安	文 248 上	設	文 267 下, 劉 260
若至	文 266 上	尚得	文 248 上	設令	文 267 下
若茲	文 265 下, 308 下	尚復	文 248 上	設爲	文 267 下
		尚何	文 248 上, 劉 226		**shéi**
	S	尚將	文 286 上	誰	文 261 上, 劉 30,
		尚可	文 248 上		王 194, 吳 165,
	sǎn	尚肯	文 248 上		詩 200 下, 推 370 下
散	詩 189 上, 推 362 上	尚誰	文 248 上, 劉 226	誰道	詩 200 下,
		尚奚	文 248 上		推 370 下, 386 下
	sàn	尚焉	文 248 上, 258 上	誰復	詩 200 下, 181 下,
散	見 sǎn	尚猶	文 247 下, 劉 113		推 370 下, 356 下
		尚有	詩 214 下, 推 384 下	誰共	詩 216 上, 200 下,
	shā	上	劉 226,		推 385 上
殺	詩 227 下, 推 396 上		王 213, 吳 185	誰居	劉 35
		上番	推 402 下	誰家	詩 201 上, 推 370 下
愁殺	詩 227 下, 推 396 下		**shāo**	誰見	詩 229 下, 推 398 下
吹殺	推 396 下	稍	文 271 下, 劉 221,	誰堪	詩 201 上
妬殺	詩 227 下, 推 396 下		詩 207 下, 推 374 上	誰肯	推 371 下
狂殺	推 396 下	稍稍	文 271 下, 272 下,	誰料	詩 229 下, 推 398 下
惱殺	詩 227 下, 推 396 下		劉 221,	誰奈	詩 201 上, 推 370 下
泥殺	推 396 下		詩 207 下, 推 374 下	誰能	文 254 上,
思殺	詩 227 下, 推 396 下	稍似	詩 207 下		詩 222 下, 推 391 下
笑殺	詩 227 下, 推 396 下			誰念	詩 229 下, 推 398 下
醉殺	詩 227 下, 推 396 下				
煞	見 shà				

誰遣	詩193下, 推365上	甚哉	文335下		劉244,
誰人	詩200下, 推370下	慎			王203, 257,
誰識	詩229下, 推398下	慎莫	文244上		吳178,
誰是	詩200下, 推370下		**shēng**		詩197下, 推368下
誰爲	詩200下, 推370下	生	劉102, 推397下	實惟	文309上
誰謂	推386下	生怕	詩226下, 推394下	寔	文309上, 330上,
誰昔	劉30, 王194	生憎	詩230下, 推399下		劉244,
誰言	詩229下, 推398下		**shěng**		王203, 257,
誰有	詩201上, 推370下	省	見 xǐng		吳178
誰與	詩215上, 200下,		**shèng**	識	王208, 吳180,
	推384下	勝	文337上, 劉109,		推392下
誰者	文261下		詩197下, 推368上	識是	推392下, 387上
誰知	詩229下, 推398下	賸	劉232,		**shǐ**
	shēn		詩183上, 推357下	使	文263下, 劉134,
身	文343上	賸欲	詩183上, 推357下		詩193上, 推365下
身自	文343上	盛	劉85	使君	詩193上
深	劉117	剩	劉232,	使令	文263下
	shén		詩183上, 推357下	使人	詩193上, 推365上
甚	文260上, 劉178,	剩欲	劉232	始	文331下, 劉134,
	詩200上, 推370上		**shī**		詩187上, 推360上
	另見 shèn	施		始乃	文293上
	shěn	施及	文323上	始時	文332上
矧	文255下,		**shí**	始夕	文332上
	劉152, 227,	時	文309上,	始者	文345上
	王211, 258,		劉23, 123,		**shì**
	吳184		王203, 吳178	是	文307下, 劉121,
矧夫	文255下	時復	詩181上, 推356下		王202, 吳176,
審	文270上, 劉178,	時或	詩208下, 推375下		詩218上, 推387上
	吳203	時乃	文291下	是處	詩218上, 推387上
	shèn	時若	劉265	是復	文281下
甚	文335下, 劉178,	時時	劉23	是故	劉197,
	詩212下, 推381下	時謂	文309上		王203, 吳178
	另見 shén	時者	文345上	是日	劉123
甚然	劉71	實	文309上, 330上,	是時	詩218上, 推387上
甚矣	文335下, 劉137			是維	文309上
				是以	文308上, 328上,
					劉123, 王203

是用	文329上，劉181		**shū**		數	另見 shuò
是則	劉123	殊	文275上，263上，		數處	詩227上，推396上
是則然矣	劉72		劉49，			**shuài**
是者	文345上		詩186上，推359下		率	文273上，劉249，
		殊不	文263上，劉50，			王213, 259, 278,
傳是	詩218上，推387上		詩186上，推359下			吳186
疑是	詩218上，推387上	殊非	詩186上，推359下		率常	文273上，劉97
諟	劉184	殊甚	文275上		率爾	劉249
氏	王202, 吳176	殊未	文263上，劉50，			**shuǎng**
式	文329下，劉274，		詩186上，推359下		爽	王212, 259, 268,
	王215, 吳186	殊無	文263上，劉50			吳185
試	劉189，	殊有	詩186上，推359下			**shuò**
	詩224下，推394下	倐	劉239，推378下		數	文332下，
試問	詩224下，推395上	倐忽	詩210上，推378下			詩210上，推378下
適	文287上，288上，	儵	劉239			另見 shù
	298下，劉272，		**shú**		數數	文332下
	王208, 205,	孰	文261下，			**sī**
	吳180, 179,		劉238, 30,		斯	文308下，295下，
	詩184下，推358下		王194, 吳165,			劉17，王171, 254,
	另見 dí		詩201上，推370下			吳142，
適會	文287下	孰而	文261下，劉10			詩218上，推387下
適足	文287上，	孰誰	文261下		斯是用	劉17
	劉272, 240	孰愈	劉147		斯須	詩211上，推379下
逝	劉205，	孰知	詩201上，推370下		廝	文338上
	王213, 259,	熟	劉239		思	劉23，王174, 254,
	吳185		**shǔ**			吳143
逝矣	詩228下，推397上	數	見 shù, shuò		思量	詩233上，推401下
噬	文325下，劉205，	屬	見 zhǔ			**sì**
	王213, 259,		**shù**		似	文266上，劉133，
	吳185	庶	文318下，劉194，			詩207下，推374下
	shǒu		王212, 吳185		似箇	詩219上，推388上
手		庶乎	文318下，劉194		似類	文266上
手自	詩178上，推355上	庶幾	文318下，		似是	詩208上，推374下
	shòu		劉194, 32, 吳185		似聞	詩208上，推375上
受	文290上，	庶用	詩212上，推380下			
	詩222下，推391下					

肆	文 301 上, 324 下, 劉 186, 王 170, 吳 138		**suì**		**T**	
肆惟	文 301 上	遂	文 323 下, 劉 184, 吳 210, 詩 216 下, 推 386 上			
	sū	遂便	文 294 上		**tā**	
窣	詩 210 下, 推 400 上	遂不	詩 217 上, 推 386 上	他	文 317 下, 劉 85, 詩 221 下, 推 391 上	
窣地	詩 210 下, 推 400 上	遂得	詩 216 下	他家	詩 221 下, 推 391 上	
窣旋	詩 210 下, 推 400 上	遂乃	文 324 上, 292 下	它	劉 85	
	sù		**suō**	佗	劉 85	
素	文 330 下, 劉 202, 詩 180 上, 推 355 下	娑	劉 88		**tái**	
速	文 335 上		**suǒ**	台	見 yí	
	suàn	所	文 311 下, 289 上, 315 下, 劉 142, 王 210, 258, 268, 吳 182, 詩 227 上, 推 396 上		**tài**	
算	劉 218			太	文 335 下, 劉 205, 詩 212 下, 推 381 下	
	suī			太劇	詩 212 下	
雖	文 270 上, 劉 18, 王 168, 65, 吳 136, 44, 詩 194 下, 推 366 上	所見	文 288 下	太甚	文 335 下	
		所嗟	詩 227 上, 推 396 上	泰	劉 205	
		所欽	詩 227 上, 推 396 上		**tān**	
		所親	詩 227 上, 推 396 上	貪	詩 234 上, 推 394 下	
雖道	詩 194 下, 推 366 上	所思	詩 227 上, 推 396 上	貪看	詩 234 上, 推 394 下	
雖爾	文 311 下	所爲	文 303 上, 劉 26		**tǎng**	
雖復	文 281 下	所謂	劉 143, 192			
雖即	文 271 上	所以	文 300 下, 312 上, 劉 143, 詩 212 上, 推 380 下	黨	文 267 上, 劉 170, 王 138, 吳 107 另見 dǎng	
雖就	文 271 上					
雖然	文 271 上, 詩 195 上, 推 366 上, 390 下	所以然	劉 72	儻	文 267 上, 318 上, 劉 170, 王 138, 吳 107 詩 208 下, 推 375 下 另見 tàng	
雖是	詩 194 下, 推 366 上	所以然者	文 310 下, 劉 72			
雖有	詩 194 下, 推 366 上	索	劉 269			
雖云	詩 217 上, 推 386 下		**suò**	儻或	劉 170	
雖則	文 270 下, 劉 18, 推 390 上	些	劉 223, 王 174, 吳 142 另見 xiē	儻借	詩 208 下, 推 375 下	
	suí			儻然	文 267 上, 推 375 下	
隨	文 320 上, 劉 31			儻若	詩 208 下, 推 375 下	
隨意	詩 229 上, 推 398 上					

儻許	詩208下，推375下		**tòng**	宛似	詩192上，推364上
	tàng	痛	劉183	宛在	詩192上，推364上
儻	文288上，		**tú**		**wàn**
	另見 tǎng	徒	文300上，297下，	萬	
	tāo		劉55，	萬一	劉248
叨	文336下，		王135，吳103，		**wáng**
	詩226上，推394上		詩189上，推361上	亡	見 wú
叨此	詩217下，推387上	徒爾	文300上，		**wǎng**
叨逢	詩226上，推394上		詩189上，推361上	往	劉170
叨陪	詩226上，推394上	徒然	文300上，劉55，	往往	劉170，
	tè		詩189上，推361上		詩231下，推403上
特	文297上，劉279，	徒云	詩189上，	往者	文345上
	詩185下，推359下		推361上，386下	枉	文300上，劉171，
特此	詩186上，推359下	徒自	詩189上，178下，		詩226上，推394上
特地	文297下，劉279，		推361上，355上	枉沐	詩226上，推394上
	詩186上，推359下		**tuí**	枉破	推394上
忒	推381下	隤	推400上	枉殺	詩226上，227下，
	tiān	隤地	推400下		推394上，396下
添	詩212上，推381上		**tuō**	枉作	詩226上，推394上
	tīng	脫	文267下，288下，	罔	文244上，劉170，
聽	文319上，		劉258		王235，吳195
	詩194上，推366上	脫若	文267下	罔極	文244下
	tōng		**tuó**		**wàng**
通	劉1	佗	見 tā	妄	劉171，推391下
通共	文322上，劉182			另見 wú
	tóng		**W**	忘	見 wú
同	詩215下，推385上				**wēi**
	tǒng		**wǎn**	危	文254上，劉30，
統	文321上，劉120	宛	文287下，劉154，		推379下
統之	劉120		吳201，	危曾	詩232上，推379下
			詩192上，推364上	微	文245上，劉33，
		宛是	詩192上，推364上		王235，吳195，
					推383上

wéi

唯	文 296 上, 271 上, 劉 19, 王 65, 168, 吳 44, 136, 詩 187 下, 推 360 下 另見 wěi
唯獨	文 297 上, 劉 20
唯見	詩 187 下
唯是	文 296 上, 劉 19
唯聽	詩 194 上, 推 366 上
唯有	詩 187 下, 推 360 下
唯知	詩 223 上, 推 392 下
唯直	文 298 上
惟	文 296 上, 271 上, 309 上, 劉 19, 王 65, 168, 吳 44, 136, 詩 187 下, 推 360 下
惟耐	詩 197 下
維	文 309 上, 劉 19, 王 65, 248, 吳 44
爲	文 302 下, 264 下, 289 上, 劉 24, 王 55, 248, 吳 32, 詩 219 下, 推 388 下 另見 wèi
爲見	文 289 上
爲所	文 289 上
爲言	劉 26
違	劉 34

wěi

唯	劉 134 另見 wéi
猥	文 336 下, 劉 139

wèi

未	文 246 下, 劉 191, 王 302, 詩 228 下, 推 397 上
未必	詩 228 下, 183 下, 推 397 下, 358 上
未曾	文 251 下, 詩 185 上, 推 359 上
未曾不	劉 107
未嘗	文 251 下, 劉 98, 推 359 上
未嘗不	文 251 下, 劉 98
未嘗可	劉 99
未幾	劉 136
未擬	詩 192 下, 推 364 下
未遣	詩 193 下, 推 365 上
未全	詩 190 上, 推 362 下
未始	文 332 上, 劉 134
未是	推 387 上
未言	詩 217 上, 推 386 下
未因	詩 196 上, 推 367 上
未有	劉 175
未云	詩 217 上, 推 386 下
未知	詩 228 下, 推 397 上
爲	文 303 下, 劉 191, 詩 196 下, 推 367 上 另見 wéi
爲報	詩 196 下, 推 367 上
爲誰	詩 197 上, 200 下, 推 367 下, 370 上
爲是	詩 196 下, 推 367 上
爲說	詩 196 下, 推 367 上
爲問	詩 196 下, 推 367 上
爲言	詩 197 上, 推 367 上
爲緣	推 367 上
謂	文 302 上, 劉 192, 王 63, 248, 265, 吳 40, 推 386 下
謂何	文 302 下, 劉 82
謂其	文 316 下, 劉 193
謂之何	劉 82

wén

聞	
聞道	詩 230 下, 217 下, 推 399 下, 386 下
聞說	詩 230 下, 推 399 下

wǒ

我	文 343 上

wū

烏	文 258 上, 劉 55, 王 88, 吳 64
烏乎	文 258 上, 劉 53, 王 102
烏呼	劉 53, 王 102
烏虖	劉 53
嗚	文 325 下, 劉 53
嗚呼	文 325 下, 劉 53, 吳 70
嗚嘑	文 325 下, 劉 53
於	文 325 上, 劉 40, 王 102, 吳 70 另見 yú
於乎	文 325 下, 劉 53, 王 102
於虖	文 325 下, 劉 53
於戲	文 325 上, 劉 53, 王 102
惡	文 258 上, 325 下, 劉 56, 48, 王 88, 吳 64, 詩 199 下, 推 369 上
惡乎	文 258 上, 劉 56, 52
惡在	文 258 上, 劉 56

惡知	詩200上，推370上	
wú		
無	文243上，	
	劉45, 251,	
	王229, 263,	
	吳192, 詩228下，	
	推397下, 382下	
無不	劉46, 47, 243	
無處	詩227上，推395下	
無端	劉65,	
	詩231上，推399下	
無煩	詩229下，推399上	
無非	劉47	
無復	文281下，劉238,	
	詩181上，推356上	
無箇	劉223,	
	詩219上，推388上	
無何	文256下，劉79	
無或	劉280	
無幾何	劉80	
無將	劉96	
無可奈何	劉211	
無賴	詩223下，推393上	
無勞	詩229下，推399上	
無慮	文274上，劉203	
無乃	劉47, 王233,	
	詩220下，推389下	
無奈	詩199下，推370上	
無奈何	劉211	
無寧	劉104,	
	王233, 吳194	
無那	詩199下，推370上	
無然	詩221上，推390上	
無如	推370上	
無若	劉265	
無事	劉48	
無所	詩227上，推396上	
無所不	文312上，	
	劉243	
無他	詩221下	
無它	詩221下，推391上	
無爲	文243上，劉48,	
	詩219下，	
	推388下, 399上	
無限	詩230上，推399上	
無宜	劉28	
無已	劉46, 130	
無以	文327下，	
	劉46, 130	
無以爲	劉48	
無亦	劉46, 吳61	
無意	吳193	
無因	詩196上，推367上	
無用	詩229上，推399上	
無由	詩196下，推367上	
無有	劉47	
無緣	劉75	
无	劉45	
无有	劉175	
亡	文243上，劉45,	
	王229, 吳192,	
	推382下	
亡但	文296下	
亡何	文256下，劉79	
亡慮	文274上，劉203	
亡奈何	劉211	
亡其	劉45,	
	王232, 吳193	
亡謂	文302下	
亡意	劉190,	
	王232, 吳193	
亡之	文305下，劉45	
妄	王229, 吳192	
	另見 wàng	
妄其	王233	
忘	王229, 吳192	
忘其	王232	
毋	文245下，	
	劉49, 45,	
	王229, 264,	
	吳192, 推383上	
毋或	劉280	
毋寧	劉104	
吾	文343上	
wù		
勿	文245下，劉251,	
	王236, 264,	
	吳195,	
	詩214上，推383上	
勿已	文345下，劉130	
勿云	詩214上，	
	推383上, 386下	
務	劉196	
誤	詩225下，推394上	

X

xī

兮	文346上，劉57
希	劉33
稀	詩214下，推383下
昔	文341下
昔曾	詩185上，推359上
昔是	推387上
昔在	文341下
昔者	文345上
奚	文257下，劉57
奚翅	文299上，劉183
奚啻	文299下
奚而	劉57
奚假	劉167
奚距	王122
奚遽	王123

奚爲	文 257 下	先自	詩 191 上, 推 363 下		**xiàng**	
奚謂	文 257 下	鮮	見 xiǎn			
奚用	劉 181		**xián**	向	文 342 上, 327 上,	
奚有	文 257 下				279 下, 269 下,	
奚與	文 257 下	咸	文 320 下, 劉 118,		劉 225, 詩 195 上,	
奚自	文 257 下		詩 189 下, 推 362 上		推 366 上, 364 下,	
悉	文 320 上, 劉 245,	咸是	詩 189 下, 推 362 上		359 上	
	詩 189 下, 推 362 下	咸已	詩 189 下, 推 362 上	向此	詩 195 上, 推 366 下	
嘻	文 325 上, 劉 22,	閒	詩 189 上, 推 362 上	向非	詩 195 上, 推 359 上	
	王 103, 吳 71			向後	文 279 下	
譆	文 325 上, 劉 22,		**xiǎn**	向乎	文 327 上	
	王 103, 吳 71	險	文 254 上	向來	詩 195 上, 推 359 上	
唉	劉 22,	險不	文 254 上	向老	詩 195 上, 推 365 上	
	王 103, 吳 71	尟	劉 156	向前	劉 225,	
熙	劉 22,	鮮	劉 156		詩 195 上, 推 366 上	
	王 103, 吳 71	鮮不	劉 156	向若	文 270 上	
	xí			向上	劉 225,	
習			**xiàn**		詩 195 上, 推 366 下	
習常	劉 97	見	文 341 上, 劉 218	向誰	詩 200 下, 推 370 上	
	xì		另見 jiàn	向使	劉 225	
細	詩 224 上, 推 393 上	見在	劉 218	向晚	詩 195 上, 推 365 上	
細意	推 401 下	現	文 341 上, 劉 218	向夕	詩 195 上, 推 365 上	
		限	推 399 上	向者	文 342 上, 269 下,	
	xiá				345 上	
瑕	文 257 下, 劉 89,		**xiāng**	鄉	文 342 上, 269 下,	
	王 89, 吳 65	相	文 338 上, 劉 99,		王 93, 吳 68,	
遐	文 257 下,		詩 221 下, 推 385 下		推 359 上	
	劉 89, 167,	相似	詩 208 上, 推 374 下	鄉使	文 269 下	
	王 89, 吳 65	相與	劉 99, 141,	鄉也	文 342 上	
霞	劉 89		詩 215 上, 推 384 下	鄉者	文 345 上, 吳 68	
		鄉	見 xiàng	嚮	劉 225,	
	xiān				王 93, 吳 68,	
			xiáng		推 359 上	
先	文 249 下, 劉 67,	詳	文 320 下	嚮使	劉 225	
	詩 191 上, 推 363 下			像	推 374 下, 372 上	
先見	詩 191 上, 推 363 下		**xiǎng**			
先是	劉 67	想	文 336 上		**xiāo**	
先爲	詩 191 上, 推 363 下	想應	詩 205 下, 推 372 上	小	劉 157	
				曉		

曉夕	詩232上, 推403下	行矣	詩228下, 推397上	胥以	文338上, 劉38	
	xiē		**xǐng**	虛	文300上, 劉40,	
些	劉88, 推374下	省	文254下,		詩189下, 推362上	
	另見 suò		詩223上, 推392下	欻	詩210上, 推378下	
些子	推374下		**xìng**		**xǔ**	
	xié	幸	文340上, 劉231,	許	文312下, 315下,	
偕	文322下, 劉57		詩223上, 推392下		265上, 劉141,	
	xiè	幸得	詩223上, 推392下		王91, 吳66,	
屑	文320下	幸有	詩223下		詩219上,	
謝	詩230上		**xiōng**		推388下, 365上	
	xīn	兄	見 kuàng	許多	詩219下, 推388下	
新	詩187上, 推360上		**xiū**	許可	詩219上, 推388下	
馨	文346上, 劉105	休	文246上, 劉116,		**xuán**	
	xìn		詩214上, 推383上	旋	文319下,	
信	文330上, 319上,	休論	詩214上, 推383上		劉75, 219,	
	劉214,	休說	詩214上, 推383上		詩211上, 推379下	
	詩197下, 193下,	休言	詩214上, 推383上		另見 xuàn	
	推368下, 365下		**xū**	旋復	文319下	
信乎	劉214	須	文314上, 劉49,	旋行	詩209下, 推376上	
信任	文319上,		詩205下, 推372上	旋旋	劉219	
	詩194上, 推365下	須令	詩205下, 推372下	旋亦	文319下	
信是	詩198上, 推368下	須是	詩206上, 推372下	旋又	文319下	
信有	詩198上, 推368下	須臾	詩211上, 推379下	還	劉75	
信自	詩178上, 推355下	于	吳23		另見 hái	
	xíng		另見 yú	懸	劉75, 詩230上	
行	文287下, 333下,	于嗟	文326上, 劉54,	懸知	詩230上	
	282下, 劉100,		王191		**xuàn**	
	王92, 吳66,	吁	文325上, 劉54,	旋	文333上, 劉219	
	詩209上, 推376上		王104, 吳72		另見 xuán	
行處	詩227上, 推396上	呼	劉53, 王104		**xún**	
行復	詩209下, 推376上		另見 hè	尋	文319下, 劉116,	
行幾	劉101	胥	文321上, 338上,		詩211上, 推379下	
行將	詩209下, 推376上		315上, 劉38	尋常	劉97,	
		胥及	文338上		詩224下, 推393下	
				尋即	文319下	

尋時	文319下			也者	文346下, 344下,
洵	劉60	yǎn			劉164
		奄	劉180	也知	詩183下, 推357下
Y				也自	詩183下, 178下,
		yáo			推358上, 355上
		遙	詩213上, 推382上		
yā				**yè**	
啞	王89	yǎo		業	文249上, 劉282,
		杳	詩213上, 推382下		詩190下, 推363上
yǎ		杳然	詩213下, 推382下	業末	文249下
雅	文331上, 劉166,			業已	文249下, 劉282
	詩180上, 推355下	yào		業猶	文249下
雅故	文331上, 劉166	要	文272下, 250上,		
雅自	詩180上, 推355下		劉219, 詩184上,	**yī**	
啞	見 yā		推358下, 364下	一	文338上, 338下,
		要當	文250上, 劉220		劉245,
yān		要之	文272下, 劉219		王80, 280, 吳57,
焉	文258上, 301下,	要自	文272下, 詩184下,		詩190下, 推363上
	347下, 劉72,		推358下, 355上	一半	詩190下,
	王49, 吳29,				推363上, 383下
	詩200上, 228上,	**yé**		一倍	詩190下, 推363上
	推369上, 397上	邪	文326上, 劉87,	一從	詩194上, 179上,
焉得	文260下, 劉72		王95, 吳69		推367下
焉耳矣	文345下,	耶	文326上	一道	詩190下, 推363上
	劉127			一凡	劉119
焉爾	文311下, 劉126,	**yě**		一合	詩190下, 推363上
	王55, 吳31	也	文346上, 282下,	一何	文338下, 劉246,
焉爾乎	文311下,		劉165,		推363下
	劉126		王96, 吳69,	一皆	王281
焉能	詩200上, 推370上		詩228上, 183下,	一切	文338下, 劉247
焉如	詩200上, 推370上		推397上, 357下	一任	文319上, 劉235,
焉者	劉164	也道	詩183下, 推358上		詩193下, 234下,
焉知	詩229下, 推398下	也是	推358上		推365下
		也聞	詩183下	一望	詩190下, 推363上
yán		也已矣	劉137	一為	詩190下, 219下,
言	文301下, 劉64,	也有	詩183下, 推358上		推363上, 388下
	王107, 250, 吳75,	也與	文326上, 劉37	一為	詩190下, 196下,
	詩217上, 推386下	也哉	文326上		推363上, 367下
		也則	推390上	一向	詩190下, 推363上

一樣	詩190下, 推363上		王83, 吳62	已嘗	劉98
一以	詩212上, 推380下	懿	劉21, 22,	已而	文248下, 劉132
一則	劉248		王103, 吳71	已耳	文345下
一自	詩179上, 推367下		另見 yì	已乃	文249上, 292下,
一作	詩190下, 推363上				劉132
壹	文338下, 劉245,		**yí**	已如	劉43
	王80, 248, 281,	宜	文313下, 劉27,	已甚	文335下
	283, 284, 吳57		王108, 251, 吳75,	已是	詩191上, 推363下
壹何	文338下, 256上,		詩206上, 推372上	已大	劉132
	劉246	宜當	文314上, 313下	已向	劉225
壹切	劉248	宜可	文314上	已業	文249下, 劉282
壹是	文338下, 劉248	宜莫	文243下, 劉27	已矣	王23
壹者	劉246	宜應	劉28	已有	詩191上
伊	文309下, 317下,	台	文343下,	已又	文249下, 劉132
	劉27, 57,		王87, 249, 吳63	已云	詩217上, 推386下
	王83, 吳62,	夷	王85, 249, 270,	矣	文347上, 劉136,
	詩218下, 推388上		275, 吳62		王100, 吳69,
伊其	文309下	儀	王108, 251, 275,		詩228上, 推397上
伊人	詩218下, 推388上		吳75	矣乎	文326上
伊昔	詩219上, 推388上	頤	劉31	矣哉	文326上
伊子	詩218下, 推388上			倚	吳71
依	文266下		**yǐ**		
依舊	詩179下, 推355上	以	文327下, 335下,		**yì**
依約	推401上		劉128, 133,	亦	文282上, 劉270,
猗	文325下, 346上,		王19, 245, 271,		王82, 吳59,
	劉29,		吳5,		詩183上, 推357下
	王102, 吳70		詩211下, 推380下	亦復	文281下
猗嗟	文325下, 劉89	以而	文328下	亦將	文286上,
猗與	文325下, 劉29	以故	文328上, 劉198		劉271, 95
意	王103, 吳71	以為	文328下, 303上,	亦是	詩183下, 推357下
	另見 yì		劉25	亦徒	文298上
噫	文325上,	以與	文329上	亦唯	文296上
	劉21, 22,	曰	劉128,	亦又	文282上, 劉271
	王103, 吳71		王19, 吳5	亦聿	劉250
	另見 yì	已	文345上, 248下,	亦越	劉255, 王42
噫乎	劉21		335下,	亦自	詩183上, 178下,
噫嘻	文325上, 劉21		劉131, 130,		推357下, 355上
繄	文309下, 325下,		王19, 吳5,		
	劉57,		詩190下, 推363上	我亦	詩183下

余亦	詩 183 下	殷		庸何	文 258 下, 劉 3,
抑	文 280 上, 劉 274,	殷勤	詩 232 下, 推 401 下		王 86, 249, 280
	王 78, 103,		yīn	庸詎	文 258 下, 劉 3,
	吳 56, 71				王 86, 122, 280
抑亦	王 79, 吳 56	憖	文 341 上, 劉 215,	庸遽	王 122, 280
抑者	文 280 下, 345 上,		王 106, 吳 75,	庸孰	王 87
	劉 275, 王 80		推 393 下	庸以	文 329 下
益	文 317 下, 劉 270,		yīng		
	詩 212 上, 推 381 上				yǒng
益愈	文 317 下	應	文 313 下, 295 下,	永	文 340 上,
軼	見 dié		273 下,		詩 224 上, 推 393 下
意	文 336 上, 劉 190,		劉 105, 233,		
	王 78, 吳 56		詩 205 下, 推 372 上		yòng
	另見 yī	應便	文 295 下,	用	文 329 上, 劉 181,
意亡	王 232		劉 233, 219		王 30, 吳 16,
意亦	王 80, 吳 56	應當	文 313 下		詩 212 上, 推 380 下
意者	文 336 上, 345 上,	應得	詩 223 上, 推 392 下	用此	文 307 下
	劉 190, 王 80	應合	文 313 下,	用等	文 260 上, 劉 173
億	文 336 上,		劉 105, 281	用是	劉 181
	王 78, 吳 56	應可	詩 202 下, 推 371 下	用以	文 329 上
億亦	王 80, 吳 57	應時	文 296 下, 劉 233		
噫	王 78, 吳 56	應是	文 313 下		yōu
	另見 yī	應爲	詩 205 下, 219 下,	攸	文 312 下, 劉 115,
噫亦	王 80		推 372 上, 388 下		王 25, 246, 269,
義	王 108, 251, 275,	應須	文 313 下,		271, 吳 14
	吳 75		詩 205 下, 推 372 下		
翳	劉 57				yóu
懿	王 78, 吳 56		yíng	尤	文 274 下, 劉 110,
	另見 yī	贏	劉 102		詩 186 下, 推 359 下
	yīn	贏得	劉 102,	由	文 277 上, 劉 114,
因	文 300 下, 288 上,		詩 223 上, 推 392 上		王 28, 25,
	劉 59,				吳 15, 14,
	王 29, 吳 15,		yōng		詩 196 下, 推 367 上
	詩 196 上, 推 367 上	庸	文 258 下, 329 下,	由來	詩 196 下, 推 367 上
因逢	詩 222 下, 推 391 下		劉 2,	由是	劉 115
因甚	劉 60		王 86, 249, 279,	由他	文 319 上
因聲	詩 230 下, 推 399 下		吳 63	逌	劉 115
因緣	文 300 下	庸安	劉 3, 王 86	猶	文 247 上, 266 上,
		庸獨	文 258 下		274 下,

	劉110, 115,		**yòu**	於是	文278上, 278下,
	王24, 25,				劉122,
	吳13, 14,	又	文280下, 劉233,		王35, 吳21
	詩214上, 推384上		吳205,	於斯	詩218下, 推387下
猶復	文281下		詩182上, 推357上	於焉	文347下, 劉72,
猶恐	詩226上, 推394上	又被	詩222下		推366下
猶且	文247下, 劉112	又重	文339上	於以	文278下, 劉39
猶然	文310上, 劉68	又得	詩182下, 推357上	於于	文277下
猶若	王154, 334	又復	文281下	於茲	劉18
猶尙	文247下, 劉113	又何	文256上	予	文343下
猶是	詩214下, 推387下	又兼	文282下	余	文343下
猶未	詩214下, 推384下	又恐	詩226上, 推394上	餘	劉36
猶爲	詩197上, 推367下	又且	文285上	俞	文311下, 劉54,
猶之	文247上,	又是	詩182下, 推357上		王102, 吳70
	劉111, 114	有	文242上, 劉174,		另見 yù
猶之可	劉113		王72, 吳49	逾	劉50,
猶自	詩214下, 178下,		另見 yǒu		詩212下, 推381下
	推384上, 355上		**yú**	踰	詩212下, 推381下
猶作	詩220上, 推389上			與	劉36,
猷	文325下, 劉110	于	文277上, 301下,		王94, 19,
	王24, 28(2), 272,		劉38,		吳69, 1
	吳15		王36, 吳22,		另見 yǔ, yù
			詩195下, 推366下	與哉	王94
繇	劉114,		另見 xū	歟	文326上, 劉36,
	王28, 247, 269,	于何	劉83		王94, 吳69
	272, 吳15,	于後	劉40		
	詩196下	于今	文341下,		**yǔ**
			詩231上, 195下,	與	文304上, 321下,
	yǒu		推402下, 366下		劉140,
有	文242上, 劉174,	于以	文277下,		王15, 245, 吳1,
	王72, 吳49		劉38, 131		詩215上, 推384下
	另見 yòu	于於	文278上		另見 yú, yù
有此	劉124	於	文277下, 301下,	與共	文322上
有底	詩200下, 推370下		劉38,	與其	劉140
有箇	詩219上, 推388上		王33, 吳16, 23,	與誰	詩215上, 推384下
有如	文266下,		詩195下, 推366下	與偕	文322下
	劉42, 44		另見 wū		
有誰	詩200下, 推370下	於今	文341下	付與	詩215上, 推384下
有是哉	劉59	於時	劉40, 23	寄與	詩215下, 推384下
有以	文327下, 劉174				

留與	詩215上, 推384下	原只	詩188上		王68, 248, 吳47,
說與	詩215上, 推384下	員	見 yún		詩217上, 推386下
yù		隕	王248	云爾	劉125,
欲	文327上, 劉240,	緣	文300下, 劉75,		王72, 吳48
	詩192上, 推364下		詩196上, 推367上	云何	文302上, 劉82
聿	文301下, 劉250,	緣底	詩200下, 推370下	云乎	文302上, 劉53,
	王43, 吳28	緣是	詩196下, 推367上		王72
欥	劉250,		**yuǎn**	云胡	文302上
	王43, 吳28	遠	詩213上, 推382上	云若	劉61
遹	文301下, 劉250,		**yuàn**	云是	詩217上, 推386下
	王43, 吳28	願	劉216	云為	文302上, 劉61
俞	劉146	願作	詩219下	云已	劉131
	另見 yú		**yuē**	云云	文302上, 劉61
愈	文318上, 劉146,	曰	文301下,	員	劉61,
	推381下		劉255, 250, 254,		王68, 吳47
愈甚	文335下		王42, 43,		**yǔn**
愈益	文317下, 劉146		吳26, 28	允	文330下, 劉153,
遇	文289下	曰若	劉255, 吳28		王31, 247, 274,
	另見 ǒu	約	文272下, 劉267,		275, 吳16
預	詩224上, 推393上		詩234上	隕	見 yuán
預期	詩224上, 推393上	約略	文272下,		
預知	詩224上, 推393上		詩234上, 推401上		**Z**
豫	文331上		**yuè**		
與	文322上, 劉194	粵	文301上, 劉254,		**zāi**
	另見 yú, yǔ		王41, 吳26	哉	文279上, 326上,
	yuán	粵若	劉254, 王42		332下, 劉58,
元	文330下, 劉62,	越	文280上, 301上,		王183, 吳152
	詩179上, 推355上		323下, 劉254,	才	吳212
元來	劉62,		王41, 吳26		另見 cái
	詩179下, 推355上	越若	文266上, 劉254,		**zài**
元是	詩179下, 推355上		王42, 吳26	再	文338下, 劉213
爰	文301上, 劉63,		**yún**	在	文242下, 279下,
	王39, 吳25	云	文301下(2),		劉213,
爰及	文301上		劉61,		詩195下, 推366下
原	文330下, 劉62,			在今	文341下
	詩179下, 推355上				
原夫	文317上				

在昔	文 341下	則便	文 294上		zhān	
在先	劉 213	則箇	劉 222			
在茲	詩 218下, 推 387下	則故	劉 197	旃	文 307上, 劉 74,	
載	文 293下, 332下,	則乃	王 128, 286		王 201, 吳 175	
	劉 212, 213,	則其	劉 277		zhǎn	
	王 184, 吳 152,	則時	文 295下, 劉 277			
	詩 221上, 推 390上	則是	劉 276, 277, 123,	展	劉 156	
酨	王 184, 吳 152		推 390上		zhàn	
	zǎn	則知	推 390上			
		迮	劉 269	占	文 265上, 推 365上	
嚼	見 cǎn		zè		zhǎng	
	zàn	仄	文 341上			
		仄聞	文 341上	長	見 cháng, zhàng	
暫	文 334上, 劉 235,		zěn		zhàng	
	詩 207上, 推 373下					
暫爾	詩 207上, 推 373下	怎	文 259下, 劉 102	長	劉 227	
暫將	詩 192下, 推 384下		zēng		另見 cháng	
暫時	詩 207上, 推 373下				zháo	
蹔	劉 236	曾	文 293下, 劉 107,			
	zāo		王 181, 吳 151,	著	劉 262,	
遭	文 290上,		詩 185上, 推 359上		詩 227下, 推 396上	
	詩 222下, 推 391下		另見 céng		另見 zhuó	
	zǎo	曾不	詩 185上, 推 359上	並著	詩 227下, 推 396上	
			另見 céng	衝著	詩 227下, 推 396下	
早		曾復	詩 181下, 推 356下	滴著	推 396上	
早晚	詩 232上, 推 403下	曾是	文 293下, 劉 107,	多著	詩 227下, 推 396上	
早已	詩 191上, 推 363下		王 182,	逢著	詩 227下, 推 396上	
	zào		詩 185上, 推 359上	情著	詩 227下, 推 396上	
			另見 céng	濕著	推 396上	
造	文 332下	曾微	劉 33	說著	詩 227下, 推 396上	
造次	劉 191	增	文 317下	栽著	推 396下	
	zé		zhà	醉著	推 396上	
則	文 294下, 268下,	乍	文 334上, 劉 224,	着	見 著	
	劉 276,		詩 211上, 推 379下		zhào	
	王 184, 188,	乍可	文 334上, 劉 224,			
	吳 152, 162,		詩 202上, 推 371下	肇	文 332下	
	詩 221上, 推 390上	乍有	詩 211上, 推 379下			

zhē

遮
　遮莫　文 319 上, 劉 268,
　　　　詩 229 上, 推 398 上
　遮渠　文 319 上, 推 398 上

zhé

輒　文 294 上, 劉 282,
　　詩 221 上, 推 390 上
　輒復　劉 282
　輒乃　文 293 上
　輒自　詩 221 上, 推 390 上

zhě

者　文 344 上, 劉 164,
　　王 196, 298,
　　吳 166
　者邊　劉 165
　者何　文 256 上, 劉 77
　者也　劉 166

zhè

這　文 309 下, 劉 165
　這邊　推 403 上
　這度　推 402 下

zhēn

眞　文 329 下, 劉 59,
　　詩 197 下, 推 368 下
　眞成　文 329 下,
　　　　劉 59, 102,
　　　　詩 198 上, 推 368 下
　眞誠　文 329 下
　眞箇　劉 59
　眞是　詩 198 上, 推 368 下
　眞作　詩 198 上, 推 368 下
斟
　斟酌　詩 233 上, 推 401 下

zhèn

振　劉 215
鎭　文 340 上, 劉 216,
　　詩 224 上, 推 393 下
　鎭長　文 340 上,
　　　　詩 224 下, 推 393 下
　鎭日　文 340 上
　鎭相　詩 224 上, 推 393 下

zhēng

爭　文 259 下, 劉 102,
　　詩 201 下, 推 370 下
　爭道　詩 202 上
　爭得　詩 202 上, 推 371 上
　爭敢　詩 202 上, 推 371 上
　爭禁　詩 202 上, 197 下
　爭肯　推 371 上
　爭奈　詩 199 下,
　　　　推 370 上, 371 上
　爭忍　推 368 下
　爭如　詩 202 上, 推 371 上
　爭若　詩 202 上, 推 371 上
　爭似　推 371 上
烝　劉 105
　烝然　劉 105

zhěng

整　劉 172

zhèng

正　文 286 上, 269 下,
　　299 上, 劉 229,
　　詩 191 下, 推 364 上
　正當　文 286 下,
　　　　詩 191 下, 推 364 上
　正爾　劉 230,
　　　　詩 191 下, 推 364 下
　正耐　詩 197 上, 推 368 下
　正使　文 269 下
　正是　詩 191 下, 推 364 上
　正唯　文 286 下, 劉 230
政　文 286 上, 劉 229

zhī

之　文 305 下, 279 上,
　　劉 4,
　　王 198, 256, 267,
　　吳 167, 181,
　　詩 218 下, 推 387 下
　之謂　劉 192
　之於　文 279 下, 劉 7
　之與　文 306 下, 322 上
　之子　詩 218 下, 推 387 下
　之自　文 306 下
知　文 254 下,
　　詩 223 上, 推 392 下
　知道　詩 217 下, 推 386 下
　知誰　詩 223 上, 推 392 下
　知是　詩 223 上, 218 上,
　　　　推 392 下, 387 上
　知他　詩 221 下
　知它　詩 223 上, 221 下,
　　　　推 392 下, 391 下
攱　劉 15
禔　劉 15
秖　見　zhǐ
秪　見　秖（zhǐ）
祇　見　秖（zhǐ）
衹　見　秖（zhǐ）

zhí

直　文 298 上, 299 下,
　　劉 273,
　　王 140, 吳 108,
　　詩 188 下, 推 361 下
　直爾　文 298 上,
　　　　詩 188 下, 推 361 下

直取	詩188下,225下,	止	文299上,劉128,		王192,256,	
	推361下,381上		王209,吳181,		吳165,	
直若	文298上,		詩188上,推361下		詩216下,推386上	
	詩188下,推361下	旨	王204,吳178	終古	文339下,323下,	
直爲	詩188下,推361下	祇	文298下,		詩216下,推386上	
直欲	詩188下,推361下		劉15,85,	終今	文323下,劉1	
直置	文298上,		王207,吳179,	終竟	劉228,	
	詩188下,推361下		詩188上,推361上		詩216下,推386上	
直作	詩188下,220上,	祇此	詩217下,推387上	終年	詩216下,推386上	
	推361下	祇從	詩194下,推366下	終日	詩216下,推386上	
値	文288上	祇合	詩205下,推372下	終遂	推386上	
職	文330下,劉273,	祇今	詩231下,推402下	終焉	詩228下,推397上	
	吳206,	祇應	詩188下,推361下	終已	劉132	
	詩184下,推358上	祇有	詩188下,推361下	中	劉1	
職此	劉273	秖	見 祇（zhǐ）			
	zhǐ	衹	見 祇（zhǐ）		**zhòng**	
		坻	見 祇（zhǐ）	重	劉182	
只	文298下,				另見 chóng	
	劉120,128,		**zhì**	衆	王192,吳165	
	王204,257,	至	文323下,			
	吳178,		劉183,184,		**zhòu**	
	詩188上,推361下		詩186下,推360上	驟	文335上,333上,	
只道	詩188上,推361上	至今	詩187上,推360上		劉234	
只共	詩216上,推385上	至竟	詩216下,推386上			
只合	詩205下,推372上	至乃	文292下,劉151		**zhū**	
只今	詩231下,推402下	至且	文323下	諸	文279上,307上,	
只且	劉44	至如	文323下,265下,		326上,273上,	
只恐	詩226上,推394上		劉44		劉41,	
只恁	詩219上,推388上	至若	文266上		王197,196,256,	
只是	詩188上,推361下	至它	劉86		298,吳166(2)	
只受	詩222下,推391上	至於	文323下,劉183	諸餘	劉36,	
只言	詩188上	至自	詩187上,推360上		詩233下,推403下	
只在	詩188上,推361下	致	文264下,劉184			
只自	詩188上,178下,	致令	文264下		**zhú**	
	推361下,355上	致使	文264下	逐	劉241	
咫	王204,257,	遲	文295下,342下	逐旋	劉219	
	吳178					
軹	劉121,		**zhōng**		**zhǔ**	
	王204,吳178	終	文323下,劉1,	屬	文288上,287上,	

	劉239, 王209, 257, 吳181	茲故 茲乃 茲謂	文300上 文291下 文309上	自爾 自非	詩179上, 推367下 詩221上, 推390下 詩179上, 推368上
屬適	文287上, 288上	茲焉	文309上, 詩218下, 228下,	自非然者 自古	劉188, 71 吳141
屬者	文342上		推387下	自將	詩192下, 推365上
主	文330下	茲益	劉18	自今	推402下
	zhuān	茲用	文308下, 329上, 劉181	自可 自來	詩202上, 推371下 文343上,
專	劉76	茲者	文345上		詩179上, 推354下
剸	劉76	嗞	劉20,	自憐	詩178上, 推354上
顓	劉76		王190, 吳163	自令	文342下
	zhuǎn	滋	文317下, 劉29, 18,	自然	劉78, 詩179上, 推355上
轉	文318上, 劉156, 詩212下, 推381下	滋益	王171, 吳141 文318上, 劉29	自如	文343上, 265下, 詩208下, 推375上
	zhuàn	咨	文325上, 劉20, 18	自若	文343上, 劉263, 詩208下, 推375上
轉	見 zhuǎn	咨虖 訾	文325上, 吳164 劉20,	自識 自使	詩178上, 推354下 文342下
	zhuī		王192, 吳164	自是	詩178上, 234下, 推354下
追	文319下		zǐ	自雖	文270下
	zhǔn	子	王190, 255, 吳163	自謂	詩178上, 推354下, 386下
準 準擬	劉153 詩192下, 推364下	子細 呰	詩233上, 推401下 劉17,	自笑 自須	詩178上, 推354下 詩206上, 推372下
	zhuó	訾	王192, 吳164 見 zī	自言	詩178上, 推354下, 386下(2)
著	文243上, 劉262 另見 zháo		zì	自應 自由	詩205下 文343上,
著處	劉262, 詩227上, 推396上	自	文276上, 342下, 248上, 劉187,	自繇	詩179上, 推355上 詩179上, 推367下
着	見 著		王170, 吳138, 詩178上,	自有 自于	詩178上 文276下
	zī	自愛	推354上, 367下 詩178上, 推354下	自於 自餘	文276下, 劉188 劉189, 36
茲	文308下, 劉17, 20, 王171, 190, 吳141, 163, 詩218上, 推387下	自此 自從	推387上 文277上, 劉181,	自與 自緣	文342下 詩196上, 推367上

自在	文 343 上, 詩 179 上, 推 355 上		王 291, 詩 194 下, 推 366 上	最先	文 274 上, 詩 186 下, 推 360 上
自知	詩 178 上, 179 上, 推 368 上	縱令 縱遣	詩 194 下, 推 366 上 詩 194 下, 推 366 上	**zuó**	
自茲	詩 218 下, 推 387 下	縱然 縱饒	詩 194 下, 推 366 上 文 269 上,	昨 昨來	詩 228 上, 推 396 下
君自	詩 178 下, 推 355 上	縱使	詩 194 下, 推 366 上	昨者	文 345 上
我自	詩 178 下, 推 355 上	縱是 縱許	詩 194 下, 推 366 上 詩 194 下, 推 366 上	**zuò**	
zǒng				坐	文 304 下, 333 下, 劉 160,
總	文 321 上, 劉 120, 詩 190 上, 194 下, 推 362 下, 366 上	**zú**			詩 209 下, 推 376 下
		卒	文 324 上, 劉 251 另見 cù	坐復 坐來	詩 209 下, 推 376 下 詩 209 下, 推 376 下
總道	詩 194 下, 217 下, 推 366 上, 386 下	足	劉 240, 詩 185 上, 推 358 下	坐然 坐自	詩 209 下, 推 376 下 詩 209 下, 推 376 下
總然	詩 234 上, 推 363 上	足以	詩 212 上, 推 380 下	作	文 303 下, 264 下, 王 180, 255,
總是	詩 190 上, 推 363 上	**zuì**			吳 151,
總爲	詩 190 上, 推 363 上	最	文 274 上, 273 上,		詩 219 下, 推 388 下
總之	劉 120		劉 212,	作麼	推 397 下
zòng			詩 186 上, 推 359 下	作麼生	劉 87, 推 397 下
從	文 269 上, 劉 182, 王 291	最凡 最後	文 273 上, 劉 212 文 274 上,	密作	詩 220 上, 推 389 上
	另見 cóng		詩 186 下, 推 360 上		
從放	文 319 上	最是	詩 186 下, 推 360 上		
縱	文 269 上, 劉 181,				

難 檢 字 表

0

0013	疨	shuì
0014	痻	shēn
0019	痳	lìn
0022	癎	jǐn
0066	詀	zhān
0161	諎	zhà
	諕	xià
0166	諵	zhān
0240	劙	lí
0668	諟	shì
0765	辂	pāng

1

1013	璽	jiǎn
1060	畐	bì
1061	礛	lù
1065	礳	mǒ
1280	剴	gǒng
1416	珸	jí
1422	殢	tì
1464	砭	yáo
1564	磪	cuì
1566	醩	zāo
1712	璘	lán
1720	弓	tǎn
1724	猳	jiā
1762	雔	chóu
	雔	chóu
	鶝	fú
1791	冞	jǔ

2

2021	雔	tuí
2110	凿	xiē
2111	跙	jù
2121	佌	cǐ
	佌	xiē
2124	伻	bēng
	虖	hū
2171	雛	yí
2191	秬	jù
2217	繝	jué
2220	剶	chuān
2222	倗	bēng
	鷸	qiáo
2240	刞	pī
	劖	chán
2270	刟	tāo
2294	秖	zhī
	秖	zhī
2322	俌	bū
	傪	cǎn
2329	傓	sài
2335	毷	sōng
2421	俺	ā
2424	攺	zhī
2426	艜	zhā
	艝	zhā
2429	㑣	lán
2478	巑	cuán
2479	㯠	zhāi
2523	僉	qiān
	齈	nòng

3

2621	倪	qiàn
2688	臮	jì
2710	鏊	lí
2722	匎	bī
2724	僝	chán
2725	獬	xiè
2729	俓	náo
	徥	náo
2821	仡	qǐ
	魌	gān
2894	絣	bēng
2922	杪	chǎo

3

3012	濤	jìn
3014	寜	jìn
3016	湆	qì
3082	窗	gǒng
3121	袏	zhì
3130	逌	yóu
3200	刟	bǐ
3221	亂	音未詳
3223	袄	yāo
3230	迏	xún
	遄	chuí
3330	迱	tuō
3414	濩	huò
3473	饕	bō
3628	禔	zhī
3712	湒	jí
3714	濅	jìn
3716	潯	xí

4

4026	猻	táng
4048	姟	gāi
4049	嬷	mó
4101	尪	wāng
4144	豣	jiān
4180	趆	mò
	趔	lì
4196	楅	bī
4198	顨	jìn
4210	刞	cè
4225	忀	zhèng
4246	㛴	nǎo
4280	赽	jué
4351	鞙	xuàn
4380	趝	cān
4395	桙	móu
4410	萓	yí
4412	莉	dào
4414	堼	bèn
4440	䕤	音未詳
4444	荓	pēng
4456	鞜	tà
4462	蔀	bù
4480	薴	mèng
4491	蕝	jué
4493	㨾	yǎng
4612	塝	màn
4640	姻	hù
4749	妳	nǎi
4753	憥	音未詳
4754	鞭	音未詳
4768	歆	qī
4771	瓾	zài
4780	趓	duǒ
4792	槊	shuò
4896	柗	音未詳

5

5001	攅	zá
5004	挷	pān
5005	搴	qiān
5009	攃	pàn
5013	㯊	kāng
5019	㰥	mà
5101	挷	pān
5198	槇	mò
5200	㨮	zè
5203	搩	xì
	撦	chī
5224	趚	xué
5230	剸	zhuān
5303	撽	wā
5308	掟	zhěng
5400	拻	liào
5401	抾	jué
	搕	kē
5402	拺	pū
	搩	lēi
5403	挾	qiǎng
5404	掖	bō
5406	搙	nuò
5473	㧴	音未詳
5601	攞	luǒ
5609	祼	luǒ
5702	抅	gōu
	掤	bēng
	捫	ruán
	輑	bī
5742	嫠	lǒu
5801	扢	gē
	拴	jué
5806	撯	zuàn
5808	摐	chuāng

6

6001	哇	chuáng
	囉	zǎ
6006	咭	diān
	嗇	xiù
6009	㖧	chuáng
6011	跙	zhuàng
6024	戛	cè
6080	圓	huì
6101	哇	ái
6104	啅	zhào
6106	眄	miàn
6108	嚸	dié
6111	躧	xǐ
6202	嘶	zàn
6203	嗟	jī
6205	哷	音未詳
6206	咶	guō
	咭	tǔn
6208	㗇	kān
6209	啋	cāi, cǎi
	嚛	yo
6212	蹲	wān
6301	踠	wǎn
6302	嗲	shěn
6303	唛	chī
6306	嚕	yīn
6308	嚢	sǎi
6401	唵	ǎn
6404	嘍	lán
6406	睹	dǔ
6407	咁	xián
6408	囋	zàn
6409	唻	lài
	嗏	chā
6416	躤	jiè
6502	咈	fú

6503	嗹	lián	7210	鬞	zhā	8148	瓶	píng
6600	哏	kěn		鬣	lán	8471	筅	jiàn
6601	呾	dàn	7221	髟	diū	8810	簞	tán
	喎	wà		髿	cuó	8840	箏	bó
6701	嚵	chán		髿	dàn		篋	zhào
6702	呞	gǔ	7424	胖	bèn	8871	筜	yǎn
	喝	zhōu	7429	膊	zhé	8874	籔	sǎn
6703	哏	tuì		膫	liáo	8890	簽	qín
6704	唞	dōu	7470	肞	pǒ			
	嗄	ya	7721	匙	chāo		**9**	
6708	吹	yù	7722	屌	diǎo			
6802	胗	zhěn	7723	朣	pāng	9003	懡	mǒ
6803	嗏	shà, shài	7727	胝	duī	9102	懦	yōng
6804	噘	biē	7729	膝	sǎng	9108	憠	juē
	嚄	音未詳	7733	驟	zhàn	9181	爖	lóng
	撒	sā	7760	閗	pì	9202	憍	jiāo
6811	趷	kē	7772	閰	yà	9205	怔	zhèng
6812	蹹	tà	7788	閟	pì	9403	懞	měng
6889	賒	shē	7821	阣	yì	9404	悀	bèn
6902	吵	shā	7871	跬	jiē	9409	憔	jīn
6903	瞪	yíng	7928	瞅	qiū	9506	怞	yóu
						9601	怳	huǎng
	7			**8**		9681	炪	dí
						9702	憀	liáo
7021	胮	páng	8021	麁	cū	9801	忔	qì
	膖	páng	8022	夯	qí	9804	憋	biē
7022	膌	yán	8033	忩	cōng	9806	憎	wèi
7121	厏	zhǎ	8060	善	jiē	9881	爁	làn
7134	駴	yǎo	8073	饝	mó			
7160	晉	cǎn	8090	尒	ěr			

編者略歴

1967年　北海道札幌市生まれ
2005年　神戸大学大学院博士課程修了，博士（学術）
現　在　龍谷大学非常勤講師

十一種詩詞曲詞典綜合索引

平成19年2月17日発行

編　者	土肥克己
発行者	石坂叡志
印　刷	モリモト印刷
発行所	汲古書院

〒102-0072 東京都千代田区飯田橋2-5-4
電話03(3265)9764　FAX03(3222)1845

ISBN978-4-7629-1215-3　C3000
Katsumi　DOHI©2007
KYUKO-SHOIN, Co., Ltd. Tokyo.